奥威尔作品全集

George Orwell
奥威尔小说全集

牧师的女儿

A Clergyman's Daughter

[英]乔治·奥威尔 著 陈超 译

上海译文出版社

第一章

一

五斗柜上的闹钟叮铃铃响了起来，就像一个小型定时炸弹那么吓人。多萝西从恼人的噩梦中惊醒过来，然后仰面望着漆黑的夜色，觉得疲惫不堪。

闹钟继续响个不停，但声音不是很大，如果你不将它摁停的话，会一直响上五分钟左右。多萝西觉得全身从头到脚都在疼痛，不禁觉得自己有点可怜，又觉得自己实在是狡猾可鄙。每天早上起床时她总得经历这么一番心理斗争。她把头埋在被子里，以为能对烦人的闹钟声充耳不闻。她与身体的疲惫进行着抗争，不过，和往常一样，心里面的另一个她开始规劝自己，"加油，多萝西，起床啦！不要再睡下去啦！《箴言》第六章第九节①。"接着，她想到如果闹钟声一直响下去的话会把父亲吵醒的。她连忙跳下床，拿起五斗柜上的闹钟，将声音关掉。闹钟就摆在五斗柜上，这样她要关掉声音就一定得下床。在漆黑中她跪在床边，开始向上帝祈祷，但她的双脚觉得一片冰冷，根本无法专心。

现在才凌晨五点半，虽然是八月份，天气却很冷。多萝西（她的全名是多萝西·赫尔，是萨福克郡奈普山圣阿瑟尔斯坦教堂的牧师查尔斯·赫尔的独女）穿上她那件旧法兰绒晨衣，摸黑走下楼。楼下弥漫着寒冽的灰尘味、湿石膏味和昨天的晚餐烤比目鱼的味道。从二楼过道的两边，她可以听到父亲和埃伦有如轮唱赞美诗一般的打鼾声。埃伦是家里包办杂务的女仆。多萝西小心地摸索着——因为厨房的餐桌会冷不防在黑暗中顶到你的盆骨——走进了厨房里，点亮壁炉架上的蜡烛。她的身体还觉得很痛，而且很疲惫，但她跪在地上，清理出壁炉里的灰烬。

厨房里的火很难点着。烟囱修得歪歪扭扭的，因此总是会堵塞，得倒一杯煤油助燃才能把火烧旺起来，就像一个酒鬼早上得喝上一杯杜松子酒。多萝西先给父亲烧一壶水刮脸，然后上楼给浴缸放水准备洗澡。埃伦沉重而年轻的鼾声仍响个不停，醒来的时候她干活还是蛮勤快的，但一定得睡到早上七点才起床，天王老子也叫不醒她。

多萝西尽可能慢地往浴缸里放满水——如果水龙头开得太大，溅水的声音总是会吵醒父亲——然后站在那儿看着那缸清水发呆，全身起了鸡皮疙瘩。她讨厌洗冷水澡，而正是因为这样，她规定自己从四月到十一月必须洗冷水澡。她伸手探了探水温——水冰凉彻骨——和往常一样，她在心里鼓励自己勇敢向前。"加油，多萝西！踏进浴缸！不要害怕！"然后她毅然决然地踏进浴缸，坐了下去，让冰冷的水漫上她的身体，只露出头发在水面上，她已经把头发盘好扎在脑后。接着她从水里探出头，喘着粗气扭动着身躯，还没等她喘过气来，她想起自己的备忘录就放在晨衣的口袋里，她得通读一遍。她伸手拿出纸条，靠在浴缸边上，冰冷的水淹没她的腰际。就着椅子上蜡烛的微光，她读了一遍备忘录，内容如下：

---

① 本节的内容是："懒惰人哪，你要睡到几时呢？你何时睡醒呢？"《圣经》和合本。

七点钟圣餐礼。

陶太太刚生孩子，得去探望她。

早餐：熏肉。得向父亲要钱。

问埃伦父亲的药酒泡的是什么材料。备注：去索尔派的店里询问帘布的价钱。

探访皮夫人，给她送《每日邮报》上面治疗风湿的当归茶方子。给乐太太送玉米面。

十二点钟，排练《查理一世》。备注：订半磅胶水和一罐铝漆。

午餐（被划掉了）正餐……？

派发教区杂志。备注：方太太欠三先令六便士。

下午四点半母亲团契茶点时间，别忘了两码半的薄窗帘布。

为教会摘花。备注：买一罐巴素擦铜水。

晚餐：炒蛋。

帮父亲打布道稿，新的色带打字机呢？

备注：豌豆田杂草太多了，要锄掉。

多萝西跨出浴缸，用一块比餐巾大不了多少的毛巾擦干净身体——在这个教区他们买不起大小合适的毛巾——把头发解了下来，分成两股披在锁骨上。她那一头金发很密，发质很好，显得特别苍白，但她的父亲不许她把头发剪短，因为头发是她唯一长得好看的部位。她个头中等偏瘦，但很有力气，身材也很好，不过长相就难以恭维了：脸庞干瘪苍白，长相平凡，眼睛黯淡无神，鼻子又太尖。如果仔细端详的话，你可以看到眼睛的周围长了鱼尾纹，嘴角边不说话的时候看上去似乎很疲惫。现在这还算不上一张老处女的脸，但再过几年就会变成那样。不过，陌生人总是会把她的年龄猜小几岁（她还没满二十八岁），因为她的眼神几乎就像孩童一样天真。她的左前臂密布着红色的小斑点，似乎是蚊虫叮咬的痕迹。

多萝西又穿上她那件晨衣，刷完牙——当然只是用清水，圣餐礼之前不能用牙膏刷牙。说到底，你要么就是破了斋戒，要么就是没有破，在这一点上，那些罗马天主教徒还是不含糊的——这时她的动作骤然咯噔了一下，停了下来，放下了牙刷。她的五脏六腑感觉到一股致命的痛苦，那是真切的肉体上的痛苦。

她惊愕地记起了一件事，任何人早上记得一件不愉快的事情都会有这种反应。家里拖欠屠夫卡基尔的账单已经七个月了，欠的钱可不少——大概得有十九英镑或二十英镑，可能根本没有还清这笔钱的希望——这是折磨她生活的最痛苦的一件事。这件事日日夜夜就潜伏在她的脑海里，随时准备着跳出来折磨她。一想起屠夫卡基尔的账单，其他数额较小的账单也纷纷从记忆中跳出来，她根本不敢去计算总共拖欠了人家多少钱。她不由自主地开始在心里祈祷："上帝，我恳求您，今天不要让卡基尔再来催账！"但她立刻觉得这样的祈祷实在是太市侩了，是在亵渎神明，于是她恳求上帝的原谅。接着，她穿上晨衣，跑到楼下厨房那里，希望忘记账单这件事。

和往常一样，火灭了。多萝西用煤油点着了火，双手沾满了脏兮兮的煤灰，然后焦虑地守在那儿等着水壶里的水烧开。六点十五分父亲就要用水刮胡子。多萝西端着水盆上楼，敲着父亲的房门，她晚了七分钟。

"进来，进来！"一个含糊又不耐烦的声音说道。

房间遮着厚厚的窗帘，空气很闷，弥漫着一股男性的气息。

牧师点着了床头柜上的蜡烛，正侧身躺在床上，看着他那刚从枕头下拿出来的金表。他灰白的头发像蓟花的冠毛一样浓密，那双明亮的黑色眼眸不耐烦地回头盯着多萝西。

"早安，父亲。"

牧师的声音很含糊——戴上假牙之前他的声音总是显得很苍老而口齿不清——"多萝西，我希望早上你能把埃伦叫醒，要不你自己就得准时。"

"我很抱歉，父亲，厨房里的火老是会灭掉。"

"好了！把水放在梳妆台上，然后把窗帘拉开。"

现在是白天了，却是乌云密布的阴天。多萝西快步走回自己的房间，迅速穿好衣服，一周七天有六天穿衣服得这么快。房间里只有一块小方镜，但她从来没有用过。她把金十字架挂在脖子上 —— 只是一个金十字架，没有耶稣受难像，阿门！ ——将头发盘在脑后，往上面胡乱插了几根发卡，只花了大概三分钟胡乱披上几件衣服（灰色的毛线衫、磨得光光的爱尔兰粗呢大衣和裙子、一双和大衣与裙子不相衬的长袜，外加一双很破旧的鞋子）。去教堂之前她得整理好饭厅和父亲的书房，还得练习好圣餐礼的祷告，光是这个就起码得花二十分钟的时间。

她推着单车走出前门，天还是阴沉沉的，草地上露水很重。迷雾笼罩着山腰，隐约露出圣阿瑟尔斯坦教堂的轮廓，就像一只铅铸的斯芬克斯巨兽，一口吊钟正发出哀悼的钟声——"当！当！当！"原本教堂有八口钟，但现在只有一口钟能响，其他七口钟从三年前就陆续动不了了，再也发不出声音，沉重的分量渐渐将钟楼的地板压烂。在远方的迷雾底下，你可以听到罗马天主教会那边传来难听的钟声——那是一口简陋廉价的小锡钟，圣阿瑟尔斯坦教堂的牧师总是称之为"松饼贩子的小铃铛"。

多萝西骑着单车，快速踩上山坡，整个身子的重心都压在车把上。清晨的严寒把她的鼻梁冻得通红。一只红脚鹬在头顶鸣叫着，但躲在乌云里根本看不见。让我的歌声在清晨为您歌唱！①多萝西把单车停在教堂墓地的门口，发现自己的手上仍有煤灰，连忙跪下来，在坟墓间湿漉漉的草坪上擦了几下，将双手擦干净。这时钟声停了，她跳了起来，快步走进教堂。教堂司事普罗哥特穿着褴褛的法袍和一双工人穿的大皮靴，迈着沉重的步伐走到教堂一侧的祭坛那里。

教堂里很冷，弥漫着蜡烛和陈年灰尘的味道。教堂很大但很破旧，信众却不多，超过一半面积空荡荡的。中殿摆了三排狭窄的靠背长凳，前面是一块荒废的石板地，上面有几块磨损很严重的石碑，标记着下面几座古时候的坟墓。高坛上的屋顶已经明显下垂，在教堂捐赠箱的旁边，两根千疮百孔的横梁无声地解释这是蛀虫导致的——蛀虫可谓是教堂不共戴天的敌人。光线被灰蒙蒙的玻璃过滤之后，显得很苍白。透过打开的南门，你可以看到一棵歪歪扭扭的柏树和一棵椴树的树枝，在没有阳光的空气中看上去呈淡灰色，轻轻地摇摆着。

和往常一样，只有另外一位参加圣餐仪式的信徒——梅菲尔老小姐，来自格兰奇家族。圣餐仪式的出席率太低了，牧师

---

① 本句出自著名的基督教赞美诗《圣哉三一歌》，由雷吉纳德·希伯（Reginald Heber）谱写。

甚至找不到男童服侍他，不过星期天早上是例外，那些男童喜欢在信众面前炫耀自己一派正经的装束。多萝西跟在梅菲尔小姐身后，走到座位上，为了忏悔昨天犯下的罪行，将法衣的下摆掀起来，跪在光秃秃的石板地上。仪式开始了。牧师穿着一件教袍和一件亚麻斜襟短法衣，正在训练有素地迅速背诵着祷词。现在他套了假牙，说话也清楚了，而且态度很不友好。他那张苛刻的老脸像银币一样苍白，露出冷漠甚至是轻蔑的表情。他似乎在说："这是一次圣餐仪式，我有责任为你们主持，但请记住，我是你们的牧师，不是你们的朋友。身为人子，我不喜欢你们，鄙视你们。"教堂司事普罗哥特四十岁了，头发卷曲灰白，脸膛通红憔悴。他耐心地站在旁边，虽然听得不是很明白，但态度毕恭毕敬，摆弄着那个小小的圣餐礼铃铛。小铃铛被他那双硕大通红的手一握，几乎看不见了。

多萝西揉了揉眼睛，她还没能集中起精神——事实上，她还记得屠夫卡基尔的账单，时不时就会犯愁。那些祷文她已经熟记于心，一句句掠过她的脑海，但她根本没有注意。她抬起眼睛，不一会儿就开始东张西望。她先是抬头望着屋顶那些掉了脑袋的天使雕像，脖子上还带着清教徒用锯子锯断的痕迹；然后她低下头，看着梅菲尔小姐那顶有点像猪肉馅饼的黑帽子和硕大的黑玉耳环。她身穿一袭发了霉的黑色长外套，多萝西记得她一直就是这副打扮。领子是油腻腻的羊羔皮，而料子很奇怪，像是水绸却又粗糙一些，上上下下都是涓流般的黑色绲边，但看不出很明显的图案来。或许这就是那传说中的邦巴辛黑绸纱。梅菲尔小姐年纪很老了，大家都忘了她的年龄，只知道她是个老女人。她的身上散发着一股淡淡的味道——似有若无的味道，闻得出是古龙水、樟脑丸和劣等杜松子酒夹杂在一起的味道。

多萝西从大衣的翻领里抽出一根带玻璃尖的长别针，借着梅菲尔小姐的背作掩护，刺了自己的前臂一下，肌肉痛得缩了起来。这是她的习惯，每当她发现自己没有专心聆听祈祷，就得把自己的手臂扎出血。这是她所选择的约束自己的方式，不让自己陷入无谓的胡思乱想和亵渎神明的念头中。

她握着别针，随时准备扎自己的手臂，这样一来，她的精神集中了到祈祷上。她的父亲一只黑溜溜的眼睛正不悦地盯着梅菲尔小姐，她不时地朝自己身上划着十字，他不喜欢信徒这么做。一只八哥在外面聒噪着。多萝西惊讶地发现自己正虚荣地看着父亲法袍上的褶子，那件法袍是她两年前缝制的。她咬紧牙关，将别针扎进手臂里，约莫有八分之一英寸深。

她们再次跪在地上，这是最近一段时间的总忏悔。多萝西发现自己的眼睛又在四处张望了——哎呀！这次她看的是在她右边的玻璃彩窗。那是 1851 年由皇家艺术学院的瓦德·图克爵士设计的，画着圣阿瑟尔斯坦来到天堂门口，大天使加百利领着一群长得一模一样，酷似王夫①的天使前来迎接他。她将别针扎进手臂上另一处地方，开始专注地思考每一句祷文的含义，让自己的精神再次集中起来。但是，在祈祷进行到"因此，大天使们和天使们——"这一句时，普罗哥特摇响了铃铛，她又走神了，和往常一样，听到这一句就忍不住想笑，不得不再扎自己一下。那是因为父亲曾经对她讲述过一个故事，说他童年时有一次在圣坛服侍牧师，铃铛的铃舌卡口松了，于

---

① 王夫（the Prince Consort），指女王的配偶。在奥威尔生前的时代，英国的王夫指维多利亚女王的丈夫弗朗西斯·阿尔伯塔·奥古斯都·查尔斯·埃曼努尔（Francis Albert Augustus Charles Emmanuel，1819—1861）。

是牧师当时是这么说的："因此，大天使们和天使们，连同天堂所有的会众，我们颂扬您荣耀之名，永远赞美您，说：拧紧了，你个猪脑袋，拧紧了！①"

牧师的祷告结束了，梅菲尔小姐缓慢而艰难地站起身，看上去就像一个支离破碎的木偶慢慢地、一节一节地爬起来，每动一下都会散发出强烈的樟脑丸的味道。她的身体里发出奇怪的、咯吱咯吱的声音——应该是胸衣摩擦而发出来的，但听起来就像是骨头在摩擦。你可以想象得出，在那袭黑色大衣底下其实是一具干瘪的骸骨。

多萝西站在原地，而梅菲尔小姐颤巍巍地朝圣坛走去。她几乎走不了路，但如果你去搀扶她的话，她会很反感。她那张老脸毫无血色，嘴巴大得很突兀，没办法合拢，流满了口水。下边的嘴唇因为年迈而下垂了，滴着哈喇子，露出一排牙床和泛黄的假牙，就像旧钢琴的琴键一样。上嘴唇的边上长着一圈黑漆漆湿漉漉的胡须。看到这张嘴很令人倒胃口，你绝对不希望这张嘴从你的杯里喝水。突然间，似乎魔鬼在心里作祟，多萝西正念诵着祷文的嘴里蹦出了这么一句："噢，上帝啊，不要让我喝梅菲尔小姐的口水！"

她立刻惊诧地发现自己说出了什么样的话，她宁愿将舌头咬成两截也不愿在圣坛的台阶上说出这么一番亵渎神明的言语。她又从翻领里摸出别针，狠狠地扎进手臂，疼得几乎按捺不住痛苦的叫声。然后她走上圣坛，温顺地跪在梅菲尔小姐的左侧，下定决心要跟在她后面喝圣水。

多萝西跪在地上，低着头，双手按在膝盖上，在父亲递给

---

① 在英语中，"拧"（screw）可以表示粗俗的"肏"、"干"之意。

她圣饼之前在心里祈祷，恳求上帝的原谅。但她的思绪被打断了，她无法专注于祈祷，她的嘴唇在张翕着，但心根本没有放在祈祷上，不知道在说些什么内容。她可以听到普罗哥特的脚步声和父亲以低沉的声音清晰地说道："接过圣餐，吃下去。"她看到膝盖下破旧的红地毯，她可以闻到尘土、古龙水和樟脑丸的味道，但她似乎被剥夺了思考的能力，她的脑海里一片空白，根本想不起她来这里是为了享用"基督的血与肉"。她似乎无法祈祷。她挣扎着，想理清自己的思路，呆板地念叨着一篇祷文的开头几句话，但这些根本没有任何意义——只是几句空洞的话。她的父亲那只秀气而年迈的手就拿着圣饼，伸在她身前。他用拇指和食指捏着，动作很讲究，又似乎带着一丝不悦，似乎那是一勺药品。他俯视着梅菲尔小姐，她正弓着腰，看上去像一只尺蠖，发出咯吱咯吱的响声，一丝不苟地朝自己身上画着十字，你会以为她正在扭开大衣前襟的几个盘扣。多萝西犹豫了好几秒钟，没有接过圣饼。她不敢接。她宁愿走下圣坛，也不愿在心神迷乱的情形下接受圣餐！

这时她往旁边瞥了一眼，透过打开着的南门，一束阳光正刺穿云层，透过椴树的枝叶和门口的落叶，闪烁着无可比拟又瞬息万变的绿光，比翡翠、祖母绿或大西洋的海水更绿。似乎是一颗璀璨的宝石在门口闪烁着绿色的光芒，然后就消退了。多萝西的心中涌过一股喜悦。这缕鲜活的绿光超越了理性，让她恢复了内心的平静，恢复了对上帝的爱和膜拜的力量。在绿叶的光芒照耀下，她又能继续祈祷下去。噢，您的绿意洒遍大地，我们赞美您，主啊！她开始热诚而喜悦地感恩祈祷。圣饼在她的舌尖融化了。她从父亲那里接过圣杯，银色的边缘沾着梅菲尔小姐的唇印，她带着厌恶喝了一口，为这个小小的自我贬抑的行为感到更加喜悦。

二

圣阿瑟尔斯坦教堂坐落于奈普山的山顶，登上塔楼的话你可以俯瞰郊野方圆十里的景致。但这里没什么风景——只有英格兰东部低矮平坦的原野，夏天非常单调乏味，而到了冬天，几棵光秃秃的榆树扇形的树冠直指铅灰色的天空，还算别有一番滋味。

山脚下就是市镇，镇里的主大街横贯东西，将市镇划为不均等的南北两部分。南区是旧镇，以农业为主，住的都是镇里有头有脸的人物；北区有布里菲尔-戈登甜菜制糖厂的厂房，周围是杂乱无章、脏兮兮的黄色小砖房，里面住的人大部分是厂里的工人。镇里有大约两千人，一半以上在厂里上班，有外来人口，也有本地人，几乎都是无神论者。

镇里有两个社交中心：一个是奈普山保守党俱乐部（有全面的营业执照①），酒吧营业时，透过拱形的窗户你可以看到镇里的名流那一张张肥头大耳红通通的脸，就像水族馆里那些胖乎乎的金鱼；一个是老茶铺，沿着主大街走一小段路就到了。这里是奈普山女士们聚会的主要场所。要是每天早上十点到十一点的时候不去老茶铺喝一杯"晨咖"，花上半小时倾听那愉快亲切的中上阶层的女士们唧唧喳喳地聊天（亲爱的，打扑克牌的时候他最大的牌就只有一张黑桃九，什么大牌都没有。什

---

① 英国经营餐馆、酒馆、俱乐部等场所需要申请执照，只有获得全面营业执照才贩卖啤酒和烈酒。

么，亲爱的，你不是在表示又要帮我付咖啡钱吧？噢，亲爱的，你真是太好了！明天可一定要让我请回你噢。看看这可爱的小托托，坐得那么笔挺，小黑鼻子一张一合的，真是个小机灵鬼，真是太可爱了。让他妈妈赏他一块方糖吃，要的，要的。来，托托！），那你就肯定和奈普山的社交圈脱节了。牧师尖酸刻薄地将这些女士形容为"咖啡党"。这些咖啡党的成员住在虚荣浮夸的小别墅里，而梅菲尔小姐则住在格兰奇大宅，和这些别墅群没什么往来。那是一座古怪的红砖楼建筑，有点像城堡，上面开了垛眼——建造于1870年，可能是某个人在和历史开玩笑——幸运的是，整座建筑几乎被茂密的灌木给遮住了。

牧师的家就在半山腰上，面朝教堂，背对主大街。这是一座不合时宜的建筑，大得很离谱，前面涂着总是在剥落的黄色石膏。牧师在旁边加盖了一间很大的暖房，多萝西用作工作室，但总是破败失修。前面的花园里种着歪歪扭扭的冷杉和一棵巨大的、枝叶繁茂的白蜡木，遮蔽了几间前室，使得屋里根本种不了花。屋后有个大菜园。每到春天和秋天，挖土的重活由普罗哥特负责，而多萝西则利用闲暇时间负责播种、种植和除草，但她太忙了，菜园里总是长满了杂草。

多萝西在前门从单车上跳下来，有好事者在前门贴了一张海报，上面写着"投票给布里菲尔-戈登，为你争取更高的工资！"（现在正在进行补选，布里菲尔-戈登先生是保守党的代表。）多萝西打开前门，看到破旧的棕榈毯上丢着两封信。一封是乡村教区司铎寄来的，另一封信是给父亲缝制法袍的那间"手如柔荑"裁缝店寄来的，信封脏兮兮的，看起来很薄，里面肯定是账单。牧师有个习惯，他只拿自己想看的信，其他信件都丢着不管。多萝西俯下身子把信捡起来，这时她惊慌地看到一个没有贴邮票的信封放在信架上。

那是一张账单——肯定是一张账单！她只看了一眼，就"知道"那是屠夫卡基尔寄来的。她的心沉到了谷底。她开始祈祷那或许不是卡基尔的账单——或许那只是布料商索尔派追讨三先令九便士的账单，或者是国际杂货店、面包店或牛奶店的账单——只要不是卡基尔的账单就行！接着，她按捺住心中的恐惧，从信架上拿起信封，双手像痉挛一样将它撕开。

"结欠清单：二十一英镑七先令九便士。"

这的确就是卡基尔的会计那朴素的字迹。但在这行字下面赫然写了一行大字，而且还加了很粗的下划线："敬请留意，此账单已逾期良久，还请尽早结账为盼。卡基尔。"

多萝西脸色变得更加苍白，根本没有胃口吃早饭了。她将账单塞进口袋里，走进饭厅。饭厅又小又黑，很需要重新裱贴。和牧师家里其他房间一样，里面的布置似乎是古董店大清仓时买来的。这里的家具都还"不错"，但都破得没办法修理，椅子被蛀得很厉害，除非你熟悉每张椅子哪里不好，否则坐下去就会有摔倒的危险。墙上挂着黑漆漆的破损的旧钢版雕刻画，其中一幅是范·迪克①的《查理一世》——假如不是被潮气侵蚀的话，勉强还称得上是一张好画。

牧师正在空壁炉前面站着，似乎当那里有火在取暖。他正在读一只蓝色长信封里的信函，身上仍然穿着那件黑色水绸法袍，衬托出他那头茂密的白发和苍白冷漠又不失相貌堂堂的

① 安东尼·范·迪克（Anthony van Dyck，1599—1641），生于比利时安特卫普，英国王室宫廷画家，其画作《查理一世》为世界名画。

脸。多萝西一进来，他把那封信放到一边，掏出金表细看着上面的时间。

"对不起，父亲，我迟了一会儿。"

"是的，多萝西，你的确迟了一会儿。"牧师重复了她这句话，语气说得很重。"确切地说，你迟到了十二分钟。多萝西，当我六点一刻得起床去执行圣餐仪式，回到家又累又饿的时候，如果你能按时回家做早饭，而不是迟了一会儿，我相信会比较好，难道不是吗？"

显然，用多萝西委婉的话讲，牧师现在的心情"很不舒服"。他说话的时候声音很有教养，但令人觉得很厌倦，听不出恼怒但从不幽默——似乎一直在说："我真的看不下去你这般胡闹了！"他给人的印象是，由于别人的愚蠢和惰怠，他一直在承受着苦难。

"对不起，父亲！我刚才去探望了陶尼太太（陶尼太太就是备忘录里写的陶太太），昨晚她生了小孩。你知道她答应过我生完孩子后会到教堂参加仪式。但要是她觉得我们不关心她，又怎么会来呢？你知道这些女人是什么样的人——她们似乎不喜欢来教堂参加仪式。得我好说歹说她们才肯来。"

牧师没有说什么，只是不满地哼了一声，走到餐桌那里。他的意思是，首先，陶尼太太应该不需要多萝西规劝就自觉来教堂参加仪式；其次，多萝西不该浪费时间去见那些乱七八糟的人，特别是在做早饭前这么做。陶尼太太的丈夫是个工人，一家人住在主大街北边非教徒居住的区域。牧师将手靠在椅背上，什么话也没说，瞪了多萝西一眼，意思是说，"还不赶快吃饭？还磨叽什么？"

"饭都做好了，父亲，或许，您可以作谢恩祷告了——"

多萝西说道。

"感谢主的恩典。"牧师一边说一边掀起陈旧的早餐碟的银罩。这个银罩和那根镀银的舀果酱的小勺都是家传之宝。而刀叉和大部分餐用器皿都是从伍尔沃斯商店买的便宜货。"又吃熏肉，我就知道。"牧师补充了一句，看着搁在烤方面包旁边的那三小片熏肉。

"家里就只有这个了，对不起。"多萝西应道。

牧师用拇指和食指拿起叉子，动作很谨慎，似乎在玩挑棒棒游戏，将一片熏肉翻了过来。

"我知道早餐吃熏肉是英国古老的饮食传统，和代议制政府一样历史悠久。"牧师说道，"但时不时换换口味难道不是更好吗，多萝西？"

"现在熏肉很便宜。"多萝西带着歉意说道，"不买简直就是罪过。一磅才五便士，有的熏肉看上去还挺好，只卖三便士。"

"啊，丹麦的熏肉，是吧？丹麦人老是变着法儿侵略我们国家！先是使用武力，现在又用他们那令人讨厌的廉价熏肉。我在想，到底哪种侵略方式杀死的人更多一些呢？"

说了这么一句富有机趣的话之后，牧师的心情好了一些，端坐在椅子上，开始享用被自己鄙夷的熏肉，而多萝西（她没有吃熏肉——因为她昨天说了"该死的"，而且午饭后游手好闲了半个小时）则在心里筹划着该怎么开口将心里的事情告诉父亲。

她有个难以启齿的话题——开口要钱。即使在家里最景气的时候，要父亲给钱也几乎是不可能的事情。显然，今天早上向父亲要钱会更"不好打交道"。"不好打交道"是她另一个委婉的词汇。看着那个蓝色的信封，她沮丧地心想，他一定收到了坏消息。

只要和牧师说上十分钟话，任何人都会认为他是个"不好打交道"的人。他之所以总是这么脾气不好的根本原因是他与这个时代格格不入。或许他不该出生在现代社会，因为他总是对现实非常厌恶不满。如果他早几个世纪出生，或许他会是个快乐的多面手：写写诗歌，收集故纸堆，管理自己的教区，一年领四十英镑的牧师年薪，这样或许他会过得舒心一些。而如果现在他能富裕一些，他或许可以对二十世纪置若罔闻。但依照传统生活的代价非常昂贵，一年起码得有两千英镑。他从列宁和《每日邮报》①的时代就开始挨穷，心里愤愤不平，而这一情绪他总是发泄在身边最亲近的人身上——这个人当然就是多萝西。

他生于1871年，是一位男爵的小儿子的小儿子。他投身宗教是因为一个过时了的原因：在英国，小儿子的传统归宿就是进教会。他的第一份教职是在伦敦东区的一个贫民教区——那里肮脏污秽，到处是流氓混混，那是一段他不愿回首的往事。那时候下等人（他就是这么称呼他们的）已经开始无法无天了。后来他去了肯特郡的一个偏僻地方担任主持牧师，感觉好了一些（多萝西就是在肯特郡出世的）。在那里，村民仍很老实纯朴，见到教区牧师会碰碰帽子以示敬意。当时他已经结婚了，但这段婚姻并不快乐。而且，作为神职人员，他不能和妻子吵架，只能将不悦压在心里，而这让他更加痛苦。1908

---

① 弗拉基米尔·伊里奇·列宁（Vladimir Ilyich Lenin）生于1870年，卒于1924年。《每日邮报》创办于1896年，故牧师挨穷的日子应始于19世纪末。

年他来到奈普山，当时他三十七岁，脾气非常糟糕——这让教区的男女老少都对他敬而远之。

作为牧师，其实他还是很称职的。在履行职责时一丝不苟，非常正确——或许对于一个英国东部的低教会派^①教区而言太正确了。他举行仪式的礼节无可挑剔，布道的内容也很精彩，每星期三和星期五总是能很早起来举行圣餐仪式。但他从来没有想过神职人员的职责并非只局限于教堂的四面高墙。他请不起助理牧师，将教区的脏活累活都交给自己的妻子打理。而当她死后（她于1921年亡故），又让多萝西承担起这份工作。人们总是带着怨恨说，如果可以的话，他会让多萝西帮他布道——这当然不是真的。从一开始"下等人"们就知道牧师对他们抱以怎样的态度。如果他是个有钱人，或许他们会对他溜须拍马，他们就是这样的人。但他不是个有钱人，于是他们就一心痛恨他。他根本不在乎别人是不是痛恨他，因为他根本无视他们的存在。但他和上流社会的人士也相处得不愉快。他和郡里的每一个世家子弟都起过争执，至于镇里那些不入流的士绅，身为一位男爵的孙子，他看不起他们，而且毫无掩饰地表示出来。他在圣阿瑟尔斯坦教堂服务了二十三年，教众的数目从六百人缩减到了不到两百人。

这不仅是因为牧师个人的缘故，同时也是因为牧师所坚持的那种守旧的高教会派英国国教让教区里各个阶层都觉得很讨厌。如今一个牧师如果想留住信众，他只有两条路可走。要么是走英国国教和天主教合流的道路，简单纯粹——或者说，纯

---

① 英国国教分为高教会派与低教会派。高教会派虽摒弃教皇辖制，却仍坚持部分天主教传统；低教会派反对过分强调教会权威，主张简化仪式，更接近于清教徒。

粹而不简单；要么他必须大胆地走现代化的开明路线，布道时
说一些慰藉人心的话，向信徒们保证没有地狱的存在，所有好
的宗教其实同流归宗。但这两条路牧师都没有走。一方面，他
极其鄙视英国国教和天主教合流的运动。他了解过那些教义，
但根本没有触动，将其斥为"罗马狂热"。另一方面，对于老
一辈的信众来说，他又太"高教会派"了。时不时地，他总是
用"天主教"这么一个要命的词汇，不仅在讲经的时候说，而
且站在圣坛上的时候也说，把信众们吓坏了。自然而然地，信
众的数目逐年减少，而那些上流社会人士是最早一批离开的。
拥有郡里五分之一土地的波克索姆爵士、退休的皮革商人利维
斯先生、住在克拉伯特里宫的爱德华·胡森爵士和那些拥有私
家汽车的上流社会新贵都离开了圣阿瑟尔斯坦教堂。大部分人
星期天早上会驱车到五英里外的米尔巴罗。米尔巴罗是个有五
千人口的小镇，有两间教堂可以选择，分别是圣埃德蒙德教堂
和圣卫德凯教堂。圣埃德蒙德教堂奉行现代主义——圣坛上张
贴着布莱克①的《耶路撒冷》，用高脚小酒杯喝圣餐仪式的红
酒——而圣卫德凯教堂是英国国教和天主教合流的教堂，总是
与主教起侧面的冲突。但奈普山保守党俱乐部的秘书长卡梅隆
先生就是改宗罗马天主教的信徒，他的几个孩子积极投身于罗
马天主教文学运动。据说他们家养了一只鹦鹉，会说"教会之
外无救恩"②这句话。事实上，除了格兰奇家族的梅菲尔小姐
之外，有身份的人都离开了圣阿瑟尔斯坦教堂。据她所说，她
死后大部分遗产都会捐给教堂，但她从未往捐献箱里捐献多过

---

① 指威廉·布莱克（William Blake，1757—1827），英国浪漫主义诗人、画家，代表作有《耶路撒冷》、《米尔顿》等。
② 原文是拉丁文："Extra ecclesiam nulla salus."

六便士，而且似乎她一直都会活下去。

早饭的前十分钟父女俩没有说话。多萝西一直在鼓起勇气想开口——她得先找个别的话题，然后再谈要钱的事——但父亲并不是一个随和的人，很难与他交谈。他总是心不在焉，你很难让他听你在说些什么；有时他又会过于专注，仔细地倾听你所说的内容，然后不耐烦地指出那些根本都是废话。礼貌的客套话——谈论天气什么的——总是会引起他的嘲讽。但多萝西顾不上那么多了，决定先谈论天气。

"天气真有趣，不是吗？"她说道——话刚说出口心里就意识到这句话是多么无聊。

"有趣？什么意思？"牧师问道。

"嗯，我是说，早上天气还很冷，而且雾蒙蒙的，现在又出太阳了，天气转晴了。"

"这样子就很有趣吗？"

多萝西心想，"这样是行不通的。他一定是收到了坏消息。"她继续说下去：

"我希望您能到后院看看，父亲。那些红花菜豆的长势可好了！豆荚差不多得有一尺长。我打算把长得好的豆荚留到丰收节。我觉得，如果在讲坛挂些红花菜豆，再点缀几个西红柿，一定会很漂亮。"

她说错话了。牧师抬起头，露出极其厌恶的表情。

"我亲爱的多萝西，"他疾声说道。"你这是拿丰收节来烦我吗？未免太早一些了吧？"

"对不起，父亲！"多萝西惶恐地回答，"我不是故意的。我只是想……"

牧师继续说道："你觉得我在红花菜豆的华彩里布道感觉

会很开心吗？我可不是什么菜贩子。想到这个我就没胃口吃早饭了。这该死的节日什么时候举行？"

"九月十六号，父亲。"

"还有将近一个月呢。看在上帝的分上，让我不要那么快就记起这件事好吗！我想我们每年都得举行这么一个滑稽可笑的节日，满足教区里每个业余园丁的虚荣心。但除非真的有必要，就让我们不要记起它吧。"

多萝西本来应该想到的，牧师非常讨厌丰收节。他甚至因此失去了一位教区信徒——托尔吉斯先生，一个性情古怪的退休菜农——因为他说不喜欢看到教堂被打扮得像蔬果小贩的摊位。托尔吉斯先生其实是个非英国国教信徒，之所以一直会到教堂来，纯粹是因为在丰收节的时候他可以将侧面的祭坛装点得像巨石阵那样，往上面挂硕大的西葫芦。去年夏天他种出了一个巨大无比的南瓜。那个红通通的东西重得两个大男人才能举起来。那么一个丑陋的东西就摆放在高坛上，让圣坛显得很矮小，遮住了东边窗户的光线。无论你站在教堂里的哪个方位，那个南瓜总是那么扎眼。托尔吉斯先生可高兴了。他老是在教堂里待着，无法离开那个他钟爱的南瓜。他甚至不停地带朋友过来参观。从他脸上的表情你可以想到他正在引用华兹华斯[①]《在威斯敏斯特桥上》这首诗：

"大地再没有比这儿更美的风景，

只有灵魂麻木的人，

才会对如此壮丽的景致无动于衷！"

[①] 威廉·华兹华斯(1770—1850)，英国浪漫主义诗人，代表作有《抒情诗集》、《远足》、《诗集二卷》。

经过这件事情之后，多萝西甚至希望能让他过来参加圣餐仪式。但当牧师看到那个南瓜时，他非常生气，叫人立刻把"那个恶心的东西"搬走。托尔吉斯先生立刻"改投别地"，和他的几个孩子再也不来教堂了。

多萝西决定最后再试一下。

"我们正在赶制《查理一世》的戏服，"她说道。（教会学校的孩子们正在排练《查理一世》这出戏，经费由管风琴基金提供。）"但我希望当初我们选一出容易点的戏。做铠甲真的好难，而那些长筒靴更是让人头疼。我想下一次我们得演古罗马或古希腊的剧目。有时他们只需要穿着宽松的长袍。"

听到这番话，牧师又哼了一声。在他眼中，学校舞台剧、露天表演、市集、慈善义卖、募捐音乐会不像丰收节那么惹他嫌恶，但也根本不感兴趣。他总是说，这些活动都是必要的恶。这时，女仆埃伦推开门，笨手笨脚地走进房间，脏兮兮的手拿着她那条麻袋一样的围裙，贴在肚子上。她是个身材高大腰圆膀阔的女人，长着鼠色的头发，声音很哀伤，而且脸色很差，患有慢性湿疹。她的眼睛一直看着牧师，却朝多萝西打了声招呼，因为她很畏惧牧师，不敢直接跟他说话。

"早安，小姐……"

"怎么了，埃伦？"

"是的，小姐。"埃伦哀伤地说道，"波特先生在厨房里。他想请牧师给他家的孩子洗礼，因为他们觉得孩子可能活不过今天，但他还没受洗呢，小姐。"

多萝西站起身。牧师立刻说道："坐下。"嘴里还吃着东西。

"他们认为孩子出什么事了？"多萝西问道。

"小姐，孩子的身体发黑了，而且老是拉肚子，太可怕了。"

牧师费劲地吞下口里的食物，"非得在我吃早饭的时候说这些恶心的事情吗？"他叫嚷着，然后转身对埃伦说，"把波特打发走，跟他说十二点钟的时候我就去他家。"接着他补充了一句，"我实在是不明白，为什么那些下等人老是挑吃饭的时候过来烦人。"然后又瞪了多萝西一眼，她坐了下来。

波特先生是个工人——确切地说，是个砌砖工。牧师对于洗礼这件事的看法合情合理。如果事情真的很紧急的话，他会在雪地里跋涉二十英里去给一个垂死的婴儿施洗，但他不希望看到一个砌砖工捎个话多萝西就急不可待地要离开饭桌的模样。

接下来吃早饭的时候父女俩没有说话。多萝西的心越沉越低。她得跟父亲要钱，但照眼下的情形看，钱肯定是要不到的了。牧师吃完了早饭，站起身从壁炉架上的烟草罐取烟丝装填烟斗。多萝西简短地祈祷了一番，鼓起勇气，在心里催促自己，"去啊，多萝西！说出来！不要畏缩！"她挣扎着开口说道：

"父亲……"

"怎么了？"牧师手里拿着火柴，停住了动作。

"父亲，我有件事跟您说，这件事很重要。"

牧师的脸色一变，他立刻猜到她要说什么。奇怪的是，他的表情没有刚才那么不耐烦了，反而显得很平静，看上去就像一只冷漠无情的狮身人面兽。

"亲爱的多萝西，我知道你想说什么。你又想跟我要钱，是吗？"

"是的，父亲，因为……"

"我可以告诉你，我一分钱都没有——得到下一个季度才有钱。你不是已经要过钱了吗？我是半个便士也掏不出了。现在你就别烦我了。"

"但是，父亲……"

多萝西的心沉得更低了。每次向父亲要钱最难以忍受的就是他这副处之泰然的冷漠态度。当你提醒他债务已经迫在眉睫的时候，他总是无动于衷。显然，他不知道欠债还钱是天经地义的事情，而一家人离了钱根本活不下去。他一个月给多萝西十八英镑应付家里的一切开销，里面还包括埃伦的工资。而他又对食物非常"讲究"，只要质量稍有下降就能立刻察觉。结果呢，他们家背了一屁股债，但牧师对此根本漠不关心——事实上，他不知道欠了多少钱的债。他投资亏了钱会火冒三丈，但欠商人钱——这种事情他根本不放在心上。

一缕青烟从牧师的烟斗里袅袅升起。他正若有所思地打量着查理一世的钢版雕刻画像，似乎已经将多萝西要钱的话忘得一干二净。看到他如此漠不关心，多萝西的内心充满了绝望。她再次鼓起勇气，比以往任何时候更大声地说道：

"父亲，请听我说。这钱非要不可，而且很急！真的非要不可！我们不能这样赖下去了。镇里几乎每家店铺我们都欠了钱。有时想到欠了那么多张账单没还，我都不敢出门。我们欠卡基尔二十二英镑呢，您知道吗？"

"那又怎么了？"牧师吞云吐雾地答了一句。

"这笔账拖欠七个月了！他催了一次又一次。我们得还钱！让他这样枯等对他可不公平！"

"胡说，亲爱的孩子！这些人就希望人家拖欠他们钱。他们就喜欢这样。到头来他们挣得更多。天知道我欠了'手若柔荑'裁缝店多少钱——我才懒得去问。他们老是寄信过来讨债，但你没有听到我在抱怨，不是吗？"

"但父亲，我不能像您那样看待问题。我做不到！老是欠人家钱太可怕了！这不能算是什么了不得的过错，但实在是招人恨。我觉得太丢人了！我去卡基尔的店买蹄髈，他对我不理不睬的，让我排在别的顾客后面，就因为我们老是欠钱不还。而且我还不敢不去他的店买东西，要是这么做的话他一定会追上门的！"

牧师皱紧眉头，"什么！你是说这家伙曾经对你无礼过？"

"我没有说他无礼，父亲。但如果他生气了您也不能怪他，谁叫咱们家欠他钱呢？"

"我当然可以责备他！如今这些人以为自己是什么东西，真是令人讨厌——太令人讨厌了！但你知道的，这就是这个美妙的世纪我们所面对的事情：民主——进步，他们爱怎么说都行。别去他那儿买肉了。告诉他你找了另一家肉店。对付这种人就只能这样。"

"但是，父亲，这样子根本于事无补。说真的，您不觉得我们得还他钱吗？我们应该可以筹到钱吧？您就不能卖点股票或什么吗？"

"我亲爱的孩子，别跟我提卖股票的事！我刚收到经纪人那边的坏消息。他告诉我那只苏门答腊锡矿股票从七先令四便士跌到六先令一便士，这意味着我损失了将近六十英镑。我得告诉他趁跌得更厉害之前赶快抛售出去。"

"如果您卖出去的话，不就有现钱了吗？那就一次性把债都还清了吧。"

牧师平静地说："胡说八道，胡说八道。"然后将烟斗放进嘴里，"这种事你根本一窍不通。我得马上将钱再投资到别的有希望的股票上——只有这样才能挽回损失。"

他将一根拇指搭在法袍的腰带上，对着那幅钢版雕刻画像皱紧了眉头。他的经纪人建议买联合纤烷丝。牧师的财务麻烦就出在苏门答腊锡矿、联合纤烷丝和不计其数的虚无缥缈的公司上面。他是个积习难改的赌徒。当然，他不认为这是赌博，而是寻找"合理投资"的探索。成年的时候他继承了四千英镑的财产，由于他"投资有方"，这笔钱逐渐缩水到只剩一千两百英镑。而且更糟糕的是，每年他还东拼西凑地从自己微薄的收入中继续追加投资，又让五十英镑化为乌有。有趣的是，神职人员比任何阶层的人都更痴迷于"合理投资"。或许，"合理投资"就是那个在黑暗时代披着美女画皮引诱教士的恶魔在现代的化身。

"我得买五百股联合纤烷丝。"牧师最后说道。

多萝西放弃了希望。现在父亲一心想的只有"投资"（她对这些"投资"一无所知，只知道它们总是出问题），已经将欠各家店铺一大笔钱这件事忘得一干二净了。她最后一次规劝道：

"父亲，我们把欠的钱还了吧，求您了。您能尽快再给我点钱吗？或许不用现在就给——下个月或下下个月？"

"不行，亲爱的，我没钱。圣诞节的时候或许可以——估计到了那时也不行。至于眼下，我确实没钱。我连半个便士都掏不出来。"

"但是，父亲，不能还钱实在是太可怕了！这多难为情啊！上次维尔温-福斯特先生（维尔温-福斯特先生是乡村教区司铎）在这里的时候，维尔温-福斯特太太在镇里到处找人询问关于我们的私人问题——问我们怎么消磨时间，我们有多少钱，我们一年烧多少吨煤，各种问题。她总是在打探我们的事情。如果她知道我们欠了那么多钱，那可怎么办！"

"但这些不是我们自己的私事吗？我不知道这些事情与维尔温-福斯特太太或其他人有什么关系。"

"但她到处都在打听这些问题——而且还夸大其词。你知道维尔温-福斯特太太是个怎样的人。她每到一个教区都会去打听关于那里的教区牧师的丑事，然后向主教打小报告。我不是在说她坏话，但她真的是——"

多萝西意识到自己正在说人家的坏话，立刻闭嘴不说话了。

"她就是那么一个喜欢搬弄是非的女人。"牧师坦然地说道，"那又怎么样？有谁听说哪个乡村教区司铎的老婆不这样呢？"

"但是，父亲，我怎么才能让您知道情况非常严重呢！我们下个月快要没米下锅了。我不知道今天午餐该去哪里买肉了。"

"是正餐，多萝西，正餐！"牧师不耐烦地说道，"我希望你能把这个将正餐叫成午餐的下等人讨厌透顶的习惯改掉！"

"那就是正餐吧。我们去哪儿买肉呢？我不敢再去卡基尔那里买肉了。"

"那就去找别的屠夫——他叫什么名字来着？索尔特——不要再去卡基尔那里了。他知道迟早我们会还他钱的。老天爷啊，我不知道这有什么好大惊小怪的！大家不都欠着店铺钱吗？我记得……"牧师正了正肩膀，把烟斗放回嘴里，眺望着远方。他的声音变得柔和了许多，开始缅怀旧事，"我记得在牛津的时候，父亲还欠着牛津那边的商铺三十年前的账没还呢。汤姆（汤姆是牧师的那位准男爵本家）在继承他的财产之前欠了七千英镑呢。这是他亲口告诉我的。"

听到这里，多萝西最后的希望破灭了。只要父亲提起堂亲汤姆，只要提起"我在牛津的时候怎么怎么样"，她就拿他没辙了。他陷入了对往昔美好岁月的幻想，那时根本没有屠夫催账这种低俗的事情。他会久久地忘记自己只是一个穷乡僻壤的牧师——他忘记了自己是一个出身于贵族世家却没有继承权的人。他自然而然记起的是那种贵族奢华的风范。而当他舒舒服服地沉浸在幻想的世界里时，多萝西却得去应付那些店主，将一根羊腿从星期天张罗到星期三。但她知道再争执下去已经没有意义，只会令父亲生气。她站起身，将早餐收拾干净。

"您确定不能给我钱，是吧，父亲？"她双手托着盘子，走到门口时最后问了一句。

牧师望着远方，舒舒服服地抽着烟斗，根本没听到她在说话。或许他正沉浸于美好的牛津岁月。多萝西走出饭厅，沮丧地几乎掉下眼泪。要钱还债的问题再次被束之高阁，这种情况已经不知重复了多少遍，根本没有解决的希望。

三

多萝西骑着她那辆旧单车，车把上挂着篮子，顺着坡势滑下山，脑海里盘算着三英镑十九先令四便士该怎么用——这些钱得撑到下个季度的第一天。

她已经想好了厨房里所需的东西，有什么东西是厨房不需要的吗？茶叶、咖啡、肥皂、火柴、蜡烛、糖、扁豆、柴火、苏打、灯油、鞋油、人造黄油、烤面包粉——家里似乎每样东西都缺。每过一会儿她就会想起一样遗漏的东西，心情每况愈下。比方说，她想起了洗衣服的账单，而且煤也快烧完了，而且星期五还得买条鱼。牧师吃鱼的口味"很难伺候"。基本上，他只吃价格贵一些的鱼：鳕鱼、牙鳕鱼、鲱鱼、鲽鱼、青鱼，而且绝不吃腌鱼。

而且她还得想办法买到今天午餐——是正餐——要吃的肉（多萝西很听父亲的话，管这顿饭叫"正餐"。而晚上那顿饭是胡乱应付的，就只能叫"晚餐"，牧师的家里没有"晚正餐"这回事）。多萝西决定今天正餐做煎蛋卷吃。她不敢再去卡基尔的肉店，但是，假如正餐吃煎蛋卷，晚餐还吃炒蛋的话，父亲肯定会说些挖苦的话。有一次他们一天吃了两回鸡蛋，父亲冷冰冰地问道："你开了间养鸡场吗，多萝西？"或许明天她可以到国际杂货店买两磅香肠，买肉的问题可以再拖一天。

还有三十九天，身上却只有三英镑十九先令四便士，多萝西脑海里想的就只有这些，不禁开始自怜自伤起来。她马上意识到自己在想些什么，对自己说道："怎么了，多萝西！不许哭！如果相信上帝的话，一切都会好的。《马太福音》第六章第二十五节①。主会提供一切的，不是吗？"多萝西将右手从车把上移开，摸出那只带玻璃尖的别针，但亵渎神明的想法已经消逝了。这时她看到普罗哥特那张阴郁的红脸。他正站在路

---

① 该节经文内容如下：所以我告诉你们：不要为生命忧虑吃什么，喝什么；为身体忧虑穿什么。生命不胜于饮食吗？身体不胜于衣裳吗？

旁朝她打招呼，态度很恭敬，但神情很急切。

多萝西停了下来，跳下单车。

"冒昧打扰了，小姐。"普罗哥特说道，"有件事得告诉您，小姐——特别要紧的事情。"

多萝西暗自叹息。当普罗哥特说有特别要紧的事情得告诉你时，你可以很肯定地猜到发生了什么事：一定是关于教堂的某些不好的消息。普罗哥特性情悲观，认真尽职，对教堂的事情非常忠心。他不是很聪明，对自己的宗教信仰其实没什么了解，关心教堂的建筑修葺情况成了他表现虔诚的方式。很久以前他就认定基督教会就是奈普山圣阿瑟尔斯坦教堂的这几面墙、屋顶和钟楼。他会一整天在教堂周围转悠，一脸阴郁地记下哪里的石墙开裂了，哪里的横梁被蛀虫蛀松了——然后过来找多萝西要钱进行修葺工作，而这往往要花一大笔钱。

"怎么了，普罗哥特？"多萝西问道。

"是的，小姐，是那几口……"普罗哥特说话时总是会带着一个奇怪的发音，但又算不上一个完整的词，只是一个词的前奏。他的嘴唇已经作势要说出这个词了，这个词似乎是以字母 B 开头的①。普罗哥特是那种随时随地都会爆粗口的人，却又总是能在粗话说出来之前就把它憋回去。"是那几口钟啊，小姐。"他硬生生地把那个 B 开头的词憋了回去。"教堂钟楼上的那几口钟。钟楼的地板就要裂开了，情况真是触目惊心，您看了会寒毛直竖的。在我们想到要怎么办之前得把它们搬下来。今早我上了钟楼，看到地板就快被它们压烂了，告诉您

---

① 译者注：英语的粗话中，以 B 开头的词有 bitch，意为"婊子、贱货"。

吧，我吓得没命地往楼下跑，比上楼的时候快多了。"

每半个月普罗哥特就会抱怨钟楼那几口钟的情况。那几口钟躺在钟楼的地板上得有三年了，因为把钟再吊上去或干脆丢弃都得花费大概二十五英镑，但付这笔钱的机会可不比付两万五千英镑的机会大多少。普罗哥特所说的危险情况并没有夸大其词。他们都知道，就算不是今年或明年，反正不久这几口钟就会压穿钟楼的地板，砸到教堂的门廊上。普罗哥特总是说这可能会在星期天早上信众走进教堂的时候发生。

多萝西又叹了口气。那几口烦人的钟让她时刻不得安宁。有好几次她还梦见了那几口钟掉落下来。教堂总是有这样或那样的麻烦。就算钟楼修好了，屋顶或墙壁又会出问题，要么就是长凳坏了，叫木匠来修得花十个先令；教堂得添七本赞美诗，每本得花一先令六便士；炉子的烟道堵住了，清通费得花半个克朗；或是一扇损坏的窗棂；或是唱诗班男孩们破破烂烂的法袍。钱总是不够用。五年前牧师执意买了一部新的管风琴——他说旧的那部听起来像得了哮喘的奶牛，自此教堂就背上了沉重的财务负担。

"我不知道我们可以做些什么。"多萝西最后说道，"我真的不知道。我们没钱。就算我们能从学校舞台剧那里筹到一点钱，我们也得用在管风琴基金上。那些维护管风琴的人要账要得特别凶。你跟我父亲说过了吗？"

"说过了，小姐。他根本不以为意。他说，'钟楼已经坚持了五百年，我们相信它还能再撑几年。'"

这种情况已经不是第一次了。牧师似乎对教堂年久失修根本没有在意。事实上，任何他不想为之烦恼的事情，他都一概不放在心上。

"我不知道我们可以做些什么。"多萝西重复了一遍,"当然,下下周就要举行慈善义卖了。我指望梅菲尔小姐能送我们一些好东西去拍卖。我知道她不在乎这些。她有好多家具和物品从来没用过。前几天我去她家,看到一套好漂亮的洛斯托夫特茶具,就放在橱柜里。她告诉我那套茶具有二十多年没有用过了。要是她把那套茶具捐给我们就好了!应该能卖好几十英镑。我们必须祈祷,希望慈善拍卖能获得成功,普罗哥特。希望这次我们起码能筹到五英镑。假如我们真诚祈祷的话,我们会挣到钱的。"

"是的,小姐。"普罗哥特恭顺地回答,转头望着远处。

一辆响着喇叭、涂着蓝漆、闪闪发亮的小汽车缓缓地沿着马路驶来,朝主大街的方向驶去。制糖厂的老板布里菲尔-戈登先生的脸从一扇车窗后面探了出来,脸膛黝黑光滑,在沙黄色的哈里斯牌粗毛呢西装的映衬下显得病恹恹的。车子经过的时候,他没有像平时那样无视多萝西的存在,而是对她报以微笑,几乎可以用热情加以形容。他的大儿子拉尔夫也在车上,不过他和家人都叫他瓦尔夫——他是个娘娘腔的年轻人,今年二十岁,喜欢写艾略特①风格的自由诗。一道乘车的还有波克索姆爵士的两个女儿。他们都微笑着,连波克索姆爵士的两个女儿也在微笑。多萝西很惊讶,因为好几年来这些人在街上一直假装不认识她。

"布里菲尔-戈登先生今天早上特别友善。"她说道。

"是的,小姐,这是意料中的事情。下个星期就要选举

---

① 应指托马斯·斯特恩斯·艾略特(Thomas Sterns Eliot,1888—1965),美国/英国剧作家、文学批评家、诗人,1948年诺贝尔文学奖得主,代表作有《荒原》、《四个四重奏》等。

了，这就是他这么友善的原因。他们在争取您的选票，笑容自然要像蜂蜜和牛油一样甜美。而投票那天一过，他们就会立刻忘了您是谁。"

"噢，是因为选举哪！"多萝西轻轻说了一句。像议会选举这种事情与教区工作的日常事务几乎扯不上边，她几乎完全不知道有这么一件事——她甚至不知道自由党和保守党，社会主义党和共产党之间有什么区别。"嗯，普罗哥特，"她想起了更重要的事情，不再去理会选举，"我会告诉父亲关于那几口钟的严重性。我想，或许我们能做的，就是为这几口钟专门筹集款项。谁知道呢，或许我们可以筹到五英镑，甚至可能筹到十英镑！如果我去找梅菲尔小姐，请她认捐五英镑，或许她会愿意给钱呢，你说呢？"

"听我说，小姐，您可千万不能让梅菲尔小姐知道这件事。她会吓坏的。如果她知道钟楼不安全，我们可别指望她再来教堂了。"

"哦，亲爱的，我可不这想。"

"不，小姐，我们别想从她那儿得到什么好处。那个老——"

那个以字母 B 开头的词又一次从普罗哥特的嘴边溜了过去。现在他已经完成了每半个月一次的关于那几口钟的报告，心里踏实了一些。他碰了碰鸭舌帽，转身离开。多萝西骑着单车去主大街，脑海里盘旋着欠店铺的钱和教堂开销这两个问题，就像一首维拉内拉诗①的两段叠句。

灰蒙蒙的太阳现在玩起了四月天似的捉迷藏游戏，躲在羊

----

① 维拉内拉诗(villanelle)，英语诗体，格式为十九行二韵。

毛般的云朵岛屿后面，射出一缕斜光照耀着主大街，为朝北的前屋镀上一层金辉。那是一条静谧老式的街道，偶尔去一趟会觉得那里特别宁静，但当你住在那里，与别人结下了仇怨，或是每扇窗户后面都站着一个讨债的人时，感觉又不一样了。唯一让人觉得不舒服的建筑是老茶铺（前面的石膏墙上钉着假冒的横梁，窗户上镶着做酒瓶的那种玻璃，屋顶翘了起来，就像中式的庙宇，令人觉得反感）和新开的装饰了多利安式柱子①的邮局。两百码开外，主大街分开两叉，形成一个小小的集市，有一个现在已经没用了的水泵和两间被虫子蛀得千疮百孔的仓库。水泵的一边是镇里最大的酒吧"狗和酒瓶"，另一边就是奈普山保守党俱乐部。卡基尔那家肉店就在街道的尽头。

多萝西转过街角，听到一阵阵热烈的喝彩声，还有长号在吹奏着《大不列颠颂》的旋律。原本很宁静的街道黑压压地挤满了人，还有更多的人从附近的街头巷尾赶过来。显然，这里正在举行凯旋游行。就在街对面，在"狗和酒瓶"的屋檐和保守党俱乐部的屋檐之间拉了一条绳子，上面挂满了蓝色的飘带，中间则悬挂着一幅旗帜，上面写着"布里菲尔-戈登和大英帝国！"布里菲尔-戈登的小车正以步行的速度朝着旗帜驶去，左右两边挤满了人。布里菲尔-戈登先生笑容满面，朝左右两边致意。在汽车前面走着一队"水牛皇家太古兄弟会②"的会员，领头的是一个热情洋溢的小个子，正在吹奏长号。队伍里还打着另一面旗帜，上面写着：

"谁将从赤化危机中拯救不列颠？

---

① 多利安式柱子：源于古希腊多利安地区，特征是没有柱础，柱身有二十道凹槽，柱头没有装饰。
② 水牛皇家太古兄弟会（RAOB），英国最大的慈善兄弟会之一。

布里菲尔-戈登。

谁将啤酒倒回你的杯子里？

布里菲尔-戈登。

永远支持布里菲尔-戈登！”

保守党俱乐部的窗口飘扬着一面英国米字旗，上边六张通红的脸正笑得喜逐颜开。

多萝西骑着单车慢慢地在街上行进着，想到要经过卡基尔的店铺就觉得焦虑不安（她要去索尔派的店铺，就得经过卡基尔的店铺），根本没对游行多加留意。布里菲尔-戈登的汽车在老茶铺外面停了一会。前进，咖啡党！镇里一半的夫人小姐们似乎在快步前进，胳膊上抱着宠物狗或拎着购物篮，就像酒神的追随者一样簇拥着那辆小轿车。毕竟，基本上只有在选举的时候你才有机会跟郡里的大人物交流言欢。那些女士们热切地嚷嚷着，“祝您好运，布里菲尔-戈登先生！亲爱的布里菲尔-戈登先生！我们真心盼望您能当选！”布里菲尔-戈登先生的微笑一直挂在脸上，但还是有所区别对待。面对普罗大众时，他会露出空泛的微笑，不会在哪个人的脸上停留；对咖啡党的女士们和保守党俱乐部那六个脸膛赤红的爱国者，他对每个人都报以微笑；而对于那些最受重视的人，年轻的瓦尔夫时不时会招手致意，尖叫着：“欢呼吧！”

多萝西看到卡基尔先生和其他店铺老板一样站在店门口，心里不禁一紧。他个头很高，长得一脸奸商的样子，穿着蓝条纹围裙，瘦削的、刮了胡子的脸紫得就像柜台上那些搁了比较久的蹄髈肉一样。多萝西只顾着看他那充满威慑力的身影，没有注意前头的情况，撞到了一个正从人行道上倒退下来的大胖子身上。

那个胖子转过身，"老天爷啊，你是多萝西！"他叫嚷着。

"噢，是沃波顿先生，怎么这么巧！你知道吗，我有预感今天会遇到你。"

"我猜是因为你拇指在痛吧？①"沃波顿先生说道。他那张红润的大胖脸微笑着，就像米考伯②一样无忧无虑。"你好吗？好家伙！"他补充道，"这还用问吗？你看上去比以前更迷人了。"

他一把抓住多萝西赤裸的手肘——吃完早饭后，她换上了一件无袖条纹棉布连衣裙。多萝西匆忙后退了几步想摆脱他——她不喜欢被人家抓着手肘，也不喜欢被人"动手动脚"——她严肃地说道：

"请不要碰我的手肘，我不喜欢这样。"

"我亲爱的多萝西，谁能抗拒你的手肘呢？看到它谁都想捏一把，就像条件反射一样，如果你能理解我的话。"

"你什么时候回奈普山的？"多萝西问道，一边将单车推到沃波顿先生和她的中间。"我上次见到你是两个月前的事了。"

"我前天回来的，但只是稍作停留，明天我就走了。我要带孩子们去布列塔尼。你知道这帮兔崽子有多调皮。那帮兔崽子，你懂的。"

听到沃波顿先生说出"兔崽子"这三个字，多萝西看着别

---

① 此句出自莎士比亚的作品《麦克白》，原句是："我的拇指一痛，邪恶潜来。"

② 威尔金斯·米考伯（Wilkins Micarber），狄更斯的作品《大卫·科波菲尔》中的角色，虽然穷困潦倒但性格乐观。

处，心里觉得怪不舒服的，又掠过一丝天真的傲慢。沃波顿先生和他的"兔崽子们"（他有三个孩子）是奈普山的丑闻的中心人物。他是个自由职业者，自称画家——每年会画几幅蹩脚的风景画——两年前他来到奈普山，买下了牧师家后面的一座别墅，时不时会在那儿住，公开与一个女人姘居，称她是女管家。四个月前，这个女人——她是个外国人，据说是西班牙人——离开了他，这又是一桩丑闻。他的三个孩子现在寄居于伦敦一个长年生病的亲人家里。沃波顿相貌堂堂，但头顶全秃了（他费了许多心思掩饰这一点），而且他总是装出风度翩翩的样子，希望让别人觉得他那个大肚腩只是他的胸肌的延伸。他四十八岁，但样貌要年轻三四岁。镇里的人都说他是个"老不正经"。年轻女孩都很怕他，这不是没有理由的。

沃波顿把手搭在多萝西的肩膀上，似乎把自己当成她的父辈，领着她走在人群中，滔滔不绝地说个不停，几乎没有停顿。布里菲尔-戈登的轿车已经转过了水泵，现在正在往回走，那帮中年的酒神侍从仍然陪伴在旁边。沃波顿先生留意到周围的喧嚣，也停下脚步看热闹。

"这些讨嫌的古怪把戏到底是怎么回事？"他问道。

"噢，这些是——这些是什么来着？是竞选活动。我猜是想让我们投他们一票。"

"让我们投他们一票？想得美！"沃波顿先生一边看着凯旋队伍一边嘟囔着。他举起那根随身携带的银柄手杖，指着游行队伍中的一个人，然后又指着另一个人，"看看！看看！看看这些谄媚的老女人。再看看那个傻不拉叽的白痴，他正朝我们咧嘴傻笑呢，就像猴子看到一袋坚果一样。你见过这么不堪入目的场面吗？"

"别这样！"多萝西低声说道，"别人会听到的。"

"好嘛！"沃波顿先生立刻抬高了嗓门，"想想看，那个低贱的狗一样的人竟然那么厚颜无耻，以为他戴着那口假牙就能哄我们开心！那和他身上穿的西装一样，看了就让人恶心。这里头有社会主义党的候选人吗？如果有的话我倒是得投他一票。"

几个路人转过身看着他们。多萝西看到特威斯先生——他是个枯瘦的五金商，肤色像皮革一样——正透过吊在门口的几个篮子怀着恨意打量着他们。他听到了社会主义党这个词，觉得沃波顿先生就是一个社会主义者，而多萝西则是社会主义者的朋友。

"我真的得走了。"多萝西觉得自己最好在沃波顿先生再说出什么更不得体的话之前摆脱他，"我得买很多东西。咱们就此道别吧。"

"噢，别，别走啊。"沃波顿先生愉快地说道，"我们还没到道别的时候呢，我陪你去买东西。"

她推着单车走在街上，他继续跟在旁边，一直说个不停，壮实的胸膛挺得高高的，手杖夹在腋下。他不是那么容易就甩掉的人，虽然多萝西当他是朋友，但她有时觉得他是镇里的丑闻人物，而她是牧师的女儿，他不应该老是选在大庭广众的地方和她谈话。不过这时候她很庆幸有他陪伴，因为这样一来经过卡基尔的店就容易多了——卡基尔仍站在店门口，乜斜着眼睛意味深长地盯着她。

"今天早上遇到你运气真好。"沃波顿先生继续说道，"事实上，我刚才在找你。你知道今晚谁和我一起吃饭吗？比乌利——罗纳德·比乌利。你听说过他吗？"

"罗纳德·比乌利？我不认识。他是谁？"

"什么？不是吧！罗纳德·比乌利，那个写小说的，《鱼塘和情妇》的作者。你肯定读过《鱼塘和情妇》吧？"

"没读过。事实上，我连听都没听过。"

"我亲爱的多萝西！你怎么可以这样呢？你应该读一读《鱼塘和情妇》这本书。这本书火得很。我可以向你保证——真正高端大气的言情读物。你该读一读这样的书，改一改你那满嘴女童军的口吻。"

"我希望你别这么说！"多萝西不悦地望着别处，然后立刻又望了回来，因为她看到卡基尔正盯着她。"这位比乌利先生住在哪儿？"她问道，"应该不是这里人吧？"

"不是。他从伊普斯威奇过来吃晚饭，可能今晚会在这儿过夜，所以我正找你。我想或许你想和他见见面。今晚过来一起吃晚饭好吗？"

"那可不行。"多萝西说道，"我得帮父亲做饭，还有很多事情要做，起码得到八点以后才有空。"

"嗯，那就晚饭后过来吧。我希望你认识比乌利。他是个很有趣的人——熟知布伦斯伯里①所有的丑闻。你见到他会很开心的。偶尔你也应该离开那个像鸡窝一样的教堂几个小时。"

多萝西犹豫着。她挺想去的。说老实话，有几次去沃波顿先生家里她玩得很开心，当然，只是偶尔才去——顶多也就是三四个月去一次。显然，和这么一个人打太多交道可不是什么好事。而且，就算去他家，她也会很谨慎，只有在确定还有其

---

① 布伦斯伯里(Bloomsbury)，位于伦敦中部，是著名的文化、教育、艺术中心。

他客人的情况下才会去。

两年前沃波顿先生刚来奈普山的时候（那时他声称自己是一个鳏夫，带着两个小孩，可过了不久女管家就在半夜生了第三个孩子），多萝西在一次茶会上认识了他，之后他就邀请她去他家做客，先是请她享用了精致的茶点，聊了些关于读书的话题，接着，茶点过后，他就坐在她身边的沙发上，开始向她求爱，动作很粗暴，甚至可以用野蛮加以形容。那简直就是在强暴她。多萝西吓坏了，拼命地抗拒他，摆脱了他，坐到沙发的另一头，脸色苍白，浑身颤抖，几乎快要哭出来了。沃波顿先生似乎根本不觉得羞耻，看起来似乎还得意洋洋。

"噢，你怎么能这样？你怎么能这样？"她啜泣着。

"但我似乎没能怎样。"沃波顿先生说道。

"噢，但你怎么能这么粗暴？"

"噢，那件事？别放在心上，丫头，别放在心上。等你到了我这个年纪，你自然会明白的。"

虽然有这么一个糟糕的开始，两人还是成了朋友，甚至到了多萝西和沃波顿先生总是被一起谈论的地步。在奈普山，只要稍有动静，你就会成为嚼舌根的对象。她很久才和他见一回面，小心翼翼地不与他单独相处，但就算是这样，他总是能找到机会轻浮地向她求爱，不过举止要文雅得多，那一次唐突粗暴的情形再也没出现。后来他得到谅解的时候解释说，他会向任何一个"看得顺眼"的女人求爱。

"那你岂不是讨过许多回没趣？"多萝西忍不住问他。

"噢，确实如此，但你要知道，我也得手过好几回。"

有时人们不明白像多萝西这样的女孩为什么会和沃波顿这样的男人交往，即使只是泛泛之交。但是，他深深地吸引着她，就像那些亵渎神明心地邪恶的人总是能深深地吸引虔诚的教徒一样。事实上，虔诚的人和不道德的人可谓是天造地设——你只要看看自己的身边就可以核实这一点。文学作品里对妓院最传神的描写，毫无例外，都是出自虔诚的信徒或虔诚的非信徒的手笔。当然，多萝西生于二十世纪，听到沃波顿那些亵渎神明的言语仍然可以尽量装得若无其事。让那些邪恶之人看出你被他们的言论所震撼会让他们得意万分，这是最要不得的。而且她是出自真心对他怀有好感。他老是取笑她，而且总是惹她不高兴，但是从他身上她可以得到某种从其他地方无法得到的同情和理解，虽然她自己并不是很清楚这一点。他劣迹斑斑，但不失为一个可爱的人，而且谈吐颇有矫饰的才华——掺了七次水的奥斯卡·王尔德——而她人生阅历尚浅，没办法看透其本质，在惊讶之余觉得很着迷。或许，能见到大名鼎鼎的比乌利先生这个提议让她动心了，虽然《鱼塘和情妇》这本书听起来不像是她会去读的书，要么读了之后她会严厉地自责和惩罚自己。走在伦敦街头，你会见到五十个写小说的作家，但在奈普山这种地方情况则大不一样。

"你确定比乌利先生会来吗？"多萝西问道。

"当然确定。他的妻子也会来。我想是的。会有人保护你的，今晚可不会出现塔克文强暴卢克丝①这样的事情。"

---

① 塔克文（Tarquin）强暴卢克丝（Lucrece）的故事大致情形是，古罗马王政时代的末代国王卢修斯·塔克尼乌斯（Lucius Tarquinius）之子塞克图斯·塔克尼乌斯（Sextus Tarquinius）强暴了贵族之女斯珀柳斯·卢克提乌丝（Spurius Lucretius），后者向父兄表明自己的屈辱后自尽身亡，其父兄发动军事起义，推翻王政，建立古罗马共和国体制。史学家、艺术家、文学家都对这一题材进行过创作，本文中的英文化名字出自莎士比亚的《卢克丝受辱记》。

"那好吧。"多萝西说道,"我会过去的——我想大约八点半的时候。"

"好的。如果你能白天的时候过来就更好了。你可记得,桑普利尔太太是我的隔壁邻居。每到日落之后她就来了精神。"

桑普利尔太太是镇里专门传播丑闻的人——应该说,是镇里那么多专门传播丑闻的人当中的佼佼者。达成目的之后(最近他比以往更加频繁地缠着要多萝西到他家里做客),沃波顿先生和多萝西道别,接下来她得继续买东西。

在索尔派半明半暗的店里,她正拿着那两码半的薄窗帘布准备离开柜台,这时她发现有人在她耳边悲哀而低沉地说着什么。那是桑普利尔太太。她今年四十岁,身材瘦削,长着一张土黄色的颀长的脸,在光滑的黑发和总是愁眉不展的气质衬托下,颇有范·迪克的肖像画里那些人物的风采。她一直躲在窗边一摞印花棉布后头,窥探着多萝西和沃波顿先生的对话。当你要做什么事情,又不希望被桑普利尔太太看到时,那她肯定就在附近。她似乎就像阿拉伯神话中的精灵,可以随时随地现身于不欢迎她的地方。任何有失检点的言行,无论有多琐碎,都逃不过她的眼睛。沃波顿先生总是说她就像《圣经·启示录》里的那四只圣兽——"汝须记住,它们长满了眼睛,而且日夜不休。"

"亲爱的多萝西。"桑普利尔太太的声音哀怨而深情款款,似乎在委婉地表达一则坏消息,"我有话想对你说。有件可怕的事情得告诉你——这件事情会让你吓一跳的!"

"什么事?"多萝西温顺地问道,心里知道那是什么事——桑普利尔太太的话只有一个主题。

两人走出商店，沿着街道慢慢走着。多萝西推着她的单车，桑普利尔太太做作地迈着小鸟一般的碎步走在她身边，她那张嘴离多萝西的耳朵越来越近，而她那些话也越说越贴心。

她问道："你有没有留意到一个女孩子，就坐在离教堂管风琴最近的那张长凳边上？长了一头红发，蛮漂亮的女孩。我不知道她叫什么名字。"桑普利尔太太其实知道奈普山每一个男女老少的姓氏和教名。

"莫莉·弗里曼。"多萝西回答，"她是蔬果店老板弗里曼的侄女。"

"噢，莫莉·弗里曼？这就是她的名字？我常常在想她是谁。嗯——"

那张猩红精致的嘴凑近了一些，哀伤的声音逐渐变成了耳边的呓语。桑普利尔太太开始滔滔不绝地说起莫莉·弗里曼和制糖厂六个年轻人之间的丑事。过了一会儿，故事变得不堪入耳，多萝西的整张脸涨得通红，连忙让耳朵离桑普利尔太太那张说个不停的嘴远一些。她停下了单车。

"我不想听这些事情！"她断然说道，"我知道莫莉·弗里曼不是这种人。这些都不是事实！她是个文静的好女孩——她是我最好的女童军成员之一，而且总是到教堂、集市和其他活动帮忙。我知道她绝不会做出你所说的那些事情。"

"但是，我最亲爱的多萝西，这些是我亲眼看到的……"

"我不相信！这样说人家是不对的！就算是真的也不应该反复不停地说。这个世界上邪恶不用去找就已经够多了。"

"还用得着去找吗！"桑普利尔太太长叹一声，"我亲爱的多萝西，你以为我想看到这种事情吗！问题是，你对这个小镇里所发生的那些丑事根本无法视而不见。"

如果你指责桑普利尔太太老是在说长道短，她总是会真心地觉得惊诧莫名。她会抗议说没有什么比看到人性的邪恶更让她感到痛苦了，她其实不想看到这些事情，但它们偏偏老是被她看到，而迫于道义上的责任，她不得不将它们公之于众。多萝西的话并没有让她闭嘴，她反而滔滔不绝地说起奈普山的道德堕落，而莫莉·弗里曼那些不检点的行为只是其中一例。从莫莉和她的六个情人，桑普利尔夫人扯到了镇里的卫生官员盖松医生身上，他和诊疗站的两个护士有染，还有了孩子。接着又扯到了镇书记的夫人科恩太太身上，曾经有人发现她倒在田里，烂醉如泥，灌了一肚子的古龙香水。接着扯到了米尔巴罗的圣卫德凯教堂的助理牧师身上，他和一个唱诗班的少年有勾搭。如此这般这般，从一个人引到另一个人。如果你愿意倾听的话，镇里和郊区一带几乎每个人桑普利尔太太都发现了某些不可告人的秘密。她的故事不仅下流难听，而且总是带着淫秽堕落的色彩。和镇里那些普通的八卦女人相比，她简直就是弗洛伊德①和薄伽丘②的结合体。听她所讲述的内容，你会觉得奈普山虽然只有一千多个居民，这里所犯的罪行要比所多玛、蛾摩拉③和布宜诺斯艾利斯加在一起还要多。事实上，当你想到这座当代"平原之城"的居民所过的生活——从本地银行经

---

① 西格蒙德·弗洛伊德（Sigmund Freud，1856—1939），奥地利精神分析学家，其理论开创了精神分析学派，代表作有《梦的解析》、《精神分析导论》、《性学三论》等。
② 乔万尼·薄伽丘（Giovanni Boccaccio，1313—1375），意大利文艺复兴时期作家、诗人，代表作《十日谈》揭露了基督教会的虚伪与贪婪，而且故事涉及贩夫走卒和市井平民的方方面面，并带有部分诲淫诲盗的描写。
③ 所多玛与蛾摩拉是《圣经·旧约》中所记载的摩押平原五城中的两座，充满罪恶与堕落，不信奉上帝，后遭上帝毁灭。

理监守自盗客户的存款去养小三和私生子，到"狗和酒瓶"的酒吧坐台女只穿着高跟丝绸拖鞋给客人陪酒；从音乐老师卡农老小姐那些偷偷放在一边的杜松子酒瓶和匿名情信，到面包师傅的女儿麦琪·怀特和自己的哥哥私底下生了三个小孩——当你想到这些人，无论老少贫富，都沉溺在丑陋的巴比伦式的罪行里时，你会怀疑为什么上帝还不从天堂降下熊熊烈火，立刻将这个城镇烧毁。但如果你再多倾听一会儿，那些污言秽语先是变得不堪入耳，接着就变得极度沉闷无聊。因为在这么一个小镇，人人要么在包小三，要么是鸡奸犯，要么是瘾君子，连最可怕的丑闻也失去了刺激性。事实上，桑普利尔太太比造谣者还要恶劣——她实在是太让人厌烦了。

至于她所说的话有没有人相信，那得视情况而定。有时候大家会说，她就是一个口不择言的疯婆子，说的尽是些谎话，但有时候她所说的话会令不幸的人受到伤害，需要数月甚至数年才能让伤痛平息。她拆散了好几对订了婚的佳偶，让丈夫和妻子心生怨怼口角不断。

与此同时，多萝西一直想摆脱桑普利尔太太。她一直往旁边躲，穿过了整条街道，直到最后推着单车沿着右边的路缘石走着，但桑普利尔太太一直跟着她，喋喋不休地说个没完。来到主大街的尽头，多萝西终于下定决心要摆脱桑普利尔太太。她停下脚步，右脚踩在单车的脚踏上。

"我真的不能再待下去了。"她说道，"我有很多事情要做，我都已经迟到了。"

"噢，但是，亲爱的多萝西！我还有别的事情一定得告诉你——这件事非常重要！"

"很抱歉——我真的赶时间。或许下次吧。"

"是关于那个可怕的沃波顿先生的事。"桑普利尔太太说得很快,担心还没说完多萝西就走了。"他刚从伦敦回来,你知道吗——这件事我一定得告诉你——你知道吗,其实他……"

多萝西知道她一定得甩掉桑普利尔太太,无论要付出什么代价。她想象不出还有什么事情能比和桑普利尔太太讨论沃波顿先生更令她恶心。她骑上单车,简促地道别,"抱歉——我真的得走了!"然后匆匆忙忙骑着单车离开了。

"我想告诉你——他和另一个女人勾搭上了!"桑普利尔太太在她身后高嚷着,甚至忘记了应该以耳语的形式传递这则美妙的珍闻。

但多萝西迅速转过街角,没有回头张望,假装听不到她说了些什么。她这么做并不明智,因为不让桑普利尔太太把话说完可是会得罪她的。任何人要是不愿听她讲述那些丑闻,她会认为这就是堕落的表现,等你一离开她就会炮制出更多关于你的骇人听闻的丑事。

多萝西骑着单车回家,一路上对桑普利尔太太产生了充满恶意的念头,一如既往,她用别针扎自己的手臂以示惩罚。直到这时,她才想到一件可怕的事情——桑普利尔太太一定会知道今晚她去沃波顿先生的家,到了明天一定会加油添醋地将其渲染成难听的丑闻。在大门口从单车上跳下来的时候,这个念头让多萝西的心头掠过不祥的预感。傻瓜杰克就在大门口那里。他是镇里的白痴,经诊断是三级智障,长着一张红彤彤的三角脸,看上去像一个草莓。他正在闲荡,拿着一根榛子树枝茫然地抽打着门柱。

四

十一点刚过，今天的天气就像一个过了青春年华却还有望改嫁的寡妇聊发十七岁少女的情怀，原本一直像是不合时节的四月天，终于记起现在是八月，气温开始变得非常炎热。

多萝西骑着单车，来到奈普山一英里外的芬内尔维克小村庄。她给列温太太送了玉米面，正准备去探访皮瑟太太，给她捎一份《每日邮报》的剪报，上面有当归茶治风湿的方子。天空万里无云，太阳透过她那件条纹棉布裙子炙烤着她的脊背，布满灰尘的马路在日头下颤动着。一年到了这个时候，平坦酷热的草坪上聚集了无数云雀，唧唧喳喳地叫个不停，非常烦人，而草坪绿油油的，显得非常刺眼。那些不用工作的人管这种天气叫"艳阳高照"。

多萝西将单车靠在皮瑟家小木屋的门口，从包里拿出手帕，擦了擦手，她的双手一直握着车把，出了很多汗。在日头的暴晒下，她的脸皱成一团，而且面色苍白。早上这个时候她的外表看上去和年龄很相称，还有点早衰。在她工作的一天中——通常一天她要干十七个小时的活儿——她总会经历疲劳期和活跃期。在上午中段进行第一批家庭探访时是她的疲劳期之一。

骑着单车从一户人家到另一户人家探访得消磨多萝西几乎半天的时间。除了星期天之外，多萝西每天得探访六到十二户教区居民的小屋。她走进那些局促的屋子里，坐在笨重的、布满灰尘的椅子上，和那些操劳过度蓬头垢面的家庭主妇聊天。每次只能坐半个小时，帮她们缝补熨帖衣服，读《福音书》给她们听，帮她们的"坏腿"重新包扎，抚慰那些老是晨吐的孕妇。她和那些身上臭烘烘的孩子们玩骑木马的游戏，那些孩子总是用黏糊糊的手指抓她的裙襟。她给长势不好的叶兰提意见，帮新生的婴儿取名，喝了无数杯"好茶"——那些家庭主妇总是会请她喝杯"好茶"，那些茶壶总是烧了又烧，煮了无数遍。探访工作很令人沮丧。她在引导那些女人过基督徒的生活，但那些女人对此几乎一无所知。有的女人很羞涩，又带着狐疑，对她戒心很重，总是找借口逃避圣餐仪式。有的假装是虔诚的信徒，希望能从教堂的捐献箱里骗点钱出来。欢迎她的女人都是些饶舌的妇人，想找个人倾听她们对丈夫的抱怨，或者没完没了地讲述一些可怜兮兮的事情（"他的血管里被扎了好几根玻璃管子呢。"等等等等），都是关于她们死去的亲戚的各种让人恶心的病因。多萝西知道她的名单上有一半以上的女人是不可理喻的无神论者。一整天她都得与之进行斗争——那些大字不识的人总是怀着模糊暧昧的怀疑论调，而任何争辩都毫无意义。无论她怎么努力，固定上教堂的人就只有那么十几个左右。那些女人口口声声说会上教堂，说了一两个月，然后就人影都不见了。而那些年轻一些的女人则更是没有希望。她们甚至连本地教堂那些为她们的利益而创办的妇联活动也不参加——多萝西是三个这种妇联组织的荣誉秘书长，此外还是女童军的队长。"希望之团"和"婚姻伴侣"几乎一个会员也没有了，而"母亲团契"之所以还能继续下去，纯粹是因为这个每周一次的缝纫聚会可以说长道短，而且浓茶无限供应。是的，这份工作令她很沮丧，有时候她甚至沮丧到即使她从来不知道"徒劳无功"这个词，也能体会到它是什么含义——而这正是魔鬼最可怕的武器。

多萝西敲了敲皮瑟家那扇装配不好的大门，从门缝下面传来一股令人不寒而栗的煮卷心菜和洗碗水的味道。探访了这么多回，她已经知道每户人家有什么样的味道。有几户人家的味道非常特别。比方说，退休书商汤姆斯老先生的小屋有一股阴阴的咸咸的味道。他整天躺在黑乎乎的房间的床上，长长的、满是灰尘的鼻子和那副水晶眼镜从一大张仿佛特别绚丽的毛毯上面凸了起来。

但如果你将手放在那块毛毯上，毛毯就会裂开，碎片朝四面八方跑去。那不是毛毯，而是一群猫——确切地说是二十四只猫。汤姆斯先生说"这令他觉得暖和"。几乎所有的小屋都有一股基本的味道，那是旧大衣和洗碗水的味道，然后再叠加上独特的味道：粪坑的味道、卷心菜的味道、孩子们的味道或灯芯绒裤那股强烈如熏肉般的陈年汗味。

皮瑟太太打开房门，门一下子卡在边框里，然后当你想把门给扭出来时，整座小屋都在摇晃。她是个大块头女人，弯腰驼背，脸色灰白，一绺绺的头发都花白了，穿着一件松松垮垮的围裙，套着一双地毯式拖鞋，蹒跚着脚步走路。

"噢，这不是多萝西小姐吗！"她的声音很沉闷，没有一点精神，但听得出还是很热情。

她伸出双手搂住多萝西，那两只大手皮肤粗糙，关节发白，就像剥了皮又洗了很久的洋葱一样。她亲了亲多萝西，然后领着她走进肮脏的小屋里。

"皮瑟去工作了，小姐。"走到屋里时她说了一句，"去盖松医生的诊所，帮他砌花床。"

皮瑟先生是个打零工的园丁，他和皮瑟太太都七十多岁了，是多萝西探访的家庭里为数不多的虔诚信徒。皮瑟太太的生活枯燥无味，就像一条蠕虫单调地爬来爬去，总是耷拉着脖子，因为门楣太低了。她的活动范围就只局限于水井、水槽、壁炉和厨房花园的那一小块空地。厨房收拾得还算干净，但非常局促闷热，而且臭气熏天，积着厚厚的一层灰。在壁炉对面的一端，皮瑟太太在一张坏了的小脚踏式风琴前面摆了一块油腻腻的破布，当成一个小祈祷台，上面摆了一张石版画的耶稣受难像、一幅写着"敬观祈祷"四个大字的珠绣和一张皮瑟夫妇1882年结婚时的相片。

"可怜的皮瑟！"皮瑟太太继续哀伤地说道，"这么一大把年纪还得去挖土，而且风湿还那么严重！真是太辛苦了，不是吗，小姐？他的腿一直疼得厉害，似乎根本动不了——这几天早上情况特别严重。小姐，我们穷人的生活咋就这么苦哪？"

"确实很辛苦。"多萝西说，"但我想您的身子还好吧，皮瑟太太？"

"啊，小姐，我这副老骨头一直都那样，治不好的了。住在这鬼地方，怎么可能好得了？"

"噢，您可别这么说，皮瑟太太！我知道今后我们在一起的时候还长着呢。"

"啊，小姐，您根本不知道上星期我有多难受！我那两条可怜的腿哟，腿背风湿老是发作，有几天早上我觉得连去花园挖几颗洋葱都没力气。哎，小姐，我们的生活真是悲惨，难道不是吗？这个世界就是这么累人，而且罪恶深重。"

"但皮瑟太太，我们可不能忘记，会有另一个美好的世界在等着我们。现在的生活只是一段考验——让我们变得更加坚强，让我们学会耐心，等时候一到，我们就可以进入天堂。"

听到她这么说，皮瑟太太一下子整个人都变了。是"天堂"这两个字触动了她。皮瑟太太只会谈两件事：一件事是天堂的快乐，另一件事就是现在的种种苦难。多萝西的话似乎对她施加了某种魔力，虽然她那双黯淡的灰色眼眸还是没有神采，但她的语速加快了，语调也显得欢快起来。

"啊，小姐，你说得真对！这世界真有天堂，小姐！皮瑟和我一直在谈论天堂。让我们俩还能撑下去的就只有天堂了——我们俩都将在那里得到永恒的安息。我们吃了这么多苦，到了天堂都会得到回报，不是吗，小姐？我们所受的每一分苦难，都将得到百倍千倍的补偿。这是千真万确的，不是吗，小姐？我们都将在天堂获得安息——享受宁静和快乐，不再有风湿病的困扰，也不用再挖土，不用再做饭，不用再洗衣服，什么事都不用做。你相信天堂，不是吗，多萝西小姐？"

"当然相信。"多萝西回答。

"啊，小姐，天堂让我们得到莫大的宽慰——只要想到天堂！有时候皮瑟干了一晚上的活儿，回到家累得够呛，而且我们风湿又那么严重，他会对我说，'亲爱的，别介意，我们很快就会上天堂。'他说，'像我们这样的人会上天堂的。只有穷苦的劳动者才能上天堂，那真是神圣的安排，让我们的情谊地久天长。'这是最好的安排，不是吗，多萝西小姐？——这辈子过的虽然穷苦，但到了天堂就会富足起来。那些有钱人，别看现在开着汽车，住着漂亮的房子，他们可无法逃避死后被蚁虫侵蚀的命运，也无法逃避地狱里不灭的熊熊烈火。那真是太美妙了。您能和我一起做个简短的祈祷吗，多萝西小姐？今天早上我一直想要做个简短的祈祷。"

无论白天或黑夜，皮瑟太太随时都准备"做个简短的祈祷"，就像她随时都想"喝杯好茶"一样。两人跪在破布毯上，向上帝祈祷，并说出这一周的心得。接着，应皮瑟太太的要求，多萝西朗读了《圣经》里那则富翁与拉撒路①的寓言。皮瑟太太时不时冒出一句，"阿门！这些话说得真是太好了，不是吗，多萝西小姐？'他被天使带到亚伯拉罕的怀抱。'太幸福了！噢，我只能说这真是太幸福了！阿门，多萝西小姐——阿门！"

多萝西给了皮瑟太太那张《每日邮报》关于当归茶治风湿的剪报。然后，多萝西觉得皮瑟太太病恹恹的，没办法去打水，于是帮她从井里打了三桶水。那口井很深，而且井沿很矮，要是皮瑟太太掉到井里的话，肯定会淹死的，而且这口井连绞盘都没有——你得用手一把一把地将水桶拎起来。打完水后，她们又坐了几分钟，皮瑟太太继续在谈论天堂。她的思想完全为天堂所主宰，实在是不可思议。而更不可思议的是，在她的脑海中，天堂的情形是那么真切而生动。那里有金子铺成的街道和镶着东方珍珠的大门，她觉得这些景象如此真切，似乎它们就在她的眼前。她可以看见最真切最贴近俗世的细节。天堂里的床是如此柔软！食物是那么美味！每天早上都可以穿上漂漂亮亮的绸缎衣裳！而且永远不用从事任何工作！对天堂的幻想无时无刻不在支撑着她，安慰着她。虽然她一直在抱怨"穷苦的劳动人民"生活是那么悲惨，但只有"穷苦的劳动人民"才能进天堂这个想法给了她莫大的安慰。她似乎是在进行某种交易：这辈子从事辛苦的劳动，以此换取永恒的祝福。她的信心十分充盈，或许说，太充盈了。这真是一件有趣的事情，但皮瑟太太笃信天堂的存在——那里是彻底绝望的人神圣

---

① 富翁与拉撒路(Dives and Lazarus)，出自《圣经·路加福音》，讲述人世间的贫富并不能左右信徒能否进入天堂，重在对上帝的信心这一教义。

的家园——这让多萝西心里产生了异样的不安。

多萝西准备离开，皮瑟太太热情洋溢地对她的到访致谢，和往常一样，道谢夹杂着对风湿的抱怨。

"我一定会弄点当归茶的。"她说道，"真是太感谢您了，告诉了我这个方子，小姐。我想一定会很有帮助的。啊，小姐，要是您知道这个星期风湿把我给折磨得有多惨就好了！我的两条腿后面就像一直被火烫的棒子扎着，我连好好按摩一下腿脚都做不到。小姐，在您离开之前给我按摩一下好吗？这样子会不会太麻烦您了？在水槽下面我有一瓶埃里曼牌药油。"

多萝西用别针狠狠扎了自己一下，当然，没有被皮瑟太太看见。她一早就知道皮瑟太太会提出这个要求，而和以往一样——她根本不想帮皮瑟太太按摩。她生气地斥责自己，"多萝西，别这样！你不能这么傲慢！《约翰福音》第十三章第十四节①。"

"当然可以，皮瑟太太！"她立刻回答。

两人走上那条狭窄的、摇摇晃晃的楼梯，有一处地方你得整个人弓起来才能避开上面的天花板。卧室只有一扇小窗采光，外面长了藤蔓，将其牢牢卡住，已经有二十年没打开过了。屋里摆着一张很大的双人床，几乎占据了整个房间，床单总是湿漉漉的，棉絮床垫就像瑞士国境一样凹凸不平坑坑洼洼。皮瑟太太呻吟着爬上那张床，脸朝下躺在上面。房间里弥漫着尿液和止痛剂的味道。多萝西拿起那瓶埃里曼牌药油，仔

---

① 本节内容："我是你们的主，你们的夫子，尚且洗你们的脚，你们也当彼此洗脚。"

细地涂在皮瑟太太那两条松弛无力、布满灰色血管的腿脚上。

外面热得让人觉得头晕脑涨，她骑着单车，飞快地朝家的方向前进。太阳火辣辣地晒着她的脸，但空气是那么清新甜美。她好开心好开心！每当早上的探访结束时她总是特别开心，有趣的是，她不知道为什么会这样。在波拉斯的奶场，一群红色的奶牛正在及膝高的草坪上吃草。奶牛的味道有点像香草和新鲜干草的蒸馏香味，沁满多萝西的气息。虽然今天上午她还有一堆工作要做，现在她只想好好游荡一下。她一只手搭在波拉斯奶场的大门上把单车稳住，有一只奶牛长着湿漉漉的粉红色鼻子，抬着下巴擦着门柱在挠痒痒，神情恍惚地看着她。

多萝西看到篱笆那边长着一株野蔷薇，当然还没有开花。她爬过大门，想看看那到底是不是多花蔷薇。她跪在篱笆下方高高的杂草丛中。贴近地面的地方很热，她的耳朵里回响着许多看不见的昆虫的嗡嗡声，身边缭绕着茂密的植物发出的热辣辣的夏日气息。旁边有几株长得很高的茴香，拖着长长的叶子，就像几条海绿色的马尾。多萝西将一片茴香的叶子放在脸上，呼吸着那股浓郁的甜香，味道直呛她的鼻子，几乎令她晕眩。她深深地嗅闻着，让香气胀满双肺。多么美妙的气息——夏天的气息、童年快乐的气息，就像在东方温暖的海洋中盛产香料的岛屿的气味！

突然间她的心里充满了喜乐。那是一种神秘的感觉，她领略到大地及万物的本质，认为这就是上帝的爱，虽然这一想法可能并不正确。她跪在那里，感受着夏天的热力、甜美的气息和昆虫让人昏昏欲睡的嗡鸣。她似乎听见了赞美大地和一切受造之物的气势恢宏的赞美诗，亘久地称颂着万物的创造者。所有的植物，叶子、花朵、绿草，都在闪耀着，颤动着，快乐地呐喊着。云雀们也在歌唱，其他看不见的云雀在为它们伴奏，就像在演奏天籁之音。丰饶的夏天、温暖的大地、自由歌唱的小鸟、甜美的奶牛、无数嗡嗡作响的蜜蜂，万物交织升腾，就像一直熊熊燃烧的祭坛上升起的浓烟。天使和天使长似乎也出现了！她开始祈祷，热切而充满喜悦地祈祷，忘我地沉浸在顶礼膜拜的欢乐中。接着，不到一分钟，她发现自己正把脸凑在茴香上，亲吻它的叶子。

她立刻反省自己的行为，抬起头来。她在做什么？她在崇拜上帝吗？还是在崇拜大地？她心中的喜乐消失了，取而代之的是冰冷而不悦的自责——她刚才堕入了类似异教徒的狂喜。她告诫自己："你不能这样，多萝西！不能进行自然崇拜！"她的父亲警告过她自然崇拜的危险。她不止一次听过他在布道时斥责自然崇拜。他说，自然崇拜其实就是泛神论，而更令他生气的是，现在掀起了一股令人作呕的自然崇拜狂热。多萝西拿起那株野玫瑰，用上面的刺扎了自己的手臂三下，以此提醒自己要谨记三位一体的真神。然后，她爬过木门，骑上自己的单车。

一顶布满了灰尘的黑色铲形帽从树篱的角落转了过来，渐渐走近。那是麦盖尔神父，他是罗马天主教会的牧师，也骑着单车。他是个壮硕的大块头，庞大的屁股下面的单车显得那么渺小，就像一颗高尔夫球搁在球座上。他的脸很红润，带着幽默狡黠的神情。

多萝西的心情一下子阴沉下来，脸上微微一红，伸出手摸到衣襟下的金十字架。麦盖尔神父正骑着单车朝她而来，似乎满不在乎，又带着一丝愉悦。多萝西挤出微笑，阴沉地低声说道："早上好。"但他毫无反应，眼睛在她的脸上一掠而过，然后径直望着远方，似乎完全没有注意到她的存在。他完全无视她。哎呀，多萝西可干不出这种事情，她骑上单车离开了，心里充斥着各种恶念，每次见到麦盖尔神父她都会有这种感觉。

五六年前，麦盖尔神父在圣阿瑟尔斯坦的墓地主持葬礼（奈普山没有罗马天主教会的专属墓地），赫尔牧师和神父就要不要在教堂里为死人穿上法袍这个问题起了争执。两位神职人员站在洞穴大开的墓地，很没有风度地吵了起来。从此两人形同陌路，用牧师的话讲，这样子反而更好。

至于奈普山的其他神职人员——圣公理会的牧师瓦德先生、卫斯理公会的牧师弗利先生和埃比尼泽小教堂那个说话像驴叫的猥琐秃顶的长老——赫尔牧师轻蔑地称他们为粗俗的不信国教者，不许多萝西和他们有任何来往，否则就会大发雷霆。

五

十二点了。暖房里很宽敞但破破烂烂的，屋顶的玻璃经年积尘，变得昏暗发绿，闪烁着彩色的光芒，就像古罗马时代的玻璃。大家正在匆忙而嘈杂地排练《查理一世》。

多萝西没有参与排练，但她要赶制戏服。学校里的舞台剧大部分戏服都是她做的。负责编排和舞台指导的人是维克多·斯通——多萝西叫他维克多——是教会学校的校长。他二十七岁，个头瘦小，性情急躁，长着一头黑发，穿着一件深色的低级神职人员的衣服。他正用力挥舞着束成一捆的剧本，指挥着六个看上去像呆瓜一样的孩子。靠墙那边有一张长凳，另外四个孩子正在排练背景声效，拿着火炉用具敲敲打打，为争一小包脏兮兮的薄荷糖而吵个不停，这种糖一便士就可以买四十个。

暖房里很热，弥漫着胶水浓烈的味道和孩子们的汗臭味。多萝西跪在地板上，嘴唇夹着好几根针，一只手拿着一把大剪刀，正麻利地把牛皮纸剪成细细的长条。她身边的炉子里正在熬着胶水，她身后那张摇摇晃晃、沾满了墨迹的工作台上摆着一堆半完工的戏服、一大叠棕色的纸张、她的缝纫机、几捆麻绳、几摊干涸的胶水、几把木剑和几罐开了封的油漆。多萝西一半的心思正想着该怎么缝制两双十七世纪的长筒靴，一双给查理一世，一双给奥利弗·克伦威尔①，另一半的心思却在听维克多生气的斥责。只要他在指导排练，就会被气得够呛。他天生是个好演员，却被排练一帮傻乎乎的孩子这份无聊的工作搞得无比心烦。他来回踱着步子，对着他们滔滔不绝地喝骂，时不时打断排练，用从桌上拿来的一把木剑戳刺着这个或那个小孩。

"精神投入一点不行吗，你们这些家伙？"他大叫着，捅了一个长着一张牛脸的十一岁小男孩的肚子一下。"不许偷懒！说话就要有说话的气势！你看上去就像一具埋进土里又被挖出来的尸体。把话憋在喉咙里像什么样？站直了，朝他怒吼。把第二句要杀人的狠话说出来！"

"过来，帕希！"多萝西嘴上还夹着针就喊了一句，

---

① 奥利弗·克伦威尔（Oliver Cromwell, 1599—1658），英国政治家、军事家，17世纪英国资产阶级革命领袖人物，在英国内战中战胜国王查理一世，并将其处死，成立英联邦共和体制，被册封为英格兰、威尔士、爱尔兰、苏格兰护国公，掌握军政大权，于1658年病逝。

"快点！"

她正在缝制铠甲——除了那些可恶的长筒靴外，这是最难的活儿——原料是牛皮纸和胶水。经过这么多年的实践，多萝西可以用胶水和牛皮纸做出任何东西，她甚至可以做出一顶将就得过去的假发，拿牛皮纸做头盖骨，将麻绳纤维染上色当成头发。这么多年来，她花了许多时间在胶水、牛皮纸、油纸布和业余舞台剧的其他道具上。教堂一直缺钱，因此几乎每个月都需要演一出学校舞台剧、一出历史剧、一场手工艺品展览来筹钱——当然还少不了集市和慈善义卖。

帕希——帕希·佐维特是铁匠的儿子，个头瘦小，长着一头卷发——从长凳上跳下来，不高兴地站在她身前，不停地扭动着身躯。多萝西拿起一张牛皮纸，对着他的身子比照大小，剪出脖子部位的洞口和手臂部位的洞口，套在他的身上，然后迅速勾勒出一副简单的护胸甲的轮廓。几个声音掺杂在一起传了过来。

维克多说："好了，好了，开始了！奥利弗·克伦威尔上台——就是你！不，不能这样！你觉得奥利弗·克伦威尔会像丧家之犬一样鬼鬼祟祟地走上台吗？站直，挺胸，斯考尔。这样好多了。继续，克伦威尔说：'站住！我手里有枪！'继续。"

一个女孩说："小姐，妈妈叫我告诉你，小姐——"

多萝西说道："别动，帕希！乖乖地别动！"

克伦威尔："站住！我手里有枪！"

长凳上的一个小女孩叫嚷着："老师！我的糖果掉了！（哭着鼻子）我的糖—果—掉了！"

维克多："不行，不行，不行，汤米！不行，不行，不行！"

小女孩："多萝西小姐，妈妈让我告诉你，她不给我做灯笼裤了，虽然她答应过你，因为……"

多萝西说："如果你再动，我会把针给吞下去的。"

克伦威尔："站住！我手里有枪……"

小女孩（哭哭啼啼地），"我的糖—果—！"

多萝西拿起那把胶水刷子，往帕希的胸口迅速贴上牛皮纸条，上贴下贴，前贴后贴，层层叠叠地贴，时不时纸条沾在她的手指上才不得不停下来。短短的五分钟内她就用胶水和牛皮纸做好了一件相当结实的护胸甲，等胶水一干，就算是真剑也刺不穿。帕希被"锁在铁甲里"，锋利的纸边割着他的下巴，就像一只在洗澡的小狗那样可怜巴巴地低头看着自己。多萝西拿起大剪刀，把那件护胸甲的一边剪开，放在一旁等着干透，迅速叫另一个孩子过来做胸甲。"幕后音"开始演练枪声和马蹄声，声音吵得吓人。多萝西的手指越来越黏，但时不时她会把手伸进一桶准备好的热水里洗掉一些浆糊。二十分钟内她已经把三件护胸甲差不多做好了。待会儿她再把最后的工作做完，用铝漆给它们上色，旁边用带子束紧。做完胸甲她还得做护腿甲，而最麻烦的是做头盔。维克多挥舞着那把剑，大吼大叫以盖过马蹄的声音，轮番扮演着克伦威尔、查理一世、清教徒、骑兵、农民、宫廷里的王后和公主。那帮孩子现在越来越难管教，开始打呵欠，发牢骚，互相踢一脚掐一把。那几件胸甲暂时做好后，多萝西将台上的杂物清掉一些，将缝纫机摆好，开始缝一件骑兵的绿色天鹅绒紧身上衣——用的是染成绿色的油纸布，但站在远处看还挺像样的。

又手忙脚乱地干了十分钟，多萝西把线头扯断了。她骂了一句"该死的"，然后匆忙把线重新穿好。她正在赶工。还有半个月舞台剧就要上演了，但还有一堆事情没有做——头盔、紧身上衣、长剑、长筒靴（过去几天来这些可恶的长筒靴就像噩梦一样缠着她）、剑鞘、花边、假发、马刺、舞台布景。想到这些，她的心沉到了谷底。这些孩子的父母从来不肯帮忙做戏剧的服装；确切地说，他们总是答应帮忙，然后百般推搪。多萝西的头疼得很厉害，一部分原因是暖房里很热，一部分原因是她一边在缝衣服一边还要在脑海里勾勒出牛皮长筒靴的鞋样。这时候她甚至忘记了还欠卡基尔 21 英镑 7 先令 9 便士。除了面前这堆可怕的还没完成的戏服，她没办法想别的事情。白天的时间就是这么过的，事情一件接一件地来——要么就是为学校舞台剧做戏服，要么就是担心钟楼的地板会坍塌，要么就是欠商店的钱还不了，要么就是给豌豆田除草——每一件事都那么急迫而令人烦恼，将其他一切事情都掩盖了。

维克多丢下木剑，掏出怀表看了看时间。

"就这样吧！"他的语气很生硬冷漠，当他和孩子们在一起的时候说话就总是这个口气。"我们星期五继续排练。全部人都给我出去！我看到你们就烦。"

他目送着孩子们出去，当他们一走出视野就把他们忘得一干二净，然后从口袋里拿出一张乐谱，开始坐立不安，也斜着眼睛看着墙角两株被遗忘的盆栽，了无生机的棕色卷须耷拉在花盆边。多萝西仍然趴在缝纫机上，密密地织着那件绿色天鹅绒紧身上衣的缝合线。

维克多是个聪明而不安分的人，特别喜欢和别人吵架。他那张苍白英俊的脸带着不满和孩童一般热切的神情。第一次见到他的时候，人们会说，当一个乡村学校的校长对他来说实在是屈才，其实维克多除了略通音律、知道怎么和孩子们打交道之外别无所长。他干什么都不行，只会以强横专制的手段管束孩子。当然，和任何人一样，他看不起自己这点天分。他关心的就只有教会的事务。他是那种人们所说的"唯教会独尊"的年轻人。他的理想是成为神职人员，如果他能学会希腊文和希伯来文的话，早就被吸纳进去了。因为当不了牧师，所以他只能将就当起了教会学校的校长和管风琴手。这样一来，他总算还是一位神职人员。毋庸赘言，他是英国国教徒，而且深受刻薄尖酸的《教会时代》的影响——比那些牧师还要正统，熟知教会历史，对法袍服饰了如指掌，随时可以发表激烈的演说与现代主义者、新教徒、科学家、布尔什维克主义者和无神论者进行争辩。

"我刚才在想，"多萝西停下缝纫机，剪断线头，"我们或许可以把旧的圆顶礼帽改成头盔，如果旧帽子够多的话。把帽檐剪掉，贴上形状正确的纸边，把整个帽子涂成银色就行了。"

"噢，上帝啊，你怎么担心起这些东西来了？"排练一结束维克多就对舞台剧完全没了兴致。

"我最担心的是那些可恶的长筒靴。"多萝西一边说一边把紧身上衣放在膝盖上检查。

"噢，别管那些长筒靴了！现在我们能不能不想那出舞台剧了。瞧瞧。"维克多摊开那份乐谱，"我想让你帮我告诉你父亲一声。你问问他下个月能不能搞一场游行。"

"又要游行？什么由头呢？"

"哦，我可不知道。你总是可以为游行找出一个由头。八号不是圣母马利亚的诞辰吗——我觉得这就是游行的好由头嘛。我们可以弄得很漂亮。我已经写好了一首振奋人心的赞美诗，他们一定会高声歌唱的。或许我们可以从米尔巴罗的圣卫德凯教堂借那面画着圣母玛利亚的蓝旗。要是牧师同意的话，我立刻就进行合唱排练。"

"你知道他只会说不行。"多萝西一边回答一边给一口针穿线准备缝紧身上衣的纽扣。"他不会同意游行的。这件事最好别提，不然他会生气的。"

"噢，怎么会这样！"维克多提出抗议，"我们有好几个月没有举行过游行了。我从未见过哪个地方像我们这里一样尽举行一些死气沉沉的仪式。照我们这样的做法，人家会以为我们这里是浸信会的教堂呢。"

维克多总是在不停地对牧师无趣而正统的做法进行攻讦。他的理想是他口中所说的"真正的天主教崇拜"——意即没有节制地焚香、镀金圣像和更多的罗马式法袍。作为一个管风琴手，他总是不停地要求举行更多的游行，演奏更多的华丽乐章，在举行圣餐仪式时进行更精心编排的赞美诗吟唱，老是和牧师争执不休。在这个问题上，多萝西支持她的父亲。从小她就接受英国国教奇怪而冷峻的中庸之道的熏陶，对任何"强调仪式"的事物都觉得反感和恐惧。

"但真是该死！"维克多继续说道，"游行多好玩啊！穿过走道，从西门出去，然后从南门回来，唱诗班拿着蜡烛跟在后面，童子军举着旗帜走在最前头，看上去多壮观哪。"他用尖利而婉转的男高音唱起了一首赞美诗。

"汝等欢呼吧，在这普天同庆的日子，汝等将沐浴神恩，直到永远！"

"要是我拿得了主意的话，"他补充道，"我还会让几个男孩捧着点了焚香的香炉。"

"是的，但你知道父亲不喜欢这些事情，特别是与圣母马利亚有关的事情。他说这是罗马天主教的狂热体现，会引导信徒们在不合宜的时候行十字礼和下跪，天知道还有什么。基督降临节发生了什么事你是记得的。"

去年维克多自作主张选了一首赞美诗在基督降临节时吟唱。那是赞美诗第 642 首，有这么一句歌词："万福马利亚，万福马利亚，慈悲为怀的万福马利亚！"这首天主教色彩浓厚的赞美诗让牧师勃然大怒。第一段刚唱完他就重重地放下赞美诗集，在他的座位上转过身，站在那儿冷冰冰地盯着信众，吓得几个唱诗班的小男生结结巴巴地几乎唱不下去了。后来他说，听到那帮乡下人高唱着"妄糊马利亚！妄糊马利亚！"让他以为自己走进了"狗和酒瓶"那间廉价啤酒吧。

"但真是该死！"维克多愤愤不平地说道，"每次我想带给祈祷仪式一点活力的时候你父亲总是踩上一脚。他不许我们焚香，不许我们播放好听的音乐，不许我们穿上好看的法袍，什么事情都不许做。结果呢？来我们教堂的人连四分之一的面积都坐不满，连复活节星期天都这样。星期天早上你看看教堂，就只有童子军、女童军和几个老女人。"

"我知道，情况的确很糟糕。"多萝西承认，一边缝着纽扣，"但无论我们做什么都似乎无济于事——那些人就是不来教堂。"她补充说道，"不过他们要举行婚礼或葬礼的时候还是会找我们的。我觉得今年来教堂的人不算少了，复活节圣餐仪式的时候差不多有两百人呢。"

"才两百人！应该得有两千人！整个镇的人都得来！事实上，这个地方有四分之三的人一辈子都不来教堂。教堂对他们

完全没有约束力了。他们根本当这间教堂不存在一样。为什么
会这样？我一直在琢磨这个问题。为什么？"

"我猜都是这啥子科学和自由思想惹的祸。"多萝西引用
了父亲的话，简洁扼要地作了回答。

这句话把维克多从原本的话题岔了开去。他原本想说圣阿
瑟尔斯坦教堂的信众数目减少的最根本原因是无趣沉闷的仪
式，但听到科学和自由思想这两个讨厌的词语勾起了他另一番
更加熟悉的长篇大论。

"不就是那所谓的自由思想嘛！"他立刻又坐立不安地嚷
嚷着，"都是那些无神论的猪猡，什么伯特兰·罗素①和朱利
安·赫胥黎②之流惹的祸。我们非但没有回击他们，揭穿他们
其实是傻瓜和骗子，反而安之若素，由得他们肆意妄为地宣扬
无神论，把教会给毁了。当然，这都是那些主教们的错。（和
每一个英国国教或天主教信徒一样，维克多极其藐视那些主
教。）他们都是现代派，屈服于时代。天哪！"接着他停了一
下，高兴地补充道："你看过我上个星期刊登在《教会时代》
里的信了吗？"

"抱歉，我没有读过。"多萝西用拇指将另一个纽扣摁
紧，"写什么来着？"

"噢，关于现代派主教什么的。我狠狠地骂了老巴恩斯一通。"

几乎每个星期维克多都会写信到《教会时代》。他参与了
每一次论战，积极投身每一回对现代派和无神论者的攻讦。他

---

① 伯特兰·亚瑟·威廉·罗素（Bertrand Arthur William Russell，1872—
1970），英国学者，精通哲学、数学、历史、社会科学、逻辑学，代表
作有《人类的知识》、《哲学史》、《宗教与科学》等。
② 朱利安·索雷尔·赫胥黎（Julian Sorell Huxley，1887—1975），英国生物
学家与优生学家，出身名门赫胥黎世家。

与梅杰博士起了两次论战，写了几封信嘲讽英格牧师①和伯明翰主教，甚至毫不犹豫地攻讦脾气火爆的罗素本人——当然，罗素根本不敢作出回应。其实多萝西很少阅读《教会时代》，如果看到家里出现这本杂志牧师会非常生气。家里订的那份周报是《高教会派信徒公报》——是一份古老典雅却不合时宜的高教会派保守报刊，只在一小部分被挑选出来的信众中发行。

"那头猪猡罗素！"维克多回忆着往事，双手深深地插进口袋里，"他让我气得血都沸腾了！"

"他不是一个很聪明的数学家吗？"多萝西咬掉线头。

"噢，我得说他在自己的研究领域确实很聪明，这是当然。"维克多不情愿地承认，"但那又有什么相干？一个人在数学方面很有天赋并不意味着他可以说出那些话——好了，不说了！我们回到刚才的话题吧，为什么我们就不能让人们到这个教堂来呢？因为我们的仪式太沉闷太不崇敬上帝了，这就是原因所在。人们想进行真正的崇拜——他们想要真正的天主教式的崇拜，而我们就属于真正的天主教会。但他们从这里得不到自己想要的。他们得到的是旧时的清教徒式的胡言乱语，而清教徒的教义已经行将腐朽了，每个人都知道。"

"根本不是这样！"多萝西摁下第三颗纽扣，大声地反驳道，"你知道我们不是清教徒。父亲总是说，英国的教会是天主教会——我不知道他讲过多少遍关于使徒统绪②的布道。这就是为什么波克索姆爵士和其他人不肯到这座教堂来的原因。

① 指威廉·拉尔夫·英格（1860—1954），英国著名神学家，剑桥大学三一学院教授。
② 使徒统绪（the Apostolic Succession），基督教术语，大体上是指基督教会为突出自身权力的正统，强调其历史与耶稣及其使徒的渊源。

他不肯加入国教—天主教合流运动，是因为他觉得那些人都是仪式主义者，为了仪式而进行仪式。我也是这么认为的。"

"噢，我可不是在说你父亲在教义上出错了——他的看法绝对合理。但假如他认为我们是天主教会，为什么他不能用合乎天主教的方式举行仪式呢？我们连偶尔焚香都不行，真是太丢脸了。还有他那些关于法袍的看法——如果你不介意我直说的话——实在是太糟糕了。在复活节星期天的时候他穿着一件哥特式长袍配一件现代意大利式的蕾丝白麻布圣职衣。真是要命了，这就像戴着一顶高礼帽却配着一双棕色的靴子。"

"嗯，我倒不像你那样把法袍看得那么重。"多萝西说道，"我想重点在于牧师的思想，而不是他的穿着。"

"早期的卫理公会信徒就是这么说的！"维克多厌恶地叫嚷着，"法袍当然很重要！要是我们不能把崇拜搞得像样一些，崇拜又有什么意义？如果你想看看真正的天主教崇拜是什么样子的，你可以去米尔巴罗的圣卫德凯教堂看看！好家伙，他们在那里弄得像模像样的！圣母马利亚的雕像、圣餐的准备——每件事情都那么美妙。低教会派的人已经找过他们三次麻烦了，可他们公然藐视主教。"

"噢，我讨厌他们在圣卫德凯教堂搞的那一套。"多萝西说道，"实在是太出格了。整个祭坛烟雾缭绕，你几乎看不清上面在做什么事情。我想喜欢那里的人干脆去信罗马天主教好了。"

"我亲爱的多萝西，你应该去做一个非国教信徒，真的。去信普利茅斯兄弟会①好了——或普利茅斯姐妹会什么的。我

①普利茅斯兄弟会（The Plymouth Brethren），始创于1831年，由一些反对英国国教的基督教信徒组成的松散的宗教团体，崇信《圣经》，弱化教会及教堂对信徒的约束力。

想你最喜欢的赞美诗一定是第 567 首：'噢，我的上帝啊，我敬畏您，您是如此的崇高！'"

"而你最喜欢的应该是第 231 首，'我每晚扎下自己的帐篷，一天天接近罗马！'"多萝西反唇相讥，将丝线绕着最后一个纽扣转了几圈。

这番争执继续了几分钟，与此同时，多萝西用羽毛和缎带给一顶海狸皮的骑兵帽进行修饰（那是一顶她自己的旧黑皮学帽）。每次她和维克多见面总是会为了"仪式主义"这个问题吵上一架。在多萝西看来，如果不加以阻止的话，维克多将会"滑入罗马天主教的渊薮"，而她的想法确实没错。但维克多还没有意识到自己可能的宿命。目前英国天主教运动正进行得如火如荼，同时三面树敌，激战正酣——右边是清教徒，左边是现代派基督教徒，而不幸的是，罗马天主教徒就躲在后面，阴险地踢你的屁股一脚——他满脑子想的就是这些。在《教会时报》里驳倒梅杰博士对他来说比什么事情都来得重要。虽然他事事恪守教会仪式，但其实他根本没有半丁点儿虔诚的信仰。宗教论战对他来说最吸引人之处就像是一场游戏——最引人入胜的游戏，因为这场游戏将永远进行下去，而且允许一点点欺诈作弊。

"感谢上帝，总算做完了。"多萝西摆弄着那顶骑兵海狸皮帽，然后把它放了下来，"噢，亲爱的，还有一大堆事情要做呢！我好想把那些讨厌的长筒靴抛到脑后。几点了，维克多？"

"还有五分钟就一点了。"

"噢，老天爷呀！我得走了。我得做三个煎蛋卷。我可不能指望埃伦会做。噢，维克多！你有什么东西可以捐出来作慈善义卖吗？如果你可以捐条旧裤子那就最好不过了，因为裤子总是卖得出去。"

"裤子？没有，不过我倒是有其他东西可以捐。我有一本《朝圣者之路》，还有一本福克斯①的《殉道者之书》，这本书我一早就想处理掉了。该死的清教徒的垃圾！是一个不信国教的姑妈给我的——难道你不觉得烦吗，干这些死乞白赖讨上几便士的事情？要是我们能以体面的天主教方式举行仪式，我们就可以吸引到体面的信众。难道你不明白，我们不需要——"

"太好了。"多萝西说道，"我们总是能筹到一堆书——每本书我们卖一便士，几乎所有的书都卖得出去。我们一定要把慈善义卖搞好，维克多！我希望梅菲尔小姐能捐出点好东西。我很希望她能捐出那套漂亮的旧洛斯托夫特瓷茶具，那我们至少可以卖出五英镑。今天早上我一直在祈祷，希望她能把那套茶具送给我们。"

"哦？"维克多说道，语气没有平时那么热情。和普罗哥特一样，听到"祈祷"这个词他觉得很尴尬。他可以一整天谈论宗教仪式，但提到私下祈祷他就会觉得不太好意思。"别忘了问你父亲关于游行的事情。"他把话题兜回到更合自己脾气的话题上。

"好的，我会问他。但你知道结果会是怎样。他只会觉得生气，说这是罗马式狂热。"

"噢，该死的罗马式狂热！"维克多可不像多萝西那样，说了脏话会进行忏悔。

---

① 约翰·福克斯（John Foxe，1516/1517—1587），英国历史学家和殉教史作者，作品多记述玛丽一世（Mary I）时期新教徒受血腥镇压的历史事件。

多萝西赶回厨房，发现只剩下五个鸡蛋，却得做三人份的煎蛋卷，她决定只做一个大的煎蛋卷，往里面加上昨天吃剩的煮土豆把蛋卷弄大一些。她简短地祈祷了一番，希望蛋卷能做成功（因为把蛋卷从锅里端出来的时候很容易弄破）。她搅了蛋，维克多朝路上走去，半是渴望半是愠恼地哼唱着"汝等欢呼吧，在这普天同庆的日子"，与一个一脸嫌恶的男仆擦肩而过，那男仆手里端着两个没有手柄的夜壶——那就是梅菲尔小姐捐给慈善义卖的东西。

六

晚上十点刚过。今天发生了很多事情——但没有什么大事，都是一些多萝西平日里做的教区工作。现在，和白天说好的一样，她来到沃波顿先生的家里，努力想在一场漫无边际的争论中守住自己的立场，他老是喜欢将她卷入争论中。

他们在聊天——事实上，沃波顿先生总是能触发关于某个话题的交谈——这个话题就是宗教信仰。

"我亲爱的多萝西，"他带着雄辩的姿态，在房间里来回踱着步，一只手插在大衣口袋里，另一只手拿着一根巴西雪茄，"我亲爱的多萝西，到了你这个年纪，你不是在说真的吧——我想你已经二十七岁了——以你的智力，你仍然完全相信你的宗教信仰？"

"我当然相信。你知道的。"

"噢，得了吧！那些劳什子乱七八糟的东西？那些子虚乌有的事情都是你在母亲的膝下承欢时所接触的——你不是想告诉我你还相信那些话吧？你当然不会相信！你不可能会相信！你害怕坦白，就是这样。在这里你不需要担心，你知道的。没有乡村教区司铎的老婆在偷听，我也不会说出去。"

"我不知道你所说的那些'子虚乌有'的事情指的是什么？"多萝西坐直了身子，觉得有点生气了。

"嗯，我们举个例子吧。某件难以接受的事情——就以地狱为例吧。你相信有地狱吗？听好了，当我说'相信'的时候，我不是在问你是不是相信那些让年轻的维克多·斯通抓狂的现代派牧师所说的那些索然无味的晦涩隐喻。我是说你真的相信地狱吗？你就像相信澳大利亚的存在一样相信地狱的存在吗？"

"是的，我当然相信有地狱。"然后她向他解释地狱的存在要比澳大利亚的存在更加真实，也更加永恒。

"嗯，"沃波顿先生不为所动，"这套说法当然自有其道理。但让我对你们这些信教的人起疑心的是，你们的信仰极其冷血。退一步说，它展现了极其贫乏的想象力。我是个亵渎上帝的异教徒，身处水深火热之中，七宗罪①里至少犯了六宗，一定会遭受到永恒的折磨，说不定一小时后我就会在烈焰地狱里饱受煎熬之苦。但是，你仍然坐在那里平静地和我说话，似乎什么事情都不会发生在我身上一样。如果我只是得了癌症或麻风或其他身体上的疾病，你一定会觉得很难过——至少我会骗自己说你会感到难过。反过来说，我将永远在地狱里被烤得嗞嗞响，你反而似乎根本不以为意。"

"我从来没有说过你会下地狱。"多萝西有点不自在地说道，希望这场对话能够转入别的方向。因为真相是，沃波顿先

---

① 指天主教为约束信徒而罗列出的人的恶行，分别指色欲（lust）、饕餮（gluttony）、贪婪（greed）、懒惰（sloth）、暴怒（wrath）、妒忌（jealousy）和傲慢（pride）。

生提出的这个问题正是她自己所不能回答的难题，不过她可不会告诉他这件事。她确实相信地狱的存在，但她从来无法说服自己真的会有人下地狱。她相信地狱的存在，却认为里面是空荡荡的。她无法确定这一信念是否符合正统，决定把它埋在心里。"是不是真有人会下地狱还尚未可知。"她的语气坚定了一些，觉得至少说出这句话的时候心里比较有底气。

"什么？"沃波顿先生假装诧异地顿了一下，"你不是在说我还有得救吧？"

"当然有得救。只是那些可恶的命定论者在胡说八道无论你悔不悔改都会下地狱。你不会以为英国国教和加尔文宗是一回事吧？"

"我想人总是能以顽愚无知为由逃脱惩罚。"沃波顿若有所思地说道，然后更加坚定地说，"你知道吗，多萝西，我觉得即使到了现在，认识我两年之后，你仍然觉得可以让我皈依基督。一头迷失的羔羊——注定将遭受烈火焚身之苦。我觉得你仍然抱着一线希望，相信会有那么一天，我的眼睛将被神明睁开，你和我在冷得要命的冬日的早晨于圣餐仪式上相会，不是吗？"

"嗯——"多萝西又觉得不大自在。事实上，她确实对沃波顿先生怀有一线希望，虽然他并不大可能皈依基督。依她的本性，当她看到一个不信教的人时，总会想着怎么去帮他一把，将他引回正途。有很多回，她花了不少时间，热切地跟某个持无神论的乡野村夫进行激辩，那些人连一条支持自己的无神论的合理说法都提不出来！"是的！"最后她承认了，虽然她不愿承认这一点，但也不愿闪烁其词。

沃波顿先生开怀大笑起来。

"你是一个本性乐观的人。"他说道,"但是,难道你就不害怕万一我把你改造了呢?'死去的却是那条狗'①,你还记得吗?"

听到这句话多萝西只是微微一笑,"别让他看出他使你惊讶"——这就是她和沃波顿先生说话时奉行的金科玉律。刚才的一个小时他们就这样一直在争论不休,但什么结论也没有得出,如果她愿意留下来的话,似乎今晚剩下的时间也会以这种方式度过,因为沃波顿先生很喜欢嘲弄她的宗教信仰。他很有一番小聪明,那些不信上帝的人很多都是这样。在他们的争论中,虽然多萝西总是正确的一方,但并非总是获得胜利。两人坐在舒适宽敞的房间里,正对着月色皎洁的草坪——确切地说,是多萝西坐在那儿,而沃波顿先生站着。沃波顿把这个房间称为自己的"创作室"——但里面没有半点儿创作的痕迹。让多萝西感到失望的是,那个闻名遐迩的比乌利先生并没有来。(事实上,比乌利先生、他的妻子、他那本名为《鱼塘和情妇》的小说都纯属子虚乌有。沃波顿先生捏造出了这些人和书,为的就是把多萝西哄到自己的家里来,因为他知道,要是没有其他人作陪的话,她是不会来的。)多萝西发现只有沃波顿先生一个人在家时觉得很不自在。她曾经想过赶快回家是比较明智的举动,事实上,她对此十分肯定。但她还是留了下来,主要是因为她实在太累了,而那张她一进屋沃波顿先生就让她坐下的皮扶手椅实在是太舒服了,让她不愿起来。但是,

---

① 死去的却是那条狗(the dog it was that died),此句出自英国诗人奥利弗·哥尔德斯密斯(Oliver Goldsmith)的诗作《一只疯狗之死的挽歌》(An Elegy on the Death of a Mad Dog),该诗的大意是小镇里有一个信奉上帝的好人,与人为善,收留了一只流浪狗,却被它咬伤,但神迹显现了,善人得救,疯狗却死了。这句诗因此常被用来形容一个意想不到的结局。

现在她的道德感在刺痛着她。不能在他的家里待得太晚——要是被人们知道的话会嚼舌根的。而且，她还有一大堆工作要做，而她却丢着不管跑到这儿来了。她很不习惯懒散，连花一个小时只是聊天都会让她觉得有罪恶感。

她努力让自己在那张太舒服的椅子上坐直身子，"我想，如果你不介意的话，我真的得回家了。"她说道。

"说到顽愚无知，"沃波顿先生不去理会多萝西的话，继续说道，"我忘了是否告诉过你，有一次我站在切尔西那间'天涯海角吧'外面等的士，一个丑得要命的救世军小女孩走过来对我说——连一句介绍都没有，你知道的——'在主的审判席之前你会说什么？'我说我会保留辩护的权利。我说得不错吧，呃？"

多萝西没有回答。她想起了另一个苦差使——那些可恶的长筒靴还没做，今晚至少得做完一只。但她实在是很疲惫。今天下午她累得够呛，在烈日下骑了十英里的单车派发教区杂志，在教区礼堂后面那间闷热的小木屋里和母亲团契的成员们喝下午茶。每个星期三下午母亲们会坐在一起喝茶，做点慈善缝纫工作，而多萝西念书给她们听（现在她读的是基恩·斯特拉顿·波特①的《一个来自林博洛斯特的女孩》）。这些工作老是交给多萝西去做，因为在大部分教区里承担脏活累活、乐于奉献的女人（她们被称为"教会的母鸡"）在奈普山这里只剩下至多四五个。多萝西唯一能指望的全勤帮手只有富特小姐，她是一个三十五岁的老处女，个头高挑，长着一张兔脸，容颜开

---

① 基恩·斯特拉顿·波特（Gene Stratton Porter, 1863—1924），美国女作家、摄影师和电影制片人，曾撰写了几本流行小说，并将其收入用于维护印第安纳州的林博洛斯特沼泽及其他湿地。

始变得苍老，总是一惊一乍地好心干坏事。沃波顿先生总是说她让他想起了"彗星"——"一种滑稽的圆头圆脑的东西，在古怪的轨道上绕圈飞奔，却总是赶不上趟儿"。你可以放心地把装点教堂的任务交给富特小姐，但处理母亲团契或主日学校的事务则不行，因为虽然她按时上教堂，但她的思想是否合乎正统很值得怀疑。她曾经向多萝西透露说，在蔚蓝的天空下崇拜上帝效果最好。喝完茶点后，多萝西赶回教堂，把鲜花摆上圣坛，然后帮父亲的布道稿打字——她的打字机是一台快要散架的布尔战争前的"盲打型"机器，每小时只能打不到八百个字——晚饭后她给菜园里的豆圃除草，一直干到天黑，背都快累断了。工作总是接踵而来，她感觉比平时更加疲惫。

"我真的得回家了。"她以更坚定的语气重复了一遍，"我想我已经迟得很厉害了。"

"回家？"沃波顿先生说道，"别胡说了！这还没到晚上呢。"

他已经扔掉了那根雪茄，双手插在大衣口袋里，绕着房间踱着方步。多萝西又想起那些还没做好的长筒靴，突然间决定今晚做两只长筒靴，而不是一只，作为对自己荒废了一个小时的惩罚。正当她开始在脑海里勾勒着该怎么裁剪那些牛皮纸做脚样时，她发现沃波顿先生已踱到了自己的椅子后面。

"您知道几点了吗？"她问道。

"可能十点半了，你我之间干吗要扯到时间这种低俗的话题？"

"都十点半了，我真的得走了。"多萝西说道，"我睡觉前还有一堆工作要做。"

"工作！晚上这个时候？不可能！"

"我真的有工作要做。我得做一双长筒靴。"

"你得做一双什么?"沃波顿先生问道。

"一双长筒靴。给那些演舞台剧的孩子们穿的,原料是胶水和牛皮纸。"

"胶水和牛皮纸?我的老天哪!"沃波顿先生嘟囔着。为了掩饰他朝多萝西的椅子挪近的动作,他继续说道:"你过的都是什么生活啊!半夜里还要用胶水和牛皮纸做这些乱七八糟的东西!有时候我会觉得很高兴,幸好我不是一位牧师的女儿。"

"我觉得……"还没等多萝西说完,她看不见的沃波顿先生温柔地将双手搭在她的肩膀上。多萝西立刻扭动着身躯,将他挣脱,但沃波顿先生将她摁在座位上。

"别动。"他的声音很温和。

"放开我!"多萝西叫嚷着。

沃波顿先生的右手抚摸着她的上臂,手法非常露骨: 那是男人对女人流连不舍的赞美,仿佛将这个女人的身体当成了美味佳肴。

"你的手臂真的好美。"他说道,"你怎么能这么多年都守身如玉呢?"

"马上放开我!"多萝西又叫嚷着,再次开始挣扎。

"但我不想让你离开。"沃波顿先生拒绝了她。

"不要那样摸我的手臂,我不喜欢这样!"

"真是个调皮的孩子!你怎么会不喜欢呢?"

"我就是不喜欢!"

"不要走,转过身来。"沃波顿先生温柔地说道,"你似乎不知道我为什么要煞费苦心从后面接近你。如果你转过身,你会看到我老得可以当你的父亲，而且是个丑陋的秃子。但如果你保持不动，不要看着我，你可以把我想象成伊弗·诺威罗①。"

多萝西看到那只正在抚摸她的手——一只肤色红润的男人的大手，手指肥粗，手背上长着金色的绒毛。她脸色苍白，原本愠恼的表情变得惊恐而厌恶。她奋力挣脱开来，站起身面对着他。

"我没想到你会做出这种事情！"她的语气里透着愤怒与悲痛。

"你怎么了？"沃波顿先生问道。

他已经站直了身子，恢复了平常的姿势，完全不以为意。他有点好奇地看着她。她的脸色完全变了，不仅变得苍白，而且眼神里流露出内敛的恐惧——这一会儿，在她的眼中，他似乎成了一个陌生人。他察觉得到自己伤害了她，但他不明白她为什么会受到伤害——或许，她也不想让他明白这种伤害到底是什么。

"你到底怎么了？"他又问了一遍。

"为什么你每次见到我都会做出这种事情？"

"每次见到你？这未免也太夸张了。"沃波顿先生回答，"能让我下手的机会可真是太少了。但如果你真的不喜欢……"

"我当然不喜欢！你知道我不喜欢这样！"

"好啦，好啦！那我们就别再提了。"沃波顿先生大度地说道，"坐下来，我们换个话题。"

---

① 伊弗·诺威罗（Ivor Novello，1893—1951），威尔士创作歌手兼演员，是二十世纪早期英国最受欢迎的娱乐界明星之一。

他似乎完全不知羞耻为何物，或许这就是他最了不起的地方。他试图勾引她，但失败了，现在又想继续聊天，似乎当什么事情都没有发生过一样。

"我得回家了。"多萝西说道，"我不能再待下去了。"

"噢，胡扯！坐下来，忘了那件事。我们谈谈道德神学或教堂建筑，或者聊聊女童军的烹饪班，你爱聊什么都行。如果这会儿你回家了，我得多孤单哪。"

但多萝西执意要回家，两人争吵起来。就算没有向她求爱的念头——如果没走的话，无论他答应过她什么，过上几分钟他就会故态重萌——沃波顿先生也会强迫她留下来，因为和所有无所事事的人一样，他不喜欢上床睡觉，完全没有时间观念。如果可以的话，他会和你一直聊下去，直到凌晨三四点钟。虽然多萝西最后还是离开了，但他陪着她走在月色皎洁的车道上时，仍然滔滔不绝地说个不停。他的话非常风趣幽默，实在是没办法继续生气下去。

"明天一早我就离开。"走到大门的时候他说道，"我会开车去镇里接孩子们——那群兔崽子——接着后天去法国。去了法国之后我不知道下一程会去哪里，可能会去东欧，去布拉格、维也纳、布加勒斯特。"

"多好啊。"多萝西说道。

沃波顿先生虽然体格庞大臃肿，却嗖地一下拦在多萝西和大门之间，动作之敏捷令人咋舌。

"我会离开六个月，或许更久。"他说道，"当然，我知道这个问题很多余：在久别之前，你愿意和我吻别吗？"

还没等她反应过来，他就一把将她搂入怀中。她往后缩了一下——但太迟了，他亲到了她的面颊——如果不是她及时转过头的话，他会亲吻到她的嘴。她竭力而又无助地在他的怀里挣扎着。

"噢，放开我！"她叫嚷着，"放开我！"

"我想我一早就告诉过你了，"沃波顿先生轻松地将她牢牢抱紧，"我不会让你走的。"

"但我们就站在桑普利尔太太的窗前！她一定会看到我们的！"

"噢，老天爷啊！她会看到的！"沃波顿先生说道，"我都忘了。"

只有这句话能对他起作用，他松开了多萝西。她立刻走到门外，而他正注视着桑普利尔太太的窗户。

"我没看见里面点了灯。"最后他说道，"希望我们运气好，那个该死的老妖婆没看到我们。"

"再见。"多萝西说得很快，"这一次我真的得走了。帮我问候孩子们。"

说完这句话她转身快步走开，但没有跑起来，不让他再有强吻她的第二次机会。

这时传来了一个声响，让她咯噔了一下——那是明确无误的窗户关上的声音，是从桑普利尔太太的屋里传来的。她刚才一直在窥视他们吗？（多萝西心想）她果然一直在窥视他们！你还能怎么想？难道你以为桑普利尔太太会错过这么一幕吗？如果她真的在偷窥他们的话，明天上午这件事无疑就会传遍整个小镇，而且任何细节都不会遗漏。这个念头虽然很可怕，却只是在多萝西的脑海里一掠而过，她匆忙地顺着小路离开了。

直到沃波顿的房子从视野中消失后，她才停了下来，拿出手帕用力擦拭刚才被他亲过的面颊。她擦得那么用力，整张面颊都变得通红了。直到她把想象中的唇印擦得一干二净之后，她才继续上路。

他的行为惹恼了她。即使到了现在，她的心仍在怦怦乱跳，搅得她心神不宁。她在心里对自己说了好几遍，"我绝对无法忍受这种事情！"不幸的是，这确实是真的。她真的无法忍受这种事情。被一个男人亲吻或爱抚——感受到笨重的男性的胳膊搂着她，厚厚的男性的嘴唇盖住她自己的嘴唇——对她来说是很恐怖而令人作呕的事情。连记起或联想起这种事情也会让她毛骨悚然。这是她的私隐，这辈子都改不了的心理疾病。

"要是他们能不去碰你就好了！"她放慢了脚步，一边走一边想。她老是在心里对自己说着这句话——"要是他们能不去碰你就好了！"确实她并不是不喜欢男人。正好相反，她喜欢男人胜于喜欢女人。沃波顿先生吸引她的地方就在于他是个男人，而且说话很幽默很有见地，而这些是绝大多数女人所缺乏的。但为什么他们就不能放过你呢？为什么他们非得亲你，对你动手动脚呢？他们亲吻你的时候是那么可怕——可怕而且恶心，就像一只毛茸茸的巨兽挨在你身边，非常友善，但随时会变得很危险。而且他们除了亲你和对你动手动脚之外，还有其他意图，非常可怕的意图（她把这些称之为"那种事情"），她甚至连想都不敢想。

当然，有好些男人对她有点意思。她长得不算很漂亮，但也不算丑，是那种男人总是会纠缠不休的女孩子。当一个男人想找点乐子时，他不会去挑逗太漂亮的女孩。漂亮的女孩（他会这么认为）被宠坏了，因此性情喜怒无常。长相普通的女孩是容易捕获的猎物，就算你是一位牧师的女儿，就算你住在像奈普山这样的小镇，就算你几乎一辈子都在为教堂工作，你也无法完全摆脱追求。多萝西已经习惯了——习惯了中年胖子的死鱼一样色眯眯的眼睛。当他们开着车在路上经过你身边时，会故意慢下来。他们还会装模作样地介绍自己，刚过十分钟就会开始在你的手臂上摸一把掐一把。男人都是这副德性。即使神职人员也一样——有一次，一位主教的专职牧师……

但问题在于，即使是那些看得顺眼的男人以合乎礼仪的方式接近你，情况也好不到哪里去，噢，甚至更糟！她回想起五年前在米尔巴罗的圣卫德凯教堂认识的弗朗西斯·穆恩助理牧师。亲爱的弗朗西斯！如果不是因为"那种事情"的话，或许她已经嫁给了他！他总是一而再再而三地求她嫁给他，当然，她的回答总是"不行"，而他当然从不知道原因。她不可能告诉他原因。于是他走了，短短一年后就莫名其妙地死于肺炎。她喃喃地祈祷，为他的灵魂送去祝福，暂时忘记了父亲并不同意她为这个男人祈祷。然后，她好不容易将这段回忆压下心头。啊，最好不要再回忆起这段往事！每次想起来，都令她痛彻心扉。

她永远都不可能结婚，从很早以前她就下定了决心。从孩提时代起她就知道自己的命运。她无法克服对那种事情的恐惧——只要想起那种事情她似乎就畏缩僵硬起来。当然，她自己并不想克服这个心理障碍，因为和所有不正常的人一样，她不知道自己其实不正常。

然而，虽然她觉得自己的性冷感是天经地义的事情，她知道这种心理是怎样开始形成的。她记得很清楚，就像发生在昨天一样，那是发生在父亲和母亲身上可怕的一幕——她亲眼看到那一幕，当时她才九岁，在心中留下了深切而隐秘的疤痕。

过后不久，她又看到刻在陈旧的钢板雕刻上传说中的半兽人萨提尔追逐水泽仙女的图画。她那颗幼小的心灵觉得头上长角、半兽半人的生物是那么可怕狰狞，它们就潜伏在灌木丛中和树林里，随时会跳出来追逐少女。童年时有整整一年她不敢单独踏入树林一步，害怕那些萨提尔怪兽。当然，长大后她不再觉得害怕，但那种恐怖的感觉仍挥之不去。对她来说，萨提尔仍是可怕的象征，或许她永远无法摆脱这个梦魇，无法摆脱那种令人绝望而无法理喻的恐怖——荒凉的树林中那些蹄印，萨提尔那精瘦而毛茸茸的腿脚。那是无法通过探讨而改变的事情。而且，如今这种事情在受过教育的女人中非常普遍，根本不会让人觉得奇怪。

回到牧师的住所时多萝西激动的心情已经平复了。关于萨提尔、沃波顿先生、弗朗西斯·穆恩和她注定不婚不育的命运的想法刚才还在她的脑海里来回交织，现在已经被淡忘了，取而代之的是责难着她的一只长筒靴的画面。她想起今晚睡觉前起码还有两个小时的活儿要干。房子里黑漆漆的，她走到里屋，蹑手蹑脚地溜进洗碗间，担心会吵醒父亲——他可能已经入睡了。

她在漆黑的走廊里摸索着走向暖房，觉得自己今晚根本不该去沃波顿先生家里。她下定决心，再也不去那里了，就算她知道有其他人在那里也不去。而且明天她会去忏悔，作为对今晚去那里的惩戒。她点着了灯，在开始工作之前，她找出"备忘清单"，里面已经写了明天要做的事情，在"早餐"后面写了一个大写字母 P，这个字母表示"忏悔"①——意思是明天

---

① 在英文中，"忏悔"的单词是 penance。

早餐又不吃熏肉。然后，她点着胶水罐下面的煤油炉。

昏黄的灯光照着她那部缝纫机和桌上那堆做了一半的戏服，提醒着她还有更多的衣服没有开始缝制——她知道自己其实已经非常疲劳。沃波顿先生将手搭在她肩膀上的那一刻，她完全忘却了疲劳，但现在疲惫的感觉以双倍的威力卷土重来。而且今晚的疲惫感与往常不一样。她觉得真的感受到了成语"筋疲力尽"所说的那种感觉。她站在桌子旁边，突然间感到一种奇怪的感觉，似乎脑海里一片空白；有那么几秒钟，她忘记了自己走进暖房的目的是什么。

接着，她想起来了——那些长筒靴！恶魔在她耳边卑劣地引诱她，"上床睡觉吧，那些长筒靴明天再做也行。"她开始祈祷，希望获得力量，然后用别针扎自己。"加油，多萝西！不要偷懒！《路加福音》第九章第六十二节。①"接着，她把桌子上的杂物清理干净，拿出剪刀、铅笔和四张牛皮纸，坐下来剪出长筒靴脚背的鞋样，一边熬着胶水。

父亲的书房那口老爷钟敲响了午夜的钟声，但她仍在工作。她已经做好了两只长筒靴的鞋样，正往上面贴纸片，让靴子能坚固一些——这活儿很繁琐冗长。她身上的每一根骨头都在痛，她的眼睛困得快睁不开了。事实上，她几乎不知道自己在做些什么，只是机械地往鞋样上一条条地贴纸片，熬胶水的锅就搁在煤油炉上，炉火发出熊熊的燃烧声，让人昏昏欲睡，她每隔两分钟就会用别针扎自己一下，不让自己睡着。

---

① 本节的内容："耶稣说，手扶着犁向后看的，不配进神的国。"

第二章

一

多萝西从漆黑无梦的一觉中醒来，感觉就像被吊着往上，脱离一口深渊，眼前越来越亮越来越亮，然后恢复了意识。

她仍闭着眼睛，但是，渐渐地，眼睑适应不了亮光，接着不由自主睁了开来。眼前是一条街道——虽然很破败却很热闹，有许多小商店和门面很窄的住家。街道上熙熙攘攘，电车和汽车穿梭不断。

不过，她其实没有在看东西，因为她并不理解她所看见的东西是人、电车和汽车——它们什么都不是。她甚至不知道它们在动，也没有意识到它们是东西。她只是看到这些，就像一只动物看到东西，但没有思考能力，几乎没有意识。街上很嘈杂——人们七嘴八舌地说着话，汽车喇叭响个不停，电车在布着砂石的轨道上发出刺耳的声音——这些噪声飘进她的脑海了，激起的只是生理反应。她说不出话，也不知道说话有什么用，更不知道现在是什么时间或自己身处何方，她甚至察觉不到自己的身体或自己的存在。

不过，她的知觉渐渐变得敏锐起来。川流不息的事物开始在她的脑海中分成不同的种类。虽然她还说不出话来，但她开始辨认得出事物的形状。一个长形的东西走了过去，有四根东西驮着它，后面还拉着一样方形的东西，下面有两个圆形的东西撑着。多萝西看着这东西过去，几乎是同一时间，一个字从脑海里浮现出来。那个字是"马"。"马"字消失了，但很快就以更复杂的形式出现："那是一匹马。"别的字也跟着出现了——"房子"、"街道"、"电车"、"汽车"、"单车"——几分钟后几乎每一样她见到的东西都有了一个名字。她还想起了"男人"和"女人"这两个词。她琢磨着这些词语，发现自己知道有生命和无生命的事物之间的区别，"人"和"马"之间的区别，"男人"和"女人"之间的区别。

直到这时，在注意到周围的事物之后，她才意识到自己的存在。直到刚才为止她似乎只是一双眼睛和它们后面那个有感知能力但没有人格意识的大脑。但现在，她有点惊讶地感受到自己的存在，就像有人在她的心里面大声高喊着："我就是我!"她还知道这个"我"从很早的过去就开始存在，一直都是同一个"我"，虽然她对这段过去毫无记忆。

但这个发现只是持续了一小会儿。从一开始她的心里就弥漫着一种不完整的感觉，隐隐约约让她觉得不甚满意。那种感觉是这样的："我就是我"这句话刚才还似乎是一个答案，现在却变成了一个问题，不再是"我就是我"，而是"我是谁"。

她是谁？她思考着这个问题，发现她对自己到底是谁根本没有丝毫概念。看着那些穿梭不断的人和马，她知道自己是一个人而不是一匹马。接着，问题变成了，"我是男人还是女人?"感觉和记忆还是没能指出答案。这时，她的指尖碰巧触摸到自己的身体，她意识到自己身体的存在，那就是她自己的身体——事实上，那就是她自己。她开始用双手探索着身体，摸到了胸部。她是个女人。只有女人才有胸脯。不知怎的，她知道那些在她面前穿梭的女人衣服下有鼓胀的胸脯，虽然她并没有亲眼看见。

现在她明白，如果要了解自己到底是谁，她必须审视自己的身体，首先她得看自己的脸。她真的尝试着想看自己的脸，但很快她就意识到这是不可能的事情。她低下头，看到一袭破旧的黑绸长裙，裙子很长，腿上穿着一对肉色的人造丝长袜，皱巴巴脏兮兮的，还有一双破旧的缎面黑鞋，鞋跟很高。她觉得这些东西都很陌生。她看着自己的双手，觉得很陌生，又觉得很熟悉。这双手很小，掌心很硬，而且很脏。过了一会儿，她意识到这双手看上去很陌生是因为它们很脏。虽然她其实认不出来，但这双手看上去很自然亲切。

犹豫了一会儿，她转身沿着人行道慢慢地朝左边走着。那段似乎一片空白的过去神秘地告诉她这个世界上有镜子，镜子有什么用途，还告诉她商店橱窗通常会有镜子。走了一会儿，她来到一间卖廉价珠宝首饰的小店，橱窗里挂着一面镜子，路过的行人可以照见自己的脸。镜子中有十几张脸，多萝西立刻知道哪一张是自己的脸。但这并不表示她认得自己的脸，因为在这一刻之前她根本不记得见过这张脸。那是一张年轻女人的脸，瘦削白皙，眼角边密布着鱼尾纹，脸上还蒙着淡淡的一层污垢。她的头上胡乱戴着一顶俗气的黑色钟形帽，盖住了大部分头发。那张脸看上去既谈不上熟悉，但也不觉得陌生。在这之前她不知道自己长着一张怎样的脸，但现在她见到了自己的脸，便意识到自己的脸就应该长成这样。这和她内心的想象很吻合。

她从珠宝首饰店的镜子前转过身，看到对面商店的窗口写着"弗莱斯巧克力"几个字。她发现自己知道这几个字的目的是什么，然后她又看了一下，发现自己会识字。她的眼睛掠过街道，解读着那些奇怪的印刷字样、商店的名字、广告和新闻海报。她拼读出一家烟草店外面两张红白相间的海报上面写的字。一张海报写着："牧师的女儿最新情况报道"，另一张写着："牧师的女儿，现在据说身在巴黎"。接着她抬头看了一下，一座房子的屋角上面写的几个白字："新肯特路"。这几个字吸引住了她。她现在知道自己正身处新肯特路——迷迷糊糊中，她记起了另一件事——新肯特路在伦敦，所以她正身处伦敦。

知道自己身处何地后，她不禁心里一颤。现在她完全恢复了神智，她发现自己正置身于一个完全陌生的地方，这让她很疑惑害怕。这到底是怎么回事？她在这里干什么？她怎么会在这儿？她到底发生了什么事？

她很快就知道答案了。她思索着，她似乎完全理解那个词是什么意思："是的！我失忆了！"

这时两个年轻男子和一个女孩迈着沉重的步子走了过去，两个年轻男子背上扛着沉重的麻袋。他们停了下来，好奇地看着多萝西，犹豫了一会儿，然后继续向前走，走到五码开外的一盏路灯那里又停了下来。多萝西看到他们回过头看她，彼此间说着什么。其中一个年轻男子大约二十岁，胸很窄，长着一头黑发，脸颊赤红，样貌英俊，看上去像伦敦本地人，穿着一件时髦但很破烂的蓝色西装，戴着一顶格子鸭舌帽。另一个男子大约二十五六岁，个子不高，但很敏捷强壮，长着一个短而翘的鼻子，脸色红润，嘴唇厚得像两条香肠，露出一口大黄牙。他衣着褴褛，长着一头蓬乱的橙黄色头发，头发剪得很短，发际线很低，让他看起来很像一只吓人的猩猩。那个女孩看上去有点傻气，身材很丰满，穿着有点像多萝西。她隐约听到他们谈话的部分内容："那个雌儿看上去好像病了。"那个女孩说道。

那个长着橙黄色头发的家伙本来以优美的男中音唱着《小宝贝》，这时停止了歌唱，回答说："她可没病，不过处境不太妙，跟我们一样。"

"她跟诺比可是绝配噢，不是吗？"那个黑头发的青年说道。

"噢，你少来！"那个女孩惊讶地叫嚷着，假装要打那个黑发青年的脑袋。

那三个年轻人放下包裹，靠在灯柱上，然后犹豫不决地朝多萝西走来。那个长着橙黄色头发的年轻人似乎名叫诺比，他带头走在前面。他走起路来像是猴子在蹦跳，而且笑的时候嘴咧得那么大、那么诚恳，很难不向他报以微笑。他友善地向多萝西致意。

"你好，美女！"

"你好！"

"你处境不好吗，美女？"

"处境不好？"

"嗯，在流浪吗？"

"在流浪？"

"天哪，她是个疯子。"那个女孩喃喃说道，拉着黑发男子的手臂，似乎要把他拉走。

"我是说——你有钱吗，美女？"

"我不知道。"

听到这句话三个人呆若木鸡地面面相觑。他们可能觉得多萝西真的是个疯子。不过这时多萝西将手伸进裙子一侧的口袋里，这个口袋是刚才她发现的，摸到了一枚硬币。

"我想我有一便士。"她回答。

"一便士！"那个黑发青年厌烦地说道，"对我们来说真是太棒了！"

多萝西掏出那枚硬币，那其实是半个克朗。那三个人看上去十分惊讶，诺比咧嘴笑开了，然后像只猿猴一样兴高采烈地雀跃着，然后亲昵地挽住多萝西的胳膊。

"乖乖隆地咚！"他叫嚷着，"我们交好运了——你也是，宝贝，相信我，能遇到我们算你走运。我们可以让你发大财，没错。听我说，宝贝——你要跟我们三个搭伙吗？"

"什么？"多萝西问道。

"我是说——你跟弗洛、查理和我三人搭伙好吗？伙伴，懂吗？大家都是同志，并肩同行的同志。团结就是力量，散伙只能一事无成。我们出主意，而你出钱，干一笔大买卖，怎么样，美女？这笔买卖你干不干？"

"闭嘴，诺比！"那个女孩打断了他，"你说的那些话她根本一个字都听不懂。你就不能好好跟她说吗？"

"她会懂的，弗洛。"诺比平静地说道，"你不要多嘴，让我跟她说。我对付这种甜心自有一套，没错。听我说，宝贝——请问贵姓芳名？"

多萝西差点儿没脱口而出"我不知道"，但她很冷静，没有说出这么一句，而是从脑海里掠过的六七个名字中选了一个比较有女人味的名字，回答说："我叫埃伦。"

"埃伦，乖乖隆地咚！流浪的时候咱可不兴叫你的姓。现在听我说，亲爱的埃伦，我们三个正准备去摘啤酒花，懂吗——"

"摘啤酒花？"

"就是摘酒花！"那个黑头发的年轻人不耐烦地插了话，似乎很讨厌多萝西的无知。他的语气和举止很愠怒，而且他的口音比诺比更粗俗难听，"去摘酒花——去他妈的肯特郡！你懂不懂？"

"噢，啤酒花？酿啤酒的？"

"对啦，乖乖隆地咚！她蛮上道的嘛。好了，宝贝，我说的就是这个，我们三个准备去摘啤酒花，去找份应允给我们的工作——就在下莫尔斯沃思的布莱辛顿农场。只是我们现在遇到了一点麻烦，懂吗？因为我们几个钱都用光了，我们得走上三十五英里的路——还得填饱肚子，晚上找地方投宿。有女人同行，真是乖乖隆地咚！但现在你和我们一起走，懂了吗？我们可以花两便士搭电车去到布罗姆利，那就搞定了十五英里，路上可以省一晚投宿的钱。你可以和我们搭伙——四个人搭伙是摘啤酒花的最佳搭配——如果在布莱辛顿摘一蒲式耳①挣两便士，你一星期就可以轻松地挣到十先令。你怎么说，小妞？你那半克朗在大伦敦这里可顶不了事。但要是你和我们搭伙的话，你住上一个月都没有问题——我们现在就搭车去布罗姆利，顺便弄点残羹冷炙。"

他所说的话多萝西只能听懂两三成，不时地插话问道：

"什么是残羹冷炙？"

"残羹冷炙？就是填饱肚子的东西。我看得出你沦落至此还不是很久，小妞。"

"噢……你想要我和你们一起去摘啤酒花，是这样吗？"

---

① 蒲式耳（bushel），英国容积单位，1 蒲式耳合 8 加仑，约等于 36.37 升。

"对啦，我亲爱的埃伦。你跟不跟我们走嘛？"

"好的。"多萝西立刻回答，"我跟你们走。"

她没有丝毫犹豫就作出了这么一个决定。如果她有时间好好思考自己的处境的话，或许她会作出不同的选择。她可能会去警察局寻求帮助，这才是合乎情理的行动，但诺比和同伴正好在这个关键时刻出现，而她又很无助，自然而然地就跟着第一次见到的人走了。而且，不知道为什么，听到他们要去肯特郡让她觉得很安心。肯特郡似乎就是她想去的地方。另外那两个人没有再表示好奇或问一些尴尬的问题。诺比说："好的。真是乖乖隆地咚！"然后他从多萝西手中轻轻取走那半个克朗，滑入自己的口袋里——他解释说要替她保管，免得丢了。那个黑头发的年轻人——他似乎叫查理——以他那乖戾阴沉的口吻说道：

"好了好了，咱们该出发啦！已经两点多了，我们可不能错过了电车。起点站在哪儿，诺比？"

"在大笨象①那里。"诺比回答，"我们得在四点钟之前赶到那儿，因为过了四点钟就没有顺风车搭了。"

"那就走啊，别浪费时间了。我们到了布罗姆利，天黑时还得找个地方住。走吧，弗洛。"

诺比将包裹甩到肩膀上，"出发啦！"

他们没有再聊下去，匆匆出发。多萝西还是充满了困惑，但感觉比半个小时前好了许多。她走在弗洛和查理身边，但他们俩只顾着彼此说话，根本没有注意她。从一开始他们俩似乎就和多萝西有点疏远——他们想分享那半个克朗，却又不肯以

---

① 指伦敦中区的象堡(The Elephant and Castle)。

友善的态度对待她。诺比走在前头，虽然背着东西，脚步仍很轻捷。他高高兴兴地模仿着军乐的调子唱着那首著名的军歌，歌词似乎是这样的："我肏！这就是他妈的军乐队；我肏！①你他妈的也一样！"

二

现在是八月二十九日，多萝西在暖房睡着的那天晚上是八月二十一日，因此她的生命有八天的时间是空白的。

她的遭遇其实很普遍——几乎每周报纸上都会刊登一桩类似的事情。一个男人失踪了几天或几个星期，然后在警察局或医院里现身，不知道自己是谁或自己从哪里来，因此也就无从得知在失踪的那段时间里他做了些什么。他似乎一直像游魂野鬼一样游荡，但这段时间里别人都觉得他就是一个正常人。而关于多萝西的情况，只有一件事可以肯定，那就是，在流浪期间她被洗劫一空，因为她身上穿的衣服不是自己的，而且金十字架也不见了。

诺比搭讪她的时候，她已经开始康复。如果有人悉心照料她的话，她可能在几天内，甚至几小时内就恢复记忆。一件小事很容易就可以做到这一点：遇到一位朋友，有一张家里的照片，几句有技巧的盘问。但是她根本得不到这些所需的轻微精神刺激，因此，她陷入了最初她醒来时的那种精神状况——她的神智似乎很正常，但她根本想不起自己到底

① 指《波吉上校进行曲》（Colonel Bogey March），是英国军乐指挥弗雷德里克·约瑟夫·里克特（Frederick Joseph Ricketts）于 1914 年创作的乐曲。在英国，广为流传的一则戏谑版本是："Bullshit, that's all the band can play, Bullshit, they play it night and day." 而奥威尔在本书里的英文原版是："'…' that's all the band can play；'…' and the same to you!"

是谁。

当然，现在她遇上了诺比及其同伴，失去了反思自己处境的机会。她没有时间坐下来好好思考整件事——没有时间考虑自己的困境，并想出解决的办法。她一下子滑入了陌生而肮脏的下等人的世界，连静下来思考五分钟的机会也没有。每一天都似乎在无休止的噩梦中度过一样。事实上，这的确像一个噩梦，这个噩梦里没有急迫的恐惧，却充满了饥饿、污秽和疲惫，不停地冷热交替。后来她回首这段时光，白天和黑夜交织在一起，她完全不知道度过了多少个日夜。她只知道有一段不确切的时间她一直脚酸，而且总是饥肠辘辘。那段时间最清晰的回忆就是脚酸和饥饿，而且夜里很冷，由于睡不着觉和风餐露宿，油然生出一种奇怪的迟钝茫然的感觉。

来到布罗姆利之后，他们在一处可怕的垃圾堆"安营"——这里布满了纸屑，散发着屠宰场废料的恶臭——然后在一座游乐园边上又高又湿的草丛里盖着麻袋打着寒战又过了一夜。到了早上他们步行出去啤酒花田。打一开始多萝西就意识到诺比所许下的找到一份工作的承诺根本不切实际。他是在信口开河——他漫不经心地承诺了这件事——目的是为了引诱她和他们同行。他们找到工作的唯一希望是去到种啤酒花的郊外挨家挨户上农场找活儿干，或许还有的农场需要采摘帮工。

他们可能还要走三十五英里的路，这是直线距离，但走到第三天他们还没走到啤酒花田的外围。当然，他们走得这么慢，是因为他们得找吃的。如果不是为了解决吃饭问题，他们可能只需要两天，甚至一天，就可以走完这段路程。他们几乎没有时间想一想自己是不是正在朝啤酒花田的方向前进。寻找食物主宰了他们的一切行动。多萝西那半个克朗不到几小时就用光了，之后他们只能行乞。但麻烦的事情来了。一个人乞讨到食物不难，两个人乞讨也不难，但他们四个人在一起，情况就完全变了。在这种情况下，要活下去就只能像野兽一样一心一意锲而不舍地寻找食物。食物，那成了那三天里他们所考虑的唯一的事情——就只有食物，而要弄到食物总是那么困难。

从早到晚他们都在乞讨。他们走了很远的路程，呈之字形横跨郊区，穿村过乡挨家挨户地乞讨。他们不放过任何一间肉店、任何一家面包店、任何一间有希望的房屋，怀着希望围着那些去野餐的人要吃的，朝过往的汽车招手——但总是落空，还觍着脸捏造出悲惨的故事向年老的绅士搭讪。他们经常得走上五英里的路才能乞讨到一点面包屑或几片熏肉。他们四个人都要乞讨，包括多萝西在内。她记不起以前的事情，所以也就无从比较，不知道这是羞耻的事情。但无论怎么努力，他们总是讨不到吃的，如果不是连讨带偷的话，可能得有一半的时间空着肚皮。黄昏和清晨的时候他们跑到果园和田间偷苹果、李子、梨子、榛子、覆盆子和土豆。诺比认为，经过一片土豆田不偷上满满一口袋简直就是一桩罪过。偷东西最多的是诺比，而其他人总是帮他放风。他是个胆大包天的窃贼，老是喜欢自吹自擂说任何没有绑紧的东西都可以手到擒来。如果不是好几次他们拦住他的话，可能四个人都会被关进监狱。有一次他甚至想去偷鹅，但那只鹅发出可怕的尖叫，主人走出屋门查看出了什么事，查理和多萝西赶紧把诺比拉走了。

那几天他们每天要走二十到二十五英里的路，走过公共空地和名字稀奇古怪的村庄，在死胡同路那里迷路了，四仰八叉地躺在弥漫着茴香和艾菊气味的干沟渠里，偷偷溜进私人的树林，在柴火和水都容易找到的灌木丛里"安营"，用两口两磅重的烟罐煮一些肮脏古怪的饭吃，那两口烟罐是他们仅有的饭锅。运气好的时候，他们可以吃到用乞讨来的熏肉和偷来的花椰菜煮成的炖汤；有时候他们把土豆扔进灰堆里煨熟，味道淡一点也照吃不误；有时他们偷来秋熟的覆盆子，放在铁罐里煮成果酱，心急得果酱还滚烫的时候就囫囵吞下肚里。茶叶是唯一不缺的东西。即使什么东西都没得吃的时候，他们也可以泡杯深棕色的茶水喝喝提神。茶叶是最容易乞讨到的东西。"求求您，夫人，能赏点茶叶么？"这句话一直有求必应，连那些冷漠无情的肯特郡家庭主妇也不会拒绝。

那几天热得要命，路面被晒得明晃晃的，路过的汽车激起烟尘直喷他们的脸。那些载着去采摘啤酒花的一家家老小的卡车经常驶过，他们欢呼着，车上堆满了家具、孩童、狗和鸟笼。晚上总是很冷。在英国，几乎没有一天晚上过了午夜天还会暖和。他们只有两张大麻袋御寒，弗洛和查理盖一张麻袋，多萝西自己盖一张，诺比睡在光秃秃的地上。睡地上很不舒服，几乎与寒冷一样难以忍受。如果你背着地，头部没有枕头支撑就会朝后仰，脖子似乎拗断了；如果你侧身躺着，盆骨会顶着硬邦邦的地板，非常难受。就算凌晨的时候你勉强睡一会儿醒一会儿，寒意也会侵入你最深的梦境。只有诺比能抵御得住寒冷，就算在一块浸湿的草地上他也可以睡得很香，就像睡在床上一样，他那张粗糙的猿猴一样的脸看上去总是那么红润温暖，十来根金红色的胡须就像铜线一样在下巴上闪闪发亮。和那些长着红毛的人一样，他似乎从体内散发着热量，不仅能温暖自己，连他周围的空气也变得暖和了。

多萝西对这种奇怪而艰苦的生活逆来顺受——她只隐隐约约地知道过去她的生活应该不是这样子的。才过了几天她就不再去想自己奇怪的处境。她接受了生活中的一切——接受了肮脏、饥饿和疲惫，接受了无休止的来回兜路，接受了这种白天得忍受炎热和烟尘，晚上冷得浑身颤抖根本睡不着的日子。她实在是累得没办法去想事情。到了第二天下午，除了诺比之外，大家都累垮了，而他似乎根本不会累倒。即使他们刚出发不久一枚钉子就扎穿了他的鞋底，他也似乎不以为意。有时，多萝西走路的时候似乎都快累得睡着了。现在她得扛点东西，因为两个男伴已经在扛着其他行李，而弗洛坚决不肯帮忙。多萝西自告奋勇扛那口麻袋，里面装着偷来的土豆。他们通常有十磅土豆作为储备。和诺比与查理一样，多萝西把麻袋扛在肩膀上，但绳子就像锯子一样勒进她的皮肉里，麻袋碰撞着她的臀部，不停地摩擦，直到磨出血来。没走多远路她那双破破烂烂的旧鞋就开始裂开，到了第二天右边的鞋跟就掉了，她只能跛着脚走路。诺比很有经验，他让她把左边的鞋跟也弄掉，变成一双平底鞋。结果，当她上山的时候小腿就疼得不行，似乎她的两个脚底板被一根铁棍捶打过一样。

弗洛和查理比她还惨。想到要走那么远的一段路，他们没被累死都被吓死了。他们之前从来没想过一天要走二十英里路。他们俩都是土生土长的伦敦人，虽然他们在伦敦流浪了七个月，但两人从未走过远路。不久前查理还有份好差事，而弗洛曾经有个温馨的家，直到她受人勾引，被逐出家门，流落街头。他们偶然在特拉法尔加广场与诺比相遇，同意跟他去摘啤酒花，一心以为会是什么乐子。他们俩都失业没多久，当然打心眼里看不起诺比和多萝西。他们需要诺比带路，而且诺比有勇气去偷东西，但他是属于社会地位较低的一类人——这就是他们的态度。至于多萝西，自从那半个克朗用完之后，他们就不再纡尊降贵看她一眼。

刚到第二天，他们就想打退堂鼓了。他们俩老是落在后头，不停地骂骂咧咧，吃东西又想吃多一点。到了第三天，他们几乎不想再走下去。他们只想回伦敦，不再想去啤酒花田了。他们只想躺在一处舒服点的地方，有东西吃的时候就吃个不停。每次歇脚之后，他们总得吵上一阵子，然后才能重新出发上路。

"起来啦，伙伴们！"诺比会说道，"收拾好你的行囊，查理。我们得出发了。"

"噢——出发了！"查理会愁眉苦脸地回答。

"我们可不能一直待在这儿，不是吗？我们说好了，今晚得赶到斯文诺克，不是吗？"

"噢——斯文诺克！斯文诺克或其他该死的地方——对我来说都他妈一样的该死。"

"但是——我们说好的了！我们明天不是要找工作吗？我们先得赶到那些农场，才能开始找工作。"

"噢——农场！我希望没听到农场这个词——噢！我生来可不是——像你这样死赶路烂赶路的。我受够了，是的，我——受够了！"

"如果这就是该死的摘啤酒花，"弗洛插话道，"我已经他妈的受够了。"

诺比偷偷对多萝西说，弗洛和查理能有机会搭顺风车回伦敦时可能会"开溜"。至于诺比，没有什么事情能让他灰心丧气或让他生气，即使鞋底扎了钉子，刺得他那只臭袜子鲜血淋漓也无所谓。到了第三天，那根钉子在他的脚上扎了一个洞，诺比不得不每走一英里就停下来把钉子敲下去。

"对不起，伙计们。"他会说，"我得再停下来弄弄我那血淋淋的蹄子。这根钉子真是乖乖隆地咚。"

他会找来一块石头，蹲坐在阴沟上，细心地把钉子敲下去。

"好了！"敲完之后他会高兴地说出这么一句，用大拇指摸索着鞋底。"这该死的钉子总算睡棺材里了！"

这句墓志铭似乎是在说反话，不到一刻钟，那根钉子又会翘起来。

当然，诺比向多萝西求过爱，虽然她拒绝了他，却也不对她怀恨在心。他是个乐天派，从来不会把挫折看得太重。他总是那么快活，精力充沛地以男中音的歌喉唱着歌——他最喜欢唱的三首歌是《小宝贝》、《收容所的圣诞节》（用《教堂唯一的基石》这首歌的调子唱出来）和那首用军乐的调子唱出来的《我肏！这就是他妈的军乐队》。他二十六岁，丧偶，一直以卖报纸为生，喜欢小偷小摸，进过少年感化院，当过兵，做过窃贼和流浪汉。不过，这些事情你得自己一点一点拼凑起来，因为他不会从头到尾讲述自己的生平。聊天时他会时不时随意而生动地讲述自己的回忆——他在前线部队里服役了六个月，后来一只眼睛受伤，因伤退役了；他在哈洛威喝过那叫人恶心的施粥棚稀粥；他在德普福德的贫民窟度过童年；他那十八岁的妻子在分娩时死去，而那时他才二十岁；他在感化院挨过那些可怕的、弹力十足的藤条；他还曾溜进伍德沃斯制鞋厂，硝化甘油闷声闷气地炸开了保险柜，他乘机偷了一百二十五英镑，三个星期就花个精光。

第三天下午，他们终于来到了种植啤酒花的乡村，灰心丧气的人也开始多了，大部分都是流浪汉，他们准备走回伦敦，因为他们听说这里根本找不到活儿干——啤酒花的收成不好，而且价格很低，吉卜赛人和有家的采摘工人几乎霸占了所有工作。听到这些话，弗洛和查理完全放弃了希望，但诺比巧舌如簧好说歹说，让他们继续又走了几英里路。在一座名叫威尔的小村庄，他们碰到了一个爱尔兰老妇人——她叫麦克艾里格特太太——她刚在附近一片啤酒花田找到了一份工作。他们拿几个偷来的苹果交换了一块她早前"讨来"的肉。她告诉了他们关于采摘啤酒花的一些有用的提示，告诉他们可以到哪些农场碰碰运气。他们几个人躺在村子里的绿地上，对面是一间小杂货店，外面贴着几张报纸的海报。

"你们最好继续往前走，到查尔莫斯农场试一试。"麦克艾里格特太太用她那低俗的都柏林口音说道，"大概离这里有五英里。我听说查尔莫斯农场还需要好几个采摘工。我敢保证，如果你们去得早的话，他会雇用你们的。"

"五英里！天哪！难道就没有近一点的农场了吗？"查理嘟囔着。

"嗯，还有诺曼农场，我自己就在诺曼农场工作——明天上午开始上班。但你们不用去诺曼农场碰运气了，他只会雇用有地方住的采摘工人，而且他们说他准备让一半的啤酒花风干掉。"

"有地方住的采摘工人？怎么回事？"诺比问道。

"他们都是自己有家的人。要么你得在附近有住所，要么农场主得给你提供睡觉的地方，现在的法律就是这么要求的。以前你来摘啤酒花，就算是住马棚也没人多问一句。但现在工党执政了，他妈的提出干预，制定了一条法律，规定如果农场主不能提供合理的住宿，就不能雇用采摘工人。所以诺曼只雇用那些自己有住所的人。"

"嗯，那你不会有自己的住所吧？"

"我才没有呢！但诺曼以为我有。我骗他说我住在附近一间小屋。这事就你们知道，我在一间牛棚里过夜，除了牛屎臭一点外，还不算太糟糕。不过我得早上五点就出来，不然会被那些放牛的逮到。"

"我们都没有摘啤酒花的经验。"诺比说道，"就算我看到一棵该死的啤酒花都不知道是什么。找工作前，还得向您请教呢，您可是老行家了。"

"天哪！摘啤酒花根本不需要经验。把它们摘下来，放进桶里就成。要做的就这些，摘啤酒花。"

多萝西快睡着了。她听到其他人有一搭没一搭地闲扯，刚开始说的是摘啤酒花，接着又说到了报纸上刊登的关于一个女孩失踪的新闻。弗洛和查理在看对面商店门前的海报，多少恢复了一些精神，因为那些海报让他们想起了伦敦和那里的乐子。他们似乎对那个失踪的女孩很感兴趣，称她为"牧师的女儿"。

"看过这张了吗，弗洛？"查理问道，一边有滋有味地读着一张海报，"'牧师之女的春闺私情。真相大揭秘！'真带劲儿！要是我有一便士就好了，买一份来读一读！"

"哦？讲什么事儿来着？"

"什么？我不是刚读过了吗？报纸上铺天盖地报道着牧师的女儿这般这般，牧师的女儿那般那般的——有一半都是诲淫诲盗的描写。"

"她可是个热门话题，那个老牧师的女儿。"诺比仰面躺着，若有所思地说道，"要是她在这儿就好了！我知道该怎么对付她。没错，我可以搞定她。"

"是个离家出走的女孩子。"麦克艾里格特太太说道，"她和一个比她大二十岁的男人私奔了。现在失踪了，人们到处在找她。"

"夜半三更乘车私奔，身上除了一件睡袍外别无衣物。"查理品头评足地念道，"整个村子的人看见他们离开。"

"有人认为他把她带到国外去了，卖给了巴黎的某个灯红酒绿的妓院。"麦克艾里格特太太补充道。

"身上除了一件睡袍外别无衣物？她一定是个不要脸的臭婊子！"

原本，这番对话可以扯到更多细节，但这时多萝西打断了他们。他们所说的话引起了她的好奇，因为她不知道"牧师"这个词是什么意思。她坐起身，问了诺比一句，

"什么是牧师？"

"牧师？怎么了，就是目高于顶的家伙，那些在教堂里讲经布道，叫人唱赞美诗的家伙。昨天我们就遇到过一个——骑着一辆绿色的单车，把领子前后反着穿。牧师就是神职人员，你懂的。"

"噢……嗯，我懂了。"

"牧师啊！不就是那些讨厌的糟老头子嘛。"麦克艾里格特太太缅怀地说道。

多萝西其实还是没有搞懂。诺比的话让她有点明白了，但只是那么一点点。"教堂"和"神职人员"似乎勾起了她脑海中模糊的回忆。那是她对于过去的神秘回忆里的一处空白——

那段记忆里有许多处空白。

那是他们流浪的第三个晚上。天黑的时候他们和往常一样来到了一处小树林准备露宿，刚过午夜就下起了瓢泼大雨。他们摸黑跌跌跄跄着走了大约一个小时，想找个地方躲雨，最后，他们找到了一座干草堆，蜷缩在一起躲在背风面直到天亮得可以看见东西。弗洛以最令人无法忍受的方式整晚大哭大闹，到了早上她濒临半崩溃的状态。她那张傻乎乎肥嘟嘟的脸被雨水和泪水冲刷得干干净净，看上去就像一个自怨自艾的扭曲的猪尿泡。诺比从篱笆下面找到了一抱半干的柴火，然后他好不容易生起了火，煮了茶喝。无论天气多么恶劣，诺比总能生起火煮口茶喝。他随身带的东西里有几片旧轮胎，可以在木柴潮湿的时候用来点着火。他甚至还能用一根蜡烛把水烧开，只有少数经验丰富的流浪汉才有这个本事。

经过这一夜的折腾，大家的身体都冻得发僵，弗洛大声宣布自己再也走不动了。查理也这么说。因此，由于有两个同伴不肯上路，多萝西和诺比自己出发去查尔莫斯农场，约好了碰运气后的会合地点。他们走了五英里路，走过广袤的果园，终于找到了查尔莫斯农场，人们告诉他俩工头很快就到。于是他们在农场边上等了四个小时，太阳将背上的衣服烤干了。他们望着那些摘啤酒花的工人在干活，那幕情景是那么祥和迷人。那些啤酒花的藤蔓爬得很高，就像放大版的红花菜豆，郁郁葱葱、枝叶繁茂，一垄垄地生在田里，一簇簇淡绿色的啤酒花就像巨大的葡萄一样在上面晃荡着。轻风吹拂着啤酒花，散发出一股清新而略带苦涩的味道，有点像硫黄，又有点像冷洌的啤酒。每一垄田里都有一家子晒得黝黑的人把啤酒花摘下来放进桶子里，一边干活一边唱歌。很快，哨声一响，他们停下工作，就着以啤酒花的藤蔓为柴火噼啪作响的火堆烧茶。多萝西很羡慕他们。他们围坐在篝火旁边，喝着茶，吃着面包和熏肉，周围弥漫着啤酒花的味道和木头的清香，看上去那么快乐。她想在这里工作——但是，现在什么也做不了。一点钟的时候工头过来了，告诉他们这里不请人，于是他们只能顺着原路回去，路上偷了十来个苹果，作为对查尔莫斯农场的报复。

他们回到约好的地方时，弗洛和查理都不见了。他们找了一圈，但心里都知道发生了什么事情。显然，弗洛朝某个路过的卡车司机抛了几个媚眼，于是司机让她和查理搭顺风车回伦敦，希望路上能有机会一亲芳泽。更糟糕的是，他们把两个包裹也偷走了。多萝西和诺比没有东西吃了，没有面包屑、没有土豆、没有茶叶、没有被单，连那两个用来煮东西吃的铁罐都没有了——事实上，他们就只剩下身上穿的那身衣服。

接下来的三十六小时很难挨——非常难挨。他们又累又饿，多么渴望能找到一份工作！但他们在种啤酒花的乡村里越走越远，找到工作的希望却越来越渺茫。他们挨个农场找活儿干，但答案总是一样——那里不请采摘工人——而且他们光惦记着找工作，根本没有时间去乞讨，只有那偷来的苹果和李子充饥，但这些东西酸死了，吃下去搞得胃很不舒服，而且越发饥饿。那天晚上没有下雨，但比以往更冷了。多萝西根本没有睡觉，整晚就蜷在火堆前，照看着火堆，担心它会灭掉。他们躲在山毛榉树林里一棵虬曲的参天大树后面，这里可以挡风，但身上也被不时滴下来的冰冷的晨露打湿了。诺比舒展开身子，大张着嘴，半边大脸被微弱的火光照亮了。他睡得很安详，就像一个熟睡中的小孩。一整晚，失眠和无法忍受的不适让多萝西的心里产生了一丝怀疑。她长这么大，就是为了过这样的生活吗？这种漫无目的的流浪，整天饿着肚子，晚上躲在滴水的树下瑟瑟发抖？在那段空白的过去她就是这么生活的吗？她是从哪儿来的？她是谁？她想不出答案，到了天亮，他们又上路了。到了当天晚上他们问了十一家农场，多萝西的腿再也走不动了，她累得头晕眼花，连路都走不直。

不过，意想不到的是，到了深夜他们的运气来了。他们来到一座名叫克林托克的村庄，找到一家凯伦斯农场，连问题都不用回答就立刻被雇用了。监工只是打量了他们一下，然后说："就请你们了——你们行的。明天早上开始，第十九组七号桶。"他甚至连他们叫什么名字也没有问。似乎采摘啤酒花不需要什么优秀品质或经验。

他们走到草坪上，采摘工人们在那里宿营，感觉就像做梦一样，身体疲惫不堪，但找到了工作，心里很高兴。多萝西发现自己走过恍如迷宫、盖着铁皮屋顶的小茅屋和窗口吊着五颜六色的衣服的吉卜赛大篷车。一群群孩子簇拥在茅屋之间狭窄的青草小径上，衣着褴褛长相和蔼的人们正就着无数堆柴火做饭。在草地的尽头有几间小锡房，比起其他房子条件还要差一些，那是给未婚的采摘工人住的。一个正在烤奶酪的老头给多萝西指路，让她去其中一间女人住的小茅屋。

多萝西推开小屋的门，里面大概有十二英尺长，窗户没有安玻璃，钉上了木板，屋里没有任何家具，除了一摞堆到屋顶的稻草堆外就什么也没有了——事实上，整间屋子几乎被那摞稻草堆填满了。多萝西的眼睛几乎睁不开了，那堆稻草看起来似乎舒服极了。她往屋里走去，但脚底下传来一声尖叫，吓住了她。

"哎哟！你干吗？走开！谁叫你踩到我肚子上的，

蠢货？"

稻草堆里似乎有女人，多萝西更加小心地往前走，被什么东西绊到了，扑倒在草堆上，眼看着就要睡着了。一个外貌粗鲁衣衫不整的女人从稻草堆的海洋里像美人鱼般一跃而出。

"你好，伙计。"她说道，"刚来的，是吧，伙计。"

"是的，我累了——好累好累。"

"你不盖被单就这么睡在草堆里，会冻坏的。你没有毯子吗？"

"没有。"

"那你等等，我这儿有个袋子。"

她一头钻进稻草堆里，然后拿着一口七尺长的啤酒花麻袋又钻了出来。多萝西已经睡着了。她勉强醒来，钻进麻袋里，那口麻袋很长，从头到脚都套得下。然后她半是扭动半是沉落，深深地沉进了一堆比她想象中更暖和更干燥的稻草里。稻草撩拨着她的鼻孔，钻进她的发际，甚至透过麻袋刺痛着她，但现在没有哪个想象得到的地方——克里奥佩特拉①的天鹅绒卧榻或哈伦·拉希德②的浮床——能让她睡得更加舒坦。

三

当你找到了一份摘啤酒花的工作，你很快就会适应这份工作的日常节奏。只需要一个星期你就可以成为一名熟练的采摘工人，感觉好像这辈子都在摘啤酒花。

---

① 克里奥佩特拉(Cleopatra)，"埃及艳后"，古埃及托勒密王朝最后一任女王，公元前 51 年至前 30 年在位。
② 哈伦·拉希德(Haroun al Raschid)，阿拉伯阿巴斯王朝第五任哈里发，公元 786 年至 809 年在位。

这份工作容易得很，但无疑非常耗费体力——你一天得站十到十二个小时，到了晚上六点你就累得只想睡觉——但根本不需要任何技术。农场里有三分之一的采摘工人和多萝西一样都是新手。有的人来自伦敦，连啤酒花长什么样，该怎么采摘，为什么要采摘都不知道。据说，有一个人第一天来到田里的时候问，"铲子在哪里？"他以为啤酒花长在土里，得把它们挖出来。

除了星期天之外，在农场里每一天似乎并没有区别。五点半的时候就有人敲你的小屋的墙壁，你从睡铺上爬起来，开始找鞋子穿，其他埋在稻草堆里的女人半睡半醒地咒骂着（房间里睡六七个人，甚至要睡八个人）。如果你笨笨地把衣服脱掉，放在稻草堆里，它们很快就会不翼而飞。你一只手抓起一捆稻草，另一只手抓起干燥的啤酒花藤和外面拿来的一根木柴，生起火准备做早饭。多萝西总是比诺比起得早，所以经常是她给他和自己做早饭，做好后就敲敲他那间小屋的墙壁。那个九月早上很冷，东边的天空渐渐从黑色变成了钻蓝色。草地上结了一层银白色的晨露。早饭总是一成不变——熏肉、茶、用熏肉的脂肪烤的面包。吃着早饭的时候你又做了菜式相同的一餐，准备午饭的时候吃，然后，你带着便当盒，在蔚蓝多风的黎明中出发走一英里半路去到农田。一路上，你的鼻子被冻得老是流鼻涕，只能时不时停下来把鼻涕擦在麻布围裙上。

啤酒花田大概以一英亩为单位分隔开来，每一块田分配大约四十个采摘工人。监工总是一个吉卜赛人——每次大家一起把一块田摘完。藤蔓长了大约有十二英尺高，顺着绳子往上爬，拉着横向的铁丝，成串地吊在那儿，两排之间相隔大概有一两码远。每一排藤蔓下面放着一个麻布袋，就像深陷的吊床挂在沉重的木架上。你一到那儿就把你自己的布袋挂好，把旁边的两株藤扯下来——茂密的、尖细的叶子就像长发公主的发梢，露水滴滴答答地落在你的头上。你把藤蔓拉到布袋的上面，从藤的粗端开始，把上面一丛丛密集的啤酒花摘下来。凌晨的时候你只能慢慢地笨拙地摘，你的手被晨露冻得僵硬发麻，而且那些啤酒花又湿又滑。只摘啤酒花而不把叶子和茎秆摘下来是很困难的事情，而如果布袋里面有太多叶子和茎秆的话，计量员不会要你的啤酒花。

藤蔓的茎长着小小的刺，两三天内你双手就会被扎得体无完肤。每天早上摘啤酒花是一件痛苦的事情，因为你的手指僵硬得无法动弹，而且还有十几处伤口在流血。但当伤口裂开，鲜血流出来之后，痛苦反倒减轻了。如果啤酒花长势好的话，十分钟内你就可以摘光一根藤蔓，长势最好的藤蔓可以采摘到半蒲式耳的啤酒花。但每片田的啤酒花长势都大不一样。在有的田里，啤酒花大如核桃，一串串的没有叶子，轻轻一扯就掉了下来；而在别的田里，啤酒花却长得不比豌豆大多少，而且很单薄，你每次只能摘下一个。有的啤酒花差得摘上一小时都摘不满一蒲式耳。

清早时工作的进展很慢，那时啤酒花还没干，很难采摘。但随后太阳出来了，被晒暖的啤酒花开始散发出那股好闻而又带着苦涩的气味，清晨的倦意渐渐消退，工作步入了正轨。从八点到中午，你一直在不停地摘不停地摘，陷入了工作的热情——随着上午时间的推移，那种热烈的渴望越来越强烈，想把每一根藤蔓摘光，然后把布袋移到那一行更远的地方。在每块田的最前头，所有的布袋都齐头并进，但渐渐地，比较熟练的采摘工人冲到了前头，有的采摘工人摘完了他们那行啤酒花而其他人还没摘完一半。这时如果你被落下了，其他人可以掉转过头把你那行的啤酒花摘完，这种情况叫"偷啤酒花"。多萝西和诺比总是最慢的两个人——而最多有四个人跟他们抢啤酒花。诺比的手又大又笨，很不擅长摘啤酒花。大体上，女人要比男人更擅长采摘东西。

多萝西和诺比左右两边的布袋总是齐头并进，分别是六号和八号。六号是一户吉卜赛人——老爸长着一头卷发，戴着耳环；老妈又老又皱，皮肤像皮革一样；还有两个高大魁梧的儿子——八号是一个来自伦敦东区的老渔妇，戴着一顶宽大的帽子，穿着黑色的长袍，用盖子上面插着管子的彩纸盒子抽鼻烟。她总是有一堆女儿和孙女帮忙，那些人从伦敦过来，每次待上两天。大人们在采摘的时候，小孩子们就提着篮子跟在布袋后面捡掉下来的啤酒花。那个老渔妇的小孙女罗丝和一个黑得像印度人的吉卜赛小女孩总是偷偷溜出去偷秋覆盆子，拿啤酒花的藤荡秋千，还老是围着布袋唱歌，时不时被那个老渔妇尖利的叫嚷声打断，"快去，罗丝，你这个懒丫头！把那些啤酒花捡起来！看我不打你屁股！"等等等等。

田里有一半的采摘工人是吉卜赛人——工人营地里有大约两百个吉卜赛人。其他采摘工人叫他们"马屁精"。他们为人还不赖，态度很友善，有求于你的时候会把你夸到天上。但他们生性野蛮而且狡猾，畸形的东方面孔带着大型野生动物的那种神态——鲁钝愚笨却又夹杂着不可驯服的狡黠。他们说话时总是把五六句话翻来覆去地说好几遍，从来不觉得厌烦。守着六号袋的两个年轻吉卜赛人总是会问诺比和多萝西一个同样的谜语，一天问好几遍。

"英国最聪明的人做不到的事情是什么？"

"不知道。是什么？"

"用电线杆挠一只虫子的屁股。"

然后他们总是会哈哈大笑。这些人极其无知。他们会骄傲地告诉你他们目不识丁。那个长着一头卷发的父亲隐约觉得多萝西是个"博学的人"，有一次很严肃地问她能不能驾着大篷车去纽约。

十二点的时候，农场那边传来的哨声告知采摘工人休息一小时，而在此之前，计量员会过来把啤酒花收走。工头高喊一声："啤酒花准备好了没，十九号！"每个人立刻快速捡起掉在地上的啤酒花，把这儿或那儿的支藤上还没有摘下来的啤酒花摘干净，然后把布袋里的叶子清理掉。这是有技巧的。摘得太干净可不划算，因为啤酒花和叶子都可以算入重量。那些吉卜赛人都是老手，知道不干净到何等程度是安全的。

计量员提着一个柳条筐过来了，这个筐的容量是一蒲式耳，随行的还有簿记员，会把每个布袋摘到的数量登记下来。簿记员是一些年轻的男人，大部分从事文员或注册会计师之类的工作，他们把这份工作当成是有薪酬的度假。计量员会一次从布袋里舀出一蒲式耳的啤酒花，一边舀一边喊着："一！二！三！四！"然后簿记员把数字登记进账本里。每一蒲式耳他们可以挣到两便士。当然，关于度量啤酒花的收成公不公平这个问题总是争执不断。啤酒花很松软——你可以将一蒲式耳压进一口容积只有四分之一夸脱的锅里，因此，每舀起一蒲式耳，采摘工人就会弯腰把啤酒花搅得松散一些，然后计量员会抓着袋沿晃一晃，又把啤酒花晃得紧凑一些。有几天早上，他奉命"把它们弄得重一些"——他会每次舀起两蒲式耳当成一蒲式耳，这时采摘工人们就会气愤地叫嚷着，"看看这个混蛋，把啤酒花给夯实了！你他妈的干吗不往上面踩啊！"等等等等。几个老手会阴沉沉地说，他们知道到了采摘啤酒花的最后一天，那个计量员会被丢进喂牛的池塘。啤酒花从麻布袋里被装进大袋子里，理论上大袋子的容量是一英担，但在测量员要"把它们弄得重一些"的时候，得两个人才能抬起满满一袋啤酒花。你有一个小时的时间吃午饭，你用啤酒花的藤蔓生火——这是不允许的，但每个人都这么做——煮了茶，吃了你的熏肉三明治。午饭后你又继续采摘，直到傍晚五点，计量员又会过来取走你的啤酒花，然后你就可以下班回营地了。

后来回首这段采摘啤酒花的插曲时，多萝西记得最清楚的总是那些下午。她要在烈日下辛苦地工作好几个小时，四十个采摘工人一齐唱着歌，闻着啤酒花的气味和烧木头的烟味，那种经历很独特，也很难忘。随着下午的时间渐渐过去，你累得几乎连站都站不稳，那些小小的、绿色的啤酒花虫子钻进你的头发和耳朵里，让你不胜其扰，你的双手被那些含有硫黄的汁液浸得发黑，除了伤口在流血外，就像黑人的手一样。但你很开心，那是一种无来由的开心。你完全沉浸在工作中。这活儿很傻，机械而又累人，而且双手越来越疼，但你从不会感到厌倦。天气好而且啤酒花长势好的话，你会觉得你可以一直不停地采摘下去。那是一种身体上的愉悦感和发自内心的温暖的满足感：在那儿站了好几个小时，把沉甸甸的一簇簇啤酒花摘下来，看着那堆浅绿色的啤酒花在你的布袋里越堆越高。每摘满一蒲式耳，你就又挣到了两便士。太阳当空照耀着，把你晒得黝黑，还有那股挥之不去的苦涩的味道，就像清冽的啤酒之海吹来的海风，吹进你的鼻孔里，让你神清气爽。太阳出来的时候，大家都在一边工作一边唱歌，整片啤酒花田荡漾着歌声。不知道为什么，那个秋天唱的都是些悲伤的歌——关于失恋和真爱没有回报的主题，就像贫民窟版的《卡门》和《曼侬·雷斯卡》。歌词是这样子的：

"他们快乐地相偎依，

快乐的女孩——幸运的男孩——

而我却在这儿——

伤透了心！"

还有：

"我在翩翩起舞，眼里含着泪水，

因为我怀里的女孩不是你！"

还有：

"铃声为莎莉响起，

但不是为了我和莎莉！"

那个吉卜赛小女孩总是唱了一遍又一遍：

"我们都那么悲桑，都那么悲桑，

在这悲桑的农场！"

虽然大家都告诉她名字应该是《悲伤的农场》，但她坚持要说成是《悲桑的农场》。那个老渔妇和她的孙女罗丝会唱一首采摘啤酒花的歌，歌词是这样的：

"我们恶心的啤酒花！

我们恶心的啤酒花！

当计量员走过来，

把它们拿起，从地面拿起！

他开始称重，

不知道何时才能称完，

嘿，嘿，伸手进袋里去，

把那堆该死的东西拿出来！"

《快乐的一对儿》和《铃声为莎莉响起》是他们特别喜欢唱的两首歌。这帮采摘工人从来不厌倦唱这两首歌，到采摘季节结束前一定唱了好几百遍。就像那股苦涩的气味和炽热的阳光一样，这两首歌是啤酒花田的气氛的一部分，在枝叶繁茂的藤蔓间萦绕。

六点半左右你回到营地，蹲在流经小屋的溪水旁边，洗了一把脸，那可能是一天来你第一次洗脸。你得花二十分钟的时间才能把手上的黑迹洗干净。用水和肥皂是洗不掉的，只有两样东西有用：一种是泥，而奇怪的是，另一种竟然是啤酒花的汁液。然后你动手做晚饭，吃的总是面包、茶和熏肉，除非诺比去村子里从屠夫那儿买了两便士的肉回来。去买东西的人总是诺比。他能花两便士从屠夫那儿买到值四便士的肉，而且他精于计较锱铢之利。比方说，他总是喜欢买双面团的面包，其他形状的面包不买，因为他老是说，双面团的面包一掰开就像是两块面包。

还没来得及吃晚饭你已经昏昏欲睡了，但工人们在小屋外面生起的火堆是那么舒服，让人不愿离开。农场允许每间小屋一天烧两把柴火，但采摘工人们想烧多少就烧多少，而且还有一大堆榆树的树根，可以一直烧到天亮。有的晚上，火堆生得很大，足可以让二十个人舒舒服服地围坐在火堆边，唱歌一直唱到深夜，一边讲着故事，烤着偷来的苹果。年轻人和女孩子们偷偷溜到黑漆漆的巷子后面。几个像诺比一样胆大的人会拎着麻袋到附近的果园偷东西。孩子们在暮色中玩捉迷藏，驱赶老是来营地捣乱的夜鹰。这些小孩来自伦敦，误以为夜鹰就是野鸡。到了星期六晚上，五六十个采摘工人总是去小酒馆喝酒，然后唱着下流的歌曲在村子里的路上晃悠，让这里的村民十分气恼。他们看待摘啤酒花的季节就像以前罗马帝国治下尊贵的高卢行省人看待哥特人每年的入侵一样。

最后，你拖着身子回到铺着稻草的小屋，里面很冷很不舒服。睡了舒服的第一晚之后，多萝西发现稻草堆根本不适合睡觉，不仅扎人很痛，而且不像干草堆，这里的稻草堆四面透风。不过，她可以从田里偷来不计其数的装啤酒花的麻袋，用四口麻袋一个套一个，把自己包裹得像一个蚕茧，暖和得一晚可以睡上五个小时。

四

采摘啤酒花所得的报酬只能勉强维持温饱，仅此而已。

凯伦斯农场的酬劳是一蒲式耳两便士，如果收成好的话，一个熟练的采摘工人一小时可以采摘到三蒲式耳的啤酒花。因此，理论上讲，一周干六十小时就可以挣到三十先令。但事实上，农场里没有人能挣到这么多钱。最棒的采摘工人一周也只能挣到十三四先令，最可怜的只能挣到六先令。诺比和多萝西将摘到的啤酒花放在一起，挣到的钱两人平分，每个人一周可以挣到大约十个先令。

挣钱不多是有原因的。首先，有的农田里啤酒花长得不好；而且，每天都会有一到两小时的延误——当一片田采完以后，你可能得扛着布袋走上一英里路到下一片田，然后或许会出一些岔子，整组人挑着布袋（这些布袋得有一英担重），又浪费半个小时走到别的地方。最惨的莫过于下雨天。那一年的九月天气很糟糕，每三天就下一场雨。有时，整个上午或下午你只能躲在没有采摘的藤蔓下面瑟瑟发抖，肩膀上披着一个湿淋淋的麻袋，等候着雨停。下雨的时候根本没办法采摘，因为那些啤酒花变得滑不留手，而且摘下来比不摘更糟糕，因为啤酒花一泡水就缩得很小，放在布袋里不占地方。有时你在田里干了一整天的活儿，却只能挣到一先令，甚至更少。

大部分采摘工人并不在乎，因为他们中有一半是吉卜赛人，习惯了挣几乎填不饱肚子的工资，而另外一半人几乎都是来自伦敦东区，小贩、小店主什么的，他们权当摘啤酒花是在度假，能把路费挣回来，剩一点儿钱够星期六晚上消遣就很满意了。农场主们知道这些人的想法，并加以利用。事实上，要不是采摘啤酒花被当成消遣，这个行业早就垮了，因为啤酒花的价格非常低廉，农场主们根本无法给采摘工人支付可以维持生计的工资。

每周你可以领到两次工钱，但农场主只发一半。如果你在采摘结束之前就离开的话（这样子农场主们会很被动），他们有权按一蒲式耳一便士的标准结清剩下的工资，而不是原先说好的一蒲式耳两便士——也就是说，拖欠你的那部分工资有一半就归他们了。而且，大家都知道，到了采摘季节的尾声，所有的采摘工人都被拖欠了数额不菲的工资，因此不愿意中途放弃这份工作，农场主就会把酬劳从一蒲式耳两便士减到一蒲式耳一个半便士。罢工基本上是不可能的事情，因为采摘工人们没有工会，而每组工人的工头并不像其他人一样每蒲式耳挣两便士，他们挣的是周薪，一旦罢工发生就领不到工资。因此，他们当然会想方设法地阻止罢工发生。大体上，农场主们让采摘工人进退两难，但这不能怪农场主们——啤酒花的价格太贱了，这才是问题的根源所在。后来，多萝西还想到，几乎没有采摘工人意识到自己的报酬有多么低廉。计件工资的体制掩盖了可怜的待遇。

头几天领不到工资，多萝西和诺比几乎饿死了，如果不是别的采摘工人救济他们的话，可能真的会活活饿死。不过，大家都很慷慨。在不远处有一群人住在一间比较大的小屋里，有一个名叫吉姆·巴罗斯的卖花人和一个名叫吉姆·图勒的伦敦餐厅的帮工，两人娶了两姐妹，成了好朋友，他们都很喜欢多萝西，很照顾她和诺比，不让两人挨饿。头几天的每个晚上，十五岁的梅·图勒会拿着一口装满了炖菜的锅，装作满不在乎的样子递给他们，免得被认为是在施舍。说的内容总是一样：

"埃伦，妈妈说她准备把这锅炖菜倒掉，然后她觉得你可能喜吃。她说这锅炖菜吃不完，如果你能接受的话，当是帮了她一个忙。"

真是奇怪，图勒一家和巴罗斯一家在最初的那几天总有一大堆东西"准备扔掉"。有一回他们甚至还给了诺比和多萝西半边煮好了的猪头。除了食物之外，他们还给了两人几个做饭的锅和一个锡盘，可以用来当煎锅。最贴心的是，他们没有问任何让人觉得不愉快的问题。他们很清楚多萝西是个身世不明的女孩 —— 他们都说："看得出埃伦是个沦落风尘的女孩子。" —— 但他们很体面地从来没有提出令她觉得尴尬的问题。直到在营地里住了半个月，多萝西才不得不为自己想了一个姓氏出来。

等到多萝西和诺比能领到薪水，他们的金钱烦恼总算结束了。虽然两人一天只花一先令六便士，但生活还是很舒服。四便士用在了诺比的烟草上，四个半便士花在了面包上，茶、糖、牛奶、人造黄油和熏肉片（在农场半便士就可以买到半品脱牛奶）每天要花七便士。但你当然不可能每天不浪费一两便士。你总是饥肠辘辘，总是锱铢必较地算计着能不能买一条腌鱼或一个炸面圈或一便士的薯片，而且，尽管采摘工人的薪酬很微薄，肯特郡似乎有一半的人口在算计着怎么把钱从他们的口袋里榨出来。当地的杂货店有四百名采摘工人光顾，采摘啤酒花的季节挣的钱比一年其他时间挣得都多，但这并不能改变他们对采摘工人的蔑视——在他们心目中，采摘工人就像是伦敦的泥土一样低贱。到了下午，农场的帮工们会过来卖苹果和梨子，一便士可以买到七个；而伦敦的小贩们也会带着成筐的炸面圈、冰糕或半便士的棒棒糖过来；到了晚上，住宿营地挤满了小贩，他们开着货车从伦敦来到这里，车里载满了价格便宜得惊人的杂货、炸鱼薯片、鳗鱼、虾、发馊的蛋糕、已经在冰库里冻了两年、皱巴巴的眼睛像玻璃球的兔子，以九便士的价格便宜大甩卖。

大体上，采摘工人们的伙食很邋遢肮脏——这是不可避免的，因为就算你有钱买好的食物，你也没有时间做饭，星期天除外。或许营地里不至于坏血病肆虐的唯一原因就是偷来的苹果实在是太多了。他们总是在偷苹果，几乎营地里每个人要么偷过苹果，要么分过贼赃。甚至有几帮年轻人（据说他们是伦敦的水果小贩雇来的）每个周末从伦敦骑着单车来这里的果园大肆偷窃。至于诺比，他把偷水果变成了一门学问。一个星期内他就召集了一帮年轻人，他们都把他奉为英雄，因为他是真正的盗贼，而且坐过四次牢。每天晚上他们背着麻袋在夜色掩护下出发，带回来多达两英担重的水果。啤酒花田附近就有广袤的果园，那些苹果，尤其是漂亮的、个头小巧的金苹果成堆成堆地躺在树下，都快熟烂了，因为农民们卖不出苹果。用诺比的话说，不去偷这些水果实在是罪过罪过。有两回他和同伴甚至偷了一只鸡回来。他们怎么把鸡偷到手又不吵醒邻里，实在是费解之谜。诺比似乎能偷偷地把麻袋套在鸡头上，这样一来到了午夜它就会没有痛苦地"逝世"——不会发出声响。

就这样，一星期过去了，半个月过去了，多萝西还是记不起自己到底是谁。事实上，她的记忆越来越模糊，因为除了某些时候，她到底是谁这个问题几乎从她的脑海中消失了。她对自己现在的处境变得习以为常，不去在乎过去或将来的事情。那是啤酒花田的生活带来的自然反应，它让你只在意眼前的分分秒秒。当你总是昏昏欲睡，总是得不停干活时，你无法思考抽象的精神上的问题——因为当你不在田里工作时，你要么在做饭，要么去村子里买东西，要么用潮湿的枝条生火，要么拎着罐子去打水。（营地里只有一个水龙头，离多萝西的小屋有两百码远，而那间脏得无法以言语形容的土厕也有那么远。）这种生活让你疲惫不堪，榨干了你每一点每一滴的精力，让你沉浸于深刻的、确切无疑的快乐中。毫不夸张地说，它让你变得浑浑噩噩。白天在田里长时间地干活，吃的是糟糠般的食物，睡眠严重不足，还闻着啤酒花和柴烟的气味，这些都会让你的头脑发沉。在风雨、阳光和露天生活的洗礼下，你的心思和皮肤似乎都变得粗糙不堪。

当然，星期天不用到田里干活，但星期天早上会很忙，因为采摘工人们会做一顿一星期来最好的饭，还要洗衣服和缝补衣服。当村子里的教堂为采摘工人举行没什么人参加的纪念某某圣人的露天祈祷时，那边传来叮叮当当的钟声，夹杂着微弱的赞美歌声"噢，上帝保佑我们"，营地上下到处烧着柴火，桶里、锡罐里、锅里以及任何人们能利用的容器里的水沸腾着，每一间小屋的屋顶上都飘扬着褴褛破旧的换洗衣服。第一个星期天多萝西向图勒家借了一个水盆，先洗了头发，然后洗了自己的内衣和诺比的衬衣。她的内衣脏得吓人。她不知道这些内衣自己到底穿了多久，但肯定得有十天以上，这段时间她就一直和衣睡觉。她的长袜和鞋底几乎都磨光了，只是因为泥浆把它们板结起来，所以勉强还能穿。

晾好衣服后她做了午饭，大家狼吞虎咽地吃了半只炖鸡（偷来的）、煮土豆（偷来的）、烤苹果（偷来的），还从巴罗斯太太那儿借来了带把的茶杯，喝了点茶。吃完午饭后，整个下午多萝西靠坐在小屋向阳的那一面，膝盖上摆着一个干麻袋把身上的裙子拉直，时而打盹时而醒来。营地里有三分之二的人都在晒太阳打盹，偶尔醒来时就像奶牛一样茫然地盯着前方。这就是经过一星期的重体力劳动后你的感觉。

三点钟的时候她坐着快睡着了。诺比信步走了过来，赤裸着上身——他的衬衣还在晾干——拿着一份借来的周日报纸。那是《苹果周报》，五份下流的周日报纸中最下流的一份。经过多萝西身边时，他把报纸丢在她的膝盖上。

"读一读这份报纸吧，美女。"他大方地说道。

多萝西拿起那份《苹果周报》，摊在膝盖上，感觉困得读不下去。大字标题直射她的眼帘："乡村教区的激情戏。"然后还有另外几段标题，还有几段加粗的文字描写，并附有一张女孩的相片。有大约五秒钟的时间，多萝西端详的是一团黑漆漆的污渍，但她认得出相片里的人就是她自己。

相片底下有一行字。事实上，大部分报纸已经不再报道"牧师女儿失踪之谜"这则消息，因为这已经是半个多月前的旧闻了，但《苹果周报》根本不管那是旧闻还是新闻，只要有噱头就好。那个星期关于强奸凶杀的新闻不多，于是他们再次刊登出"牧师女儿失踪之谜"——事实上，头版的左上角这个显眼的位置留给了她。

多萝西呆滞地看着照片。那是一张女孩子的脸，从毫无吸引力的黑漆漆的相框里看着她——根本无法让她想起什么。她呆板地又读了一遍标题"乡村教区的激情戏"，根本不知道它在说些什么，也根本不感兴趣。她发现自己根本没办法阅读，连看着照片对她来说也是一件很困难的事情。沉沉的睡意让她的脑袋往下耷拉着，她的眼睛半张半合，掠过那张报纸的版面，看到一张男人的相片，不知道那个是斯诺登爵士还是某个不肯绑疝带的男人，接着，就在同一时刻，她睡着了，《苹果周报》横放在膝盖上。

靠着小屋的瓦楞铁板墙睡觉其实也蛮舒服的，她一直睡到下午六点，直到诺比叫醒她，告诉她茶点已经准备好了。多萝西立刻把《苹果周报》放到一边（这东西可以用来点火），没有再去看上一眼。于是，解决她的身世之谜的机会就这么溜走了。要不是一星期后发生了一桩不幸的事情，将她从这种满足而毫无反思的生活中惊醒过来，她的身世之谜可能得再等上好几个月才能解决。

五

接下来的那个星期天晚上，两个警察突然来到营地，以盗窃罪为由逮捕了诺比和另外两个人。

事情来得太突然了，就算诺比事先得知消息可能也逃不掉，因为郊野遍布着辅警。在肯特有许多辅警，每到秋天就宣誓就职——类似于民间团练，对付劫掠成性的采摘工人。这里的农场主人已经对果园偷窃忍无可忍，决定杀鸡儆猴。

当然，营地里一片喧哗，多萝西走出小屋，得悉发生了什么事情，看到大家都朝一圈火光中的人奔去。她跟在人群后面，心里掠过一股寒流，因为她似乎已经知道发生了什么事情。她奋力挤到人群前面，看到心里一直害怕的一幕。诺比就站在那儿，被一个魁梧的警察制服，另一个警察抓住两个吓得魂飞魄散的年轻人的胳膊，其中一个才不过十六岁，正在号啕大哭。蓄着灰色髭须、体格硬朗胡须花白的凯伦斯先生和两个农场的帮工正守着从诺比的稻草堆里找出来的贼赃。一件证物是一堆苹果，另一件证物是几片沾着鲜血的鸡毛。诺比看到人群中的多萝西，朝她咧嘴一笑，露出明晃晃的大白牙，还眨了眨眼睛。众人七嘴八舌地叫嚷着：

"看看这可怜的孩子——他都哭了！放开他！真不要脸，欺负年纪那么小的孩子！那个小畜生活该，他给我们惹了这些个麻烦！放开他！总是要怪我们这些该死的采摘工人！丢了一个该死的苹果就认定是我们偷的。放开他！你就不能闭嘴吗？要是那些该死的苹果是你的呢？你他妈的就不能……"等等等等，然后有人说道："退开，伙计们！那个孩子的妈来了。"

一个身形臃肿的水桶腰女人过来了，她的胸脯胀胀鼓鼓的，头发披散在背后。她推开人群，先朝警察和凯伦斯先生嚷嚷了一通，然后又对着诺比大吵大闹，骂他把她的儿子带坏了。最后，农场的帮工们把她拉走。在那个女人的叫嚷声中，多萝西听到凯伦斯先生粗暴地盘问诺比：

"现在，小子，老实交待，告诉我们你把苹果都分给谁了！我们要一锅端，让这种偷窃的把戏彻底结束！如果你坦白的话，我们会考虑从宽处理的。"

诺比和往常一样快活地回答："考虑你个头！"

"年轻人，嘴巴给我放干净点！否则见法官的时候可没好果子吃。"

"你才没好果子吃呢！"

诺比笑了，为自己的机智觉得很开心。他看到多萝西的眼睛，又朝她眨了眨眼，然后他被带走了。那是她最后一次看到他。

人们仍继续叫嚷着，那几个犯人被带走了，几十个人跟在后面，朝那些警察和凯伦斯先生作嘘，但没有人敢提出干预。多萝西趁机溜走了，甚至没有停下脚步看看能不能和诺比道别——她被吓坏了，只希望快点逃离这里，她的膝盖不由自主地战栗着。她回到小屋，其他女人坐在里面，兴奋地谈论着诺比被捕这件事。多萝西躲在稻草堆里，把自己埋起来，不去听她们的讨论。她们继续讨论了大半夜，因为她们都以为多萝西是诺比的"甜心"，她们一直在安慰她，又问了很多问题套她的话。她没有回答问题——假装睡着了，但她知道今晚肯定会是一个不眠之夜。

这件事让她又惊又怕——但她不明白为什么自己会这么害怕，因为她的处境并不危险。农场里的人不知道她也吃了那些苹果——其实营地里几乎每个人都吃过偷来的苹果，而且诺比不会出卖她。她并不担心诺比，因为在监狱里蹲上一个月对他来说只是小事一桩。她的心里激起了阵阵波澜——她的想法发生了改变。

她觉得和一个小时前相比，自己似乎变了个人。她整个人里里外外似乎都完全改变了。似乎她的脑海里有个泡泡破裂了，释放出种种想法、感受和她一度忘怀的恐惧。过去三个星期就像一场梦境，被击得粉碎。她一直以来的生活的的确确就像是一个梦——正是那种梦境的气氛让她接受了一切，没有提出质疑。肮脏的环境、褴褛的衣衫、颠沛流离、靠乞讨偷窃为生——这些事情她都习以为常，连失忆也觉得是很正常的事情。直到现在她才好好思考着这个问题："我到底是谁？"这个问题原本已被她淡忘，直到现在才回到她的脑海里，迫切需要得到解答。

这个问题在她的脑海中盘桓了几乎整整一个晚上。但令她揪心的不是问题本身，而是很快就会揭晓的答案。她终将恢复记忆，这是确切无疑的，而且伴随而来的将是丑陋狰狞的震惊。她很害怕想起自己身份的那一刻。她不愿意面对的某件事情就在她的意识下面潜伏着。

五点半的时候，和往常一样她起床找自己的鞋，然后走到外面生起火，把水罐放在热乎乎的余烬上烧。就在这时，一段似乎毫无关联的回忆从脑海中闪过。那是半个月前在威尔村的乡间绿地上的歇息——就是他们遇到那个爱尔兰老女人麦克艾里格特太太的那一回。那一幕情形她记得非常生动清楚。她筋疲力尽地躺在草地上，用手臂盖着脸，诺比和麦克艾里格特太太在她身边说话。查理唾沫横飞地念着海报："牧师之女的春闺私情。"而她自己虽然不是很好奇，但觉得有点奇怪，坐起身问道："什么是牧师？"

想到这里，她的心里瓦凉瓦凉的，似乎有一只冰冷的手紧紧地攥住了她的心脏。她站起身，几乎是以跑步的速度匆忙回到小屋，然后钻进她放置了几口麻袋的那堆稻草堆里，朝里面乱摸乱刨。在这个巨大的稻草堆里，任何东西都会不见，慢慢地沉到底部。她搜了好几分钟，几个女人仍半睡半醒，纷纷咒骂她扰人清梦。最后多萝西找到了要找的东西，就是诺比一星期前给她的《苹果周报》。她把报纸拿到外面，跪在地上，把报纸摊开在火堆的亮光中。

封首页刊登了一张照片和三则大字标题。是的！就是这张报纸！

乡村教区的激情戏

牧师之女与老骗子私奔

白发苍苍的父亲悲痛欲绝

（《苹果周报》特别报道）

"我宁愿看她去死！"得悉自己二十八岁的女儿与一个据称是画家的老单身汉沃波顿私奔后，萨福克郡奈普山的查尔斯·赫尔牧师心碎欲绝地叫嚷着。

赫尔小姐于八月二十一日当晚离开小镇，经多方搜索，至今仍然下落不明。据未经证实的传闻讲述，最近有目击者看到她在维也纳一间声名狼藉的酒店与一个男人在一起。

《苹果周报》的读者们一定还记得，私奔发生的那一幕极具戏剧性。八月二十一日午夜前，住在沃波顿先生隔壁的寡妇埃弗利娜·桑普利尔太太刚好从卧室窗口看到沃波顿先生站在房子的前门，和一个年轻女人在说话。那天晚上月色皎洁，桑普利尔太太认出她就是牧师的女儿赫尔小姐。两个人在门口站了几分钟，在分开之前互相拥抱了一下，照桑普利尔太太的话讲，动作热情似火。半个小时后他们坐上了沃波顿先生的汽车，从前门退了出去，朝伊普斯威奇路的方向而去。赫尔小姐几乎衣不蔽体，看得出喝醉了酒。

现在大家都知道，以前赫尔小姐就经常偷偷摸摸地到沃波顿先生家里串门。桑普利尔太太原本不愿意就这么一个难堪的话题多作讲述，在百般劝说之下才进一步透露——

多萝西把《苹果周报》揉成一团，扔进了火堆里，把那罐水弄洒了，激起了一阵烟尘和硫黄的味道。几乎是在同一时间，多萝西又把那张报纸抽了出来，纸张还没有烧毁。害怕是没有用的——了解最糟糕的情况比较好。她继续读下去，既害怕又着迷。阅读关于自己的报道可不是什么好事情，但她已经非常肯定她眼前这则报道里的那个女孩就是她自己。她审视着照片，那张脸照得很朦胧模糊，但错不了，就是她的脸。而且，她不需要照片提醒自己。她记起了每件事情——生平中的每件事情，直到那天晚上她从沃波顿先生的家里出来，疲惫不堪地回到家里，在暖房里睡着了为止。她的记忆是那么清晰，很难相信她竟然一度忘记了。

那天她没有吃早饭，也不想做午饭。到了上班时间她受习惯驱使，和其他采摘工人一起出发去啤酒花田。现在只剩下她一个人，她费劲地把沉重的布袋拖到采摘的地方，把旁边的藤蔓拉下来，开始采摘。但过了几分钟，她发现自己干不了活儿，虽然采摘工作很机械呆板，但她根本没有心思做下去。《苹果周报》里那则捏造出来的骇人听闻的故事让她心乱如麻，根本无法集中哪怕一刻钟的精神去做别的事情。那些淫秽的字句在她的脑海里不停地闪现，什么"动作热情似火"、"衣不蔽体"、"看得出喝醉了酒"——每记起一句话心里就一阵抽疼，让她几乎哭了出来，仿佛是肉体上的痛苦。

过了一会儿，她连假装采摘啤酒花都没有心情，由得藤蔓落在她的布袋上，倚在撑起铁丝网的栏杆上坐着。其他采摘工人看着她，心里很是同情。埃伦心都碎了，他们都说。你还想她怎么样？她的男人被警察抓走了。（营地里的人都认为诺比是多萝西的男朋友。）他们劝她回农场请病假。到了十二点钟，计量员过来的时候，组里每个人都从袋里舀出一帽子左右的啤酒花，丢进她的袋里。

计量员来到田里，发现多萝西仍然坐在地上。虽然脸上都是泥，而且太阳晒得很厉害，但她脸色苍白憔悴，比以前老了许多。她的袋搁在组里其他袋的后面，里面只有不到三蒲式耳的啤酒花。

"出什么事了？"他问道，"你病了？"

"没有。"

"那你怎么不去摘东西？你以为来这里是干什么的——有钱人在野餐吗？你来这里不是干坐在地上不干活的，你懂不懂？"

"你说够了没有，别烦她了！"那个伦敦老渔妇突然喝道，"你就不能让那个女孩安静地休息一会儿吗？她的男人被抓进监狱，还不是因为你和你那帮该死的警察同伙？她已经够烦的了——肯特郡他妈的到处都是密探！"

那个计量员粗声粗气地说道："你说够了没有，老太婆？"但听到是多萝西的男朋友昨晚被抓走，他看上去似乎很同情她。那个老渔妇烧了一壶水，让多萝西到她的布袋那里去，给了她一杯浓茶和一大块夹了奶酪的面包。午饭休息后，另一个没有搭档的采摘工人被派过来和多萝西一起干活。他是个枯瘦的小个子，名叫德弗伊。喝了茶之后多萝西觉得好受了一些。在德弗伊的鼓励下——他是个熟练的采摘工——那个下午她勉强完成了自己应该承担的工作量。

她把事情反复想了几遍，没有刚才那么心不在焉了。《苹果周报》里面的那些描写仍令她羞愧万分，但现在她可以面对自己的处境了。她知道究竟发生了什么事情，为什么桑普利尔太太会那么说她。桑普利尔太太看到了他们一起站在门口，还看到了沃波顿先生亲吻了她，之后两人一起从奈普山消失了，对于桑普利尔太太而言，他们俩私奔是再自然不过的事。至于那些绘声绘色的细节，都是她后来才捏造出来的。但真的是她捏造出来的吗？你永远不知道桑普利尔太太说谎时是不是故意为之，或许，她那扭曲而丑陋的内心已经让她相信了她所说的每一句谎言。

不管怎样，伤害已经造成了——再担惊受怕也无济于事。而且，她该怎么做才能回到奈普山？她得想办法让别人送衣物过来，而且她需要两英镑作为回家的路费。家！这个字勾起了她的心痛。回家！经过这么多个星期受尽肮脏和饥饿的折磨，回家！现在她想起自己的家，不禁归心似箭！

但是——！

她的心里浮出一丝冰冷的疑惑。有一件事直到现在她才想起来。她能回家吗？她敢回家吗？

发生了这么多事情后，她能面对奈普山的父老乡亲吗？这就是她要面对的问题。当你看了《苹果周报》的头版报道——"衣不蔽体"、"看得出喝醉了酒"——噢，不要再想下去了！但当你被人说了那么难听的风言风语后，再回到一个小镇里，那里的两千名居民彼此知根知底，而且整天说长道短、乐此不疲，你能受得了吗？

她不知道该怎么办——也无法作出决定。她原本觉得自己私奔的故事实在是太离奇了，应该没有人会相信。比方说，沃波顿先生就可以出来反驳——而且他一定会出来反驳的。但她立刻想起沃波顿先生去了外国，除非这件事登上欧洲大陆的报纸，否则他根本不会知情。然后，她再次畏缩了。她知道在一座乡村小镇带着丑闻生活下去将意味着什么。当你经过的时候，人们会悄悄地对你品头论足一番！当你走在街上的时候，窗帘后头会有一双双眼睛窥探着你！布里菲尔-戈登的工厂角落里会有小青年以污言秽语谈论着你！

"乔治！说啊，乔治！你看见那边的雌儿了吗？长着一头金发的那个。"

"哪个？那个瘦骨伶仃的女孩？看到了。她是谁？"

"她就是牧师的女儿，赫尔小姐。说说！你知道她两年前做过什么吗？和一个年纪足可以当她父亲的老头儿私奔了。和他在巴黎天天饮酒作乐！看她可不像做出这些事情的人，不是吗？"

"继续说！"

"她真这么干过！真的。报纸里都写了。刚过了三个星期他就把她给甩了，她还厚着脸皮回来了。真是不要脸，呃？"

是的，她将这样生活下去。可能会持续几年，或许长达十年，人们会一直这样谈论她。最糟糕的是，《苹果周报》里的故事可能是桑普利尔太太在镇里所说的那些话的删节版本。《苹果周报》可不想做得太过分，这是很自然的事情。有什么能管得住桑普利尔太太呢？只有她的想象力的边界——而她的想象力几乎就像天空那么广阔。

不过，有一件事让多萝西觉得很宽慰，那就是：无论发生什么事情，她的父亲一定会尽自己的能力保护她。当然，还有其他人也会保护她。她并非全然孤立无援。至少，去教堂的人都认识她、信任她，而且母亲团契、女童军和那些她经常去拜访的女人一定不会相信那些关于她的传闻。但最重要的是她的父亲。有一个家庭可以依靠，有家人和你并肩面对，没有什么情况是不能忍受的。只要她鼓起勇气，在父亲的支持下，她可以直面这些事情。到了晚上，她下定了决心要回奈普山，一切都会好起来的，虽然一开始的时候会不太愉快。那天干完活儿后，她"预支"了一先令的工资，到村里的杂货店买了一便士一包的便笺纸，回到营地，坐在火堆前的草地上——当然，营地里没有桌椅——开始用一根铅笔头写信。

"亲爱的父亲，

我无法以言语形容我是多么高兴：发生了这么多事情，我还能再给您写信。我希望您不至于太担心我，也不要太在意报纸上所刊登的那些可怕的故事。我突然间不辞而别，而几乎有一个月时间您没有收到我的音讯，我不知道您会作何感想。但请相信——"

她的手指满是伤口，而且非常僵硬，握着那支铅笔感觉真是奇怪！她只能像孩童一样写出大而笨拙的字体。但她写了一封长信，解释了整件事的来龙去脉，请他给她寄几件衣服和两英镑作为回家的路费。她请求他用信里写的化名给她回信——埃伦·米尔巴罗，就是萨福克郡的米尔巴罗镇。使用化名似乎是一件很奇怪的事情：不诚实——几乎是一种犯罪行为，但她不敢让村里和营地里的人知道她就是多萝西·赫尔，那个声名狼藉的"牧师的女儿"。

六

下定决心之后，多萝西一心只想着离开营地。第二天她几乎不想再继续干摘啤酒花这份无聊的工作。现在她记起了从前的事情，两相比较，她再也受不了这里艰苦的环境和恶劣的伙食了。要是有足够的路费回家的话，她恨不得能立刻离开这里。等她父亲的信一来，她收到两英镑，她就跟图勒一家道别，搭火车回家，到了那里就能长长地松一口气，虽然她得面对那些邪恶的传闻。

写完信后的第三天她去了村里的邮局，询问有没有她的信。邮局的那个女局长生着一张腊肠犬的脸，心里很鄙视所有采摘啤酒花的工人，面若严霜地告诉她没有信。多萝西很失望，信一定是在邮递过程中耽搁了——真是遗憾。不过，这不要紧，明天有信来也够快的了——再等一天就行了。

第二天晚上她又去了邮局，觉得这一回肯定可以收到来信。但还是没有她的信。这一次焦虑的感觉袭上她的心头。到了第五天晚上，还是没有信来，焦虑变成了可怕的恐慌。她又买了一包便笺纸，写了整整四页纸的一封长信，一再解释她到底出了什么事，哀求父亲不要丢下她不管。寄出信后，她决定等一星期再去一趟邮局。

那天是星期六，到了星期三她的决心就动摇了。中午休息的哨声一响她就把布袋放下，匆匆朝邮局走去——邮局有一英里半远，她会错过午饭时间。到了邮局她羞愧地走到柜台那里，几乎不敢开口说话。那个长着狗脸的女邮政局长坐在黄铜栅栏后面柜台的一头，往一本长方形的账本里填写着数字。她匆匆瞥了多萝西一眼，然后继续干她的活儿，根本没去理会她。

多萝西的胸口隐隐作痛，觉得喘不过气来。最后她开口问道："请问有我的信吗？"

"名字？"女邮政局长问道，继续填她的数字。

"埃伦·米尔巴罗。"

女邮政局长将她那像腊肠犬一样的长鼻子转到肩膀的一侧，扫了一眼邮局信箱那个写着字母 M 的放信件的小隔间。

"没有。"她继续在会计簿上写着东西。

多萝西恍惚地走到了外面，开始朝啤酒花田走去，然后停下脚步。她的胃里有一种特别难受的空荡荡的感觉，一部分原因是饥饿，让她虚弱得没力气走路。

父亲的沉默只能有一个解释。他相信了桑普利尔太太的说辞——相信多萝西恬不知耻地离家出走，现在又撒谎希望得到原谅。他非常生气，非常讨厌她，不肯给她回信。他只想和她断绝关系，不再和她联系，不再见她或想她，让这桩丑闻被掩盖起来，渐渐被淡忘。

出了这种事情，她不能回家。她不敢回家。现在她知道了父亲的态度，明白了之前她的想法是多么轻率鲁莽。她当然不能回家！带着耻辱偷偷地溜回去，让父亲的门第蒙羞——噢，不可能，根本不可能的事情！她怎么会以为自己还能回家呢？

那她该怎么办？她只能赶快离开这里——到大一点儿的地方藏身。或许她可以去伦敦。到一个没有人认识她的地方，看到她的脸或提起她的名字不会勾起一连串下流龌龊的回忆。

正当她站在那里时，路弯那头的乡村教堂传来了悠扬的钟声，那几个敲钟的人在自娱自乐地敲着《与我同在》这首歌的曲子，就像一个人单用一只手指在钢琴上弹奏出乐曲一样。但很快"与我同在"变成了星期天早上那首熟悉的聒噪的曲子："噢，不要打扰我的老婆！她喝得醉醺醺的，回不了家了！"三年前圣阿尔瑟斯坦教堂那几口钟还可以敲响的时候也经常敲这首歌的曲子。钟声激起的思乡之情像长矛一样扎在多萝西的心头，唤起了生动而杂乱无章的回忆——她似乎闻到了她在暖房缝制学校舞台剧的戏服时那口胶水锅的味道，听到八哥在她卧室的窗外清脆地叫唤着，打断她在圣餐仪式前的祈祷，还有皮瑟太太悲切地抱怨着她的腿疼，还有她对行将倒塌的钟楼的担忧，还有那些店铺的账单和豌豆田里的杂草——在她工作与祈祷之间一直困扰着她的那么多层层叠叠又紧迫的生活细节。

祈祷！在一段非常短暂的时间里，大概有一分钟左右，她的心里掠过这个念头。祈祷——以前祈祷一直是她生命的源泉和支柱。无论遇到什么困难或高兴的事情，她都会祈祷。她想起来了——这个念头第一次从她的脑海里闪过——自从离开家里后，她还没有作过一次祈祷，而自从她恢复记忆后，也从来没祈祷过。而且，她知道自己已经没有了半丁点儿祈祷的冲动。她呆板地开始低声祈祷，然后立刻停了下来，那些话语是那么空洞无聊。祈祷原本是她生命的支柱，现在却失去了意义。她慢慢地沿着小路走着，思索着这件事，只是漫不经心地想了一会儿，似乎它只是在路上无意间看到的某个事物——沟渠里的一朵鲜花或飞过马路的一只小鸟——某个引起她的注意然后就被遗忘的事物。她甚至没有时间去思考这件事意味着什么。更加重要的事情将这件事逐出了她的脑海。

现在她得好好想想将来该怎么办。她已经想好了自己该做什么。等摘啤酒花结束后她一定得去伦敦一趟，给父亲写信要衣物和钱——就算父亲再生气，她也不相信他会由得她自生自灭——然后开始找一份工作。"找工作"这几个字在她听起来根本没有什么可怕的，暴露了她是一个多么无知的人。她觉得自己很能干，而且很勤快——她知道自己足以胜任很多工作。

比方说，她可以去当保育员——不，还是当女仆或客厅侍女好一些。说起做家务活，可没几个人能做得比她好，而且，她的工作越卑微，她就越容易让她过去的历史得以保密。

不管怎么说，父亲的家门对她关上了。从现在开始，她得好好照顾自己。她打定了主意，对这个主意意味着什么完全没有清楚的认识。她加紧了步伐，准时回到田里开始下午的劳动。

摘啤酒花的季节就快结束了。再过一个星期左右凯伦斯农场就会关门，伦敦人会搭载摘啤酒花工人的火车回伦敦，吉卜赛人会备好马，整理好大篷车，往北出发到林肯郡那里的土豆田找活儿干。那些伦敦人已经靠采摘啤酒花挣够了钱，一心只想回亲切的伦敦——伍尔沃斯商店和炸鱼店就在街边，不用再睡稻草堆，也不用在拿罐头盖烤熏肉时被柴火的烟熏得流眼泪。摘啤酒花是度假，却是那种你很高兴能结束的假期。你满心欢喜地来，离开时更是欢天喜地，发誓再也不会干摘啤酒花的活儿——直到明年八月，你忘记了那些寒冷的夜晚、低廉的报酬和双手的创伤。你只记得阳光灿烂的下午和围着红彤彤的篝火狂喝滥饮啤酒的夜晚。

早上开始变冷了，很有十一月的气氛：灰色的天空、第一次落叶、八哥和灰雀已经飞走过冬去了。多萝西又给父亲写了一封信，希望他能寄点衣物和钱过来。他没有回信，也没有其他人给她写信。事实上，除了父亲之外，没有人知道她现在的地址，但她希望沃波顿先生会给她写信。现在她几乎丧失了所有的勇气，特别到了晚上，躺在稻草堆里睡不着觉，思考着朦胧而狰狞的未来。她怀着绝望采摘啤酒花，发泄着旺盛的精力。每过一天她就更清醒地意识到每摘一把啤酒花都意味着多挣到几法新①，可以让自己免于挨饿。和她一样，她的工友德弗伊争分夺秒地采摘啤酒花，因为这是到明年的啤酒花季节到来之前他最后挣钱的机会。他们的目标是每天挣五先令——三十蒲式耳——两人加在一起的分量，但没有一天他们能摘到这么多。

德弗伊是个古怪的老头，比起诺比是个不好相处的伙伴，但人倒还不坏。他本来是个船员，但流浪了很多年。他聋得像根木桩，说话老是带着"肏"字。他还喜欢赤身裸体，但不会伤害人。他会连续好几个小时哼着一首小曲，歌词是这样的："用我的小弟弟，小弟弟——用我的小弟弟，小弟弟。"虽然他听不见自己在唱些什么，但他似乎很开心。他是多萝西这辈子见过的耳朵上毛发最浓密的人。他两只耳朵上面都长着绒毛，堪比具体而微的邓德利老爷②的髭须。每年德弗伊会来凯伦斯农场摘啤酒花，攒够一英镑，然后到纽英顿的布茨的寄宿旅馆住一星期，然后继续流浪。一年里就只有这么一个星期他能睡在称得上是张床的地方。

九月二十八日，采摘工作结束了。还有几片田没有摘，但啤酒花的长势不好，最后凯伦斯先生决定"随它们去吧"。第十九组在下午两点的时候摘完了最后一块田，那个小个子的吉卜赛工头爬上竿子，把没人摘到的几串啤酒花摘掉，计量员把最后一批啤酒花用小推车运走了。他刚离开，人们就突然叫嚷着："把她们扔进布袋里去！"多萝西看到六个男人面目狰狞地朝她冲来，组里所有的女人都四散逃走。还没等她回过神来

---

① 法新，英国旧货币单位，合四分之一便士。
② 邓德利老爷(Lord Dundreary)，英国作家汤姆·泰勒(Tom Taylor)的舞台剧《我们的美国表亲》中的角色，因髭须浓密而被英国人取笑。

逃跑，那几个男人已经抓住了她，将她放进布袋里面，然后剧烈地摇来晃去。然后她被一个年轻的吉卜赛人拖了出来，亲吻了几下，那个吉卜赛人嘴里有一股洋葱味。刚开始的时候她竭力挣扎，但她看到组里面别的女人也遭受到同样的待遇，于是放弃了抵抗。似乎把女人放进布袋里面是最后一天固定的习俗。当晚营地里非常热闹，每个人都没怎么睡觉。午夜过了很久，多萝西发现自己还在和一群人围着一堆烧得很旺的火跳舞，一个脸色红润的屠夫的儿子挽着她的一只手，一个戴着苏格兰帽子喝得醉醺醺的老妇人挽着她的另一只手，舞曲的调子是《友谊地久天长》。

第二天早上，他们到农场那边领工资，多萝西领到了一英镑外加四便士，给那些不识字的人计算记录簿又多挣了五便士。那些伦敦人会付你一便士作为报酬，而吉卜赛人只会奉承哀求你。然后，多萝西和图勒一家出发去四英里外的西亚克沃思车站。图勒先生扛着铁皮箱子，图勒太太抱着婴儿，另外几个孩子扛着杂七杂八的东西，多萝西推着满载着图勒家全副炊具的婴儿车，这辆婴儿车有两个轮子是椭圆形的。

中午的时候他们到了火车站，载采摘工人的列车原定一点钟出发，但两点钟的时候才进站，三点一刻的时候才出发。火车开得很慢，以之字形线路横穿肯特郡，到这儿接十几个采摘工人，到那儿接六七个采摘工人，来来回回地跑了好几趟，时不时退到侧线给别的火车让道——事实上，三十五英里的路程足足开了六个小时——到了晚上九点钟后才抵达伦敦。

七

当晚多萝西和图勒一家同睡。他们很喜欢她，而且非常热情好客，她可以在他们家待上一个星期或半个月。他们家只有两个房间（他们住在离塔桥路不远的一间租来的房子里），却要住七口人，包括那几个孩子，但他们用两条破烂的毯子、一个旧座垫和一件大衣在地板上为她临时打了地铺。

第二天早上多萝西向图勒一家道别，感谢他们的热情款待，然后出发到柏蒙西的公共澡堂，洗掉五个星期来身上堆积的污垢。洗完澡后她出发找住宿的地方，全部财产只有十六先令八便士的现金，还有身上穿的那身衣服。她尽量把身上的衣服缝补好并擦去污垢，由于料子是黑色的，它们看上去并不像实际的情况那么脏。膝盖以下她的穿着还称得上比较体面。在采摘啤酒花的最后一天，另一组的一个名叫基尔弗雷太太的"住家采摘工人"送给她一双挺好的鞋子，是她女儿的，还有一双羊毛袜子。

直到傍晚多萝西才找到一个房间落脚。她在城里流浪了大约十个小时，从柏蒙西走到绍斯沃克，再从绍斯沃克走到兰贝斯，穿过迷宫一般的街道，那里尽是拖着鼻涕的小孩在人行道上玩跳房子，地上尽是香蕉皮和腐烂的卷心菜叶子。她开口问的每一间房子给她的答案都是一样——房东太太直截了当地说不会接纳她。一次又一次，那些充满敌意的女人非常警觉地站在门道上，似乎把她当成了强盗或政府的稽查员。她们上下打量着她，然后冷漠地说道："我们不欢迎单身女孩。"然后让她吃了闭门羹。她当然不知道自己这身打扮会让那些体面的女房东对她起疑心。她们或许可以忍受她那身肮脏褴褛的衣衫，但她没有行李，这件事从一开始就注定她会遭到拒绝。一个没有行李的单身女孩绝对不是什么好人——这就是伦敦女房东的第一条也是最重要的一条金科玉律。

七点钟的时候，多萝西已经累得站都站不直了，她闯进旧维多利亚剧院附近一家脏兮兮的、尽是苍蝇的咖啡馆，要了杯茶喝。老板娘和她聊了几句，得知她在找房间住，于是建议她去"兰贝斯胡同对面的威灵斯大楼里面那间玛丽客栈碰碰运气"，那里似乎对住客不挑剔，只要给钱就能租到房间。女房东的名字叫索耶太太，但男人们都叫她玛丽。

　　多萝西好不容易才找到威灵斯大楼。她沿着兰贝斯胡同一直走，走到一家名叫"绝代佳人裤子有限公司"的犹太人成衣店，然后拐进一条狭窄的巷子，然后左转走进另一条巷子，窄得当你走动的时候脏兮兮的灰泥墙壁几乎就碰到了你。几个颇有毅力的男孩在墙上刻了些脏话——到处都是，而且深得没办法擦掉。走到巷子的另一头，你发现自己置身于一个小小的庭院，有四栋又高又窄、修了铁梯的房子彼此相对。

　　多萝西问了几次路，在一栋房子的地库里找到了"玛丽"。她是一个了无生气的老女人，头发稀疏，脸庞瘦削，看上去像一个涂了脂粉的骷髅头。她的声音沙哑乖戾，而且格外沉闷。她没有盘问多萝西，事实上，她甚至没好好看她一眼，只是要了十先令，然后哑声哑气地说道：

　　"二十九号房，三楼，从后面的楼梯上去。"

　　显然，后面的楼梯就是屋里的楼梯。多萝西顺着漆黑的螺旋楼梯，摸着潮湿的墙壁，在一股旧大衣、洗碗水和泔水的味道中来到二楼，这时她听到了尖利的笑声，两个看上去很聒噪的女孩从一间房里走出来，盯着看了她一会儿。她们看上去很年轻，脸上涂着胭脂和粉红色的粉底，嘴唇红得像天竺葵的花瓣，但那两双淡蓝色的眼眸疲惫衰老，看上去很恐怖，就像在一个女孩的面具下面藏着一张老女人的脸。那个身材比较高的女孩向多萝西打了声招呼。

"你好，亲爱的！"

"你好。"

"你是新住客吧？住哪间房？"

"二十九号房。"

"老天爷啊，这里就像一座该死的地牢，把你给关起来！今晚你出去吗？"

"不，我想我不出去。"多萝西觉得这个问题问得有点奇怪。"我很累。"

"我就知道你不出去，我看你还没打扮。我说，亲爱的！你的处境不是很妙吧？舍不得孩子套不到狼，对吧？要是你想借唇膏的话，就跟我说一声。在这里大家都是好姐妹，你懂的。"

"哦……不用了，谢谢。"多萝西回答，心里有点纳闷。

"噢，那好吧！多丽丝和我得走了。在莱斯特广场那里有个重要约会。"说到这儿她轻轻推了一下另外一个女孩子的屁股，两人傻兮兮地咯咯咯笑了。"我说，"那个高个子的女孩悄悄说道，"偶尔一个人睡客栈不也挺好吗？我也想一个人睡，没有该死的大男人的脚整晚顶着你。有钱就怎么都行，不是吗？"

"是的。"多萝西觉得自己应该这么回答，但她其实不知道那个女孩在说些什么。

"好了，拜拜，亲爱的！睡个好觉。一点半的时候小心有人进来抢东西！"

两个女孩又发出一阵傻傻的尖笑，下楼去了。多萝西找到了二十九号房，打开房门。迎面而来的是一股阴冷难闻的味道。房间八英尺见方，里面很暗，只有简单的家具。房间的正中是一张窄窄的铁架床，盖着一面破破烂烂的床罩和几条灰蒙蒙的被单。靠墙摆着一个储物架，上面放着一个锡盆和一个装水的空威士忌瓶子。床头的墙壁上钉着一张从《电影之乐》杂志里撕下来的贝比·丹尼尔斯[①]的相片。

床单不仅很脏，而且湿漉漉的。多萝西上了床，脱了外套，仍穿着破破烂烂的衬衣和几乎成了破布条的内衣，她不敢光着身体睡在那几张污秽的被单里。虽然她累得全身从头到脚都很疼，但躺在床上她发现根本睡不着。她有一种不好的预感。这个破败的地方的气氛让她比以往更加清楚地意识到自己是个没有朋友的无助的女孩，身上只有六先令，很快就会流落街头。而且，随着夜色渐深，屋里越来越吵。房间的墙很薄，你可以听到发生的一切。有人在莫名其妙地傻笑，有粗声粗气的男人在唱歌，有一台留声机在慢吞吞地播放着低俗的歌曲，有人在大声地接吻，有人像要死了似的在呻吟，有一两回还传来了铁架床剧烈摇晃的声音。到了午夜，这些噪音开始在多萝西的脑海里回响，在轻飘飘的、不得安宁的感觉中她睡着了。一分钟后她就醒了过来，她的房门似乎被打开了，两个隐约可见的女人的影子冲了进来，除了床罩没拿之外，将她的床上的被单都拿走了，然后又冲了出去。"玛丽客栈"总是缺少被单，唯一的解决办法就是去抢别人的床铺。这就是为什么那个女孩子说"小心有人进来抢东西"。

到了早上，多萝西比开放时间早了半小时来到最近的公共

---

① 贝比·丹尼尔斯(Bebe Daniels, 1901—1971)，美国女演员，二三十年代好莱坞的红星之一。

图书馆，到那里浏览报纸里的招工广告。已经有几十个邋遢的人在来回徘徊，而且人数三三两两地增加，直到最后达到了至少有六十人以上。图书馆的门一开，大家蜂拥而入，冲到阅览室另一头的公告板那里，上面张贴着从各大报纸剪切下来的招工广告。在这帮找工作的人后面，来了几帮衣衫褴褛的男男女女，他们晚上在街头露宿，现在到图书馆来睡觉。他们拖着脚步，跟在别人后面，走到最近的桌子旁边，立刻嘟囔着坐了下来，把离得最近的报纸拿到身边，那些可能是《自由教会信使》，也可能是《素食者前哨》——什么都不要紧，但你必须假装在读书才能在图书馆待下去。他们摊开报纸，与此同时就睡着了，下巴抵着胸膛。馆员走了过来，轮番捅着他们，就像一个司炉轮番给锅炉捅火一样。那些流浪汉嘟囔着醒了过来，然后馆员一经过就又睡着了。

招工广告板那边爆发了一场骚乱。大家都想挤到前面，两个穿蓝色工装裤的年轻人从其他人后面跑了上来，其中一个低着头使劲往人堆里挤，似乎在橄榄球赛场上争球。不一会儿他就挤到了广告板前，转身朝他的同伴喊道："我们到了，乔伊——我进来了！'招聘技工——洛克修车厂，卡姆登镇。'我们赶快走吧！"他又挤了出去，两人冲向门口。他们想以最快的步伐赶到卡姆登镇。就在这个时候，在伦敦的每一座公共图书馆，失业的技工都看到了同样的招工启事，匆匆忙忙赶去应聘，而有机会得到这份工作的人，或许是那个买得起报纸，今天早上六点钟就读到这份启事的人。

多萝西最后终于挤到了广告板前，抄下招聘"帮厨"的广告里面的地址。里面有很多工作可以挑——事实上，伦敦似乎有一帮太太和小姐要招聘强壮能干的做杂活的仆人。她的口袋里揣着二十个地址，花了三便士吃了面包、人造黄油和茶水的早餐，然后满怀希望出发去应聘。

她根本不知道如果没有熟人帮忙的话，找到工作的机会几乎为零，但接下来的四天，她渐渐明白了这个道理。她应聘了十八份工作，还为另外四份工作投了求职信。她在南部郊区跋涉了漫长的路程：克莱普汉姆、布里克斯顿、达尔威奇、潘吉、西德汉姆、贝肯汉姆、诺伍德——有一次还跑到了克罗伊顿。她被带到整洁的乡村房屋的客厅，被形形色色的女人盘问——有壮实丰满的女人、枯瘦刻薄的女人、戴着金夹鼻眼镜的警觉冷峻的女人、看上去似乎奉行素食主义或灵修疗法的神情恍惚的女人。无论是胖子或是瘦子，冷漠的人或是亲切的人，她们对她的态度都一样，只是打量着她，听她说话，狐疑地盯着她，问了她几个尴尬而唐突的问题，然后就拒绝了她。

任何有生活经验的人都可以告诉她这到底是怎么一回事。现在她这种情况，没有人敢冒险雇用她。她衣衫褴褛，而且没有人介绍，而且她一说话就让人知道她是受过教育的人，而她不知道该怎么掩饰，把每个机会都搞砸了。那些流浪汉和伦敦采摘工人没有注意到她的口音，但那些郊区的家庭主妇一下子就察觉到了。她的口音把她们吓坏了，就像她没有行李这件事把那些房东太太吓坏了一样。她们一听到她说话，察觉出她是个有教养的女人，整件事就砸锅了。她习惯了自己一张口，那些女人就露出惊诧莫名的表情——那种女性的窥探的眼神，从她的脸看到她那双伤痕累累的手，再从她的双手看到她裙子上的那些补丁。有的女人直截了当地问她，像她这种阶层的女孩子怎么会来找一份女仆的工作。听到她说自己"遇到了麻烦"时，她们嗤之以鼻——肯定是有了一个私生子——问完那些八卦的问题后，她们就赶快把她打发走了。

一找到落脚点后，多萝西就立刻给父亲写信，等到第三天还是没有回音。她又写了一封信，这一次根本不抱任何希望——这是她的第五封信了，头四封音讯全无——在信里她告诉父亲，如果他不赶快给她寄钱的话，她就快饿死了。她等待回信的时间不多了，她在"玛丽客栈"住的那个星期就要到头了，她就快付不起房租，被人赶出去了。

与此同时，她继续徒劳地找工作，而她的钱以每天一先令的速度在锐减——这点钱只能让她勉强活下去，但总是吃不饱饭。她已经不抱希望父亲会对她施以援手。奇怪的是，虽然她越来越饿，而找到工作的希望也越来越渺茫，她却不再觉得恐慌，而是陷入了麻木不仁的悲惨境地。日子过得很苦，但她并不是很担心。她正逐渐沦落到下等人的世界，随着它越来越近，似乎并不是那么可怕。

时下秋高气爽，但天气越来越冷，每一天日照的时间随着入冬也越来越短，早上透过薄雾，将房子前面染成水彩颜色的时间也越来越迟。多萝西整天不是在街头就是在公共图书馆，只有在睡觉的时候才会回"玛丽客栈"，睡觉前会把床拖过去顶着房门。现在她知道"玛丽客栈"其实不是妓院，在伦敦几乎找不到一家妓院，却是臭名昭著的妓女们落脚的地方，这也是为什么这个狗窝一样的地方明明一星期的租金不该超过五先令，你却得付十个先令。老"玛丽"（她不是女房东，只是这里的经理）年轻时也是一个妓女，看上去仍像个妓女。住在这么一个地方，即使在兰贝斯胡同也是一种耻辱。经过女人身边的时候，她们对你嗤之以鼻，而男人们则对你很感兴趣。街角的那个犹太人，"绝代佳人裤子有限公司"的老板，是最恐怖的人。他是个体格结实的年轻人，大约三十岁，脸颊红润鼓胀，卷曲的黑发就像一张黑羊羔皮。他一天十二小时站在街头，厚颜无耻地说你在伦敦买不到更便宜的裤子，拦住过路的人。只要你稍微停留不到一秒钟，他就会抓住你的胳膊，使劲把你拉进店里。一进到店里他立刻开始威胁你，假如你说了一些贬低他的裤子的话，他会威胁要狠狠揍你一顿，胆子小点儿的人会吓得买几条裤子消灾避难。不过，虽然他很忙，他还是有空盯紧着"雏儿"，这是他称呼妓女们的词语。比起其他"雏儿"，他最喜欢的似乎就是多萝西。他知道多萝西不是妓女，只是住在"玛丽客栈"，因此他猜想很快她也会委身风尘。这个想法让他对多萝西垂涎欲滴。一看到她从巷子那头走过来，他就会站在街角处，挺起壮实的胸膛，色眯眯地看着她，（他的眼神似乎在说："你要开始皮肉生涯了吗？"）当她经过的时候，他会偷偷在她的背后掐一把摸一把。

在"玛丽客栈"住宿的最后一天早上，多萝西来到楼下，怀着一丝希望查看了门厅的那块木板，收到信件的住客的名字会用粉笔写在上面。上面没有"埃伦·米尔巴罗"的名字。就这样吧，她只能流落街头了。她没有想过像住在这里的别的女人那么做——捏造出一个手头拮据的故事，免费再住上一晚。她就直接走出寓所，甚至没有勇气告诉"玛丽"她要走了。

她没有打算，什么打算也没有。只是到了中午，她出去了一趟，身上只剩下四个便士，花了三便士买了面包、人造黄油和茶，吃了半个小时，然后一整天都待在图书馆里，阅读那些周报。早上她读的是《理发师纪实》，下午读的是《笼鸟指南》。她只有这两份报纸读，因为图书馆里挤满了闲人，你得经过一番抢夺才能争到一份报刊。每份报纸她都从封面看到封底，连广告也看。她花了几个小时细读那些技术性的文章，比方说《如何打磨法国式剃刀》、《为什么电毛刷不卫生》、《油菜籽能不能喂虎皮鹦鹉？》等。她只能做这种事情。她整个人麻木了，宁可读《如何打磨法国式剃刀》也不愿去思考自己绝望的困境。她不再觉得害怕。她无法去思考自己的前途，即使是想一想当天晚上的事情她也做不到。她只知道晚上她就要流落街头了，甚至对这个也觉得满不在乎。这里有《笼鸟指南》和《理发师纪实》。奇怪的是，这两份报刊读起来特别有趣。

九点钟的时候图书馆员拿着一根带钩的长杆过来，关掉了煤气灯。图书馆关门了。多萝西左转来到滑铁卢大街，朝泰晤士河走去。在铁架桥上她停下了脚步。晚上起风了。薄雾中黑乎乎的河堤就像沙丘一样从河面上升起，风吹到上面，打了个旋朝东北方吹过城市。一股旋风吹到多萝西身上，穿透她身上单薄的衣服，突然间让她打了个冷战，提前体验到了夜里的寒冷。似乎是出于地心引力的作用，走着走着，她来到了所有无家可归的人共同的落脚点： 特拉法尔加广场。

第三章

一

（场景：特拉法尔加广场笼罩着迷雾，隐约可见十几个人，多萝西也在其中，那群人正围着北墙边的一张长凳。）

查理（歌唱）："万福马利亚，万福马利亚，万——福——马——利——亚——"（大本钟敲响了十点钟。）

长鼻子（模仿着钟声）："叮—咚—，叮—咚—！你能给我闭嘴吗？还有七个多小时才会迎来黎明，可以小睡一会儿！天哪！"

陶博伊先生（自言自语）："我不再是吾王爱德华治下的我！在我天真无邪的日子里，在魔鬼将我捧到高位，然后将我丢进星期天报纸之前——那时候我还是弗里和迪斯伯里的小教堂的牧师……"

德弗伊（歌唱）："用我的小弟弟，小弟弟——用我的小弟弟，小弟弟——"

韦恩太太："啊，亲爱的，我一看到你就知道你生来就是个大家闺秀。你我都知道世界将会变得怎样，不是吗，亲爱的？等候着我们的世界和等候着这里其他人的世界是不一样的。"

查理（歌唱）："万福马利亚，万福马利亚，大慈大悲的万福马利亚！"

本迪戈太太："他也敢说自己是人家的丈夫？在科芬园挣

四英镑的周薪，而他的妻子却在该死的广场看星星！这就是丈夫！"

陶博伊先生（自言自语）："快乐时光，快乐时光！我那密布藤蔓的教堂就在山腰上——我那间红砖寓所就在伊丽莎白时代的紫杉林中沉睡！我的图书馆，我的葡萄园，我的厨师、女仆和园丁！我在银行里有存款，我的名字出现在《克罗克福德》①中！我的黑色西装剪裁无可挑剔，镶着反戴的领子②，我那身执事时穿的水绸法袍……"

韦恩太太："当然，有一件事我要感谢上帝，亲爱的，那就是：我那可怜的好妈妈没有活到今天看到这一幕。因为要是她活到今天，看到她的大女儿——告诉你，我可是出身名门，沦落到身无分文喝西北风的地步……"

本迪戈太太："这就是丈夫！"

金杰："来吧，趁我们还有机会，让我们喝杯茶吧。今天晚上最后一杯茶——十点半咖啡馆就关门了。"

犹太人："哦，上帝啊！这该死的大冷天要把我冻死了！我的长裤下面什么也没有穿啊。噢，上—帝—啊—！"

查理（歌唱）："万福马利亚，万福马利亚——"

长鼻子："流浪了六个小时——就只讨到四便士！都怪那个装着木腿点头哈腰的怪人，在阿尔盖德和迈尔·安德路之间的每一间酒馆搅了我们的好事。装着木腿，他的那些军功章都是在兰贝斯胡同那里买来的！畜生！"

德弗伊（歌唱）："用我的小弟弟，小弟弟——用我的小弟

---

① 指《克罗克福德牧师手册》（Crockford's Clerical Directory），1858 年由约翰·克罗克福德(John Crockford)出版，是英国国教的权威教义手册。
② 牧师的衣领是从颈后扣在脖子上的，正面没有开口。

弟，小弟弟——"

本迪戈太太："嗯，到最后我告诉了那死鬼我对他的看法。'你说自己是个男人？'我说道，'在医院我见过像你那种玩意儿放在瓶子里。'我说道……"

陶博伊先生（自言自语）："快乐时光，快乐时光！烤牛肉与活泼的村民，还有无以言喻的上帝的祥和！星期天早上在我那个橡木做成的祈祷间里，散发着清冷的花香和时髦的法袍的气息，夹杂在甜腻的陈腐的空气里！夏天的傍晚夕阳射入书房的窗户——我喝着茶，陷入了沉思，闻着卡文迪丝烟馥郁的香气，懒洋洋地翻阅着一本小牛皮装帧的书册——威廉·申斯顿①的诗作、珀西②先生的《古代英国诗集》、神学博士兰普里埃③的神学作品……"

金杰："来吧，谁要喝一杯醒神的茶水？我们有牛奶，也有茶叶。问题是，谁有该死的糖？"

多萝西："这么冷，这么冷！这股寒意似乎钻进你的骨子里！今晚不会一直都这么冷吧？"

本迪戈太太："噢，快走！我讨厌这帮哭哭啼啼的雌儿。"

查理："又是一个顶讨厌的夜晚，不是吗？看看那边，该死的河雾从那边的柱子偷偷升上来了。天亮前把老纳尔逊的鱼钩都给冻住了。"

---

① 威廉·申斯顿（William Shenstone，1714—1763），英国诗人，田园诗作的倡导者，代表作有《利索尔斯庄园》。
② 威廉·珀西（William Percy，1574—1648），英国诗人，牛津大学经院诗派的代表。
③ 约翰·兰普里埃（John Lempriere，1765—1824），英国学者，精通词源学与神学，曾编撰过古典作品词源。

韦恩太太："当然，那时候我们在街角还开着一间小烟店，生意挺红火，你知道的……"

犹太人："噢，上—帝—啊—！把你的外套借给我，金杰，我快冻死了！"

长鼻子："——背信弃义的畜生！等我抓住他，我就狠狠地往他的肚子揍上一拳！"

查理："都拜战争所赐，都拜战争所赐。今晚的广场真该死——明天去吃一顿牛排，睡在鸭绒被上。在该死的星期四你还想怎么样？"

本迪戈太太："起来了，老爹，起来了！你以为我想要你这脏兮兮的老头子靠在我的肩上吗？——我可是一个已婚的女士！"

陶博伊(自言自语)："说到布道、唱赞美诗和祈祷，没有人可以跟我媲美。我教化人心的本事在整个教区可谓家喻户晓。你要什么风格我都可以做到：高教会派、低教会派、广教会派和无教会派。从低沉洪亮的英国天主教祈祷直到一针见血的英国国教祈祷，或者低教会派瓮声瓮气的嘟囔，犹如慧骃①国长老马鸣萧萧的祈祷……"

德弗伊(歌唱)："用我的小弟弟，小弟弟——"

金杰："把你那双该死的手从我的大衣上拿开，犹太佬。你说归说，别想拿我的衣服。"

查理(歌唱)："我如困鹿切慕溪水，我心惟您是追②……"

麦克艾里格特太太(睡梦中)："是你吗，亲爱的迈

---

① 慧骃(Houyhnhnm)，英国作家乔纳森·斯威夫特(Jonathan Swift)的作品《格列佛游记》(Gulliver's Travel)中所描写的具有人的智慧的马匹。
② 此句出自《圣经·诗篇》。

克尔？”

本迪戈太太：“我知道那个鬼鬼祟祟的该死的家伙娶我的时候已经有了老婆。”

陶博伊先生（缅怀地以牧师庄严而最洪亮的声音）：“如果在座的你们中有人知道这两个人不能以神圣的婚姻结合在一起的正当理由……”

犹太人：“还说是朋友！真是该死的朋友！不肯把他那件该死的大衣借给我！”

韦恩太太：“嗯，既然你提到了，我必须承认，一杯好茶的诱惑我可抵挡不住。我那老母亲在世的时候，我们总是一壶又一壶地……”

好管闲事的华生（愤怒地自言自语）：“糟透了！……钻进去，然后伸个大懒腰……从来没有遇到过这么该死的事情……糟透了！”

德弗伊（歌唱）：“用我的小弟弟，小弟弟——”

麦克艾里格特太太（半睡半醒）：“亲爱的迈克尔……他真是可爱，迈克尔。温柔而真挚……那天晚上我在科伦克屠宰场外面遇到了他，他给了我从国际商场那里讨来、原本自己当晚饭吃的两磅香肠，从此我再也不去看别的男人一眼……”

本迪戈太太：“嗯，我想明天的这个时候我们就可以喝上茶。”

陶博伊先生（缅怀地吟唱着）：“我们坐在巴比伦的浅滩哭泣，当我们想起了你，噢，耶路撒冷！……①”

多萝西：“噢，好冷，好冷！”

---

① 本句出自《圣经·诗篇》。

长鼻子："好了，我再也不干了——在圣诞节的星空下过夜。明天我就去找地方投宿，就是要把他们给杀掉也干。"

好管闲事的华生："他是侦探吗？飞虎队的成员！更像是飞天间谍！他们什么该死的事情都做得出来——将那些惯犯给逮住，而地方执法官不会给他们公平的机会。"

金杰："我不想再胡扯下去了。谁有石头可以打水漂？"

麦克艾里格特太太（醒来了）："噢，亲爱的，噢，亲爱的！我的背就快折了！噢，神圣的耶稣，请别让这张长凳老是顶着我的肾！我多么盼望能住进一间温暖的客栈，床头有一杯好茶和两片涂了黄油的面包。嗯，我再也睡不着了，得到明天再去兰贝斯的公共图书馆补上一觉。"

老爹（他的头从大衣里伸出了出来，就像一个乌龟从龟壳中探出它的头）："你说什么来着，小子？花钱买水喝！你这个傻乎乎的小家伙，你流落街头才多久呢？花钱喝那该死的水？讨水喝，小子，讨水喝！能讨到的就不用买，能偷到的就不用去讨。记住我的话——五十年流浪的经验，你们这帮家伙。"（缩回了他的大衣里。）

陶博伊先生（吟唱着）："噢，一切皆受造于主——"

德弗伊（歌唱）："用我的小弟弟，小弟弟——"

查理："是谁把你给抓住的，华生？"

犹太人："噢，上——帝——啊——！"

本迪戈太太："起来了，起来了！我怎么觉得有的家伙以为自己把这张该死的椅子用抵押贷款买下来了呢。"

陶博伊先生（吟唱着）："噢，一切皆受造于主，我诅咒主，永远诅咒他，蔑视他！"

麦克艾里格特太太："我常说的一句话就是，总是我们这些可怜的天主教徒流落街头。"

好管闲事的华生："飞虎队的成员——该死的飞虎队！我们拿到了屋子的蓝图，万事俱备，然后整整一车警察在等候着，把我们统统抓了起来。我在囚车上写了这首诗：'史密斯警探破案如神，告诉他，我料他就是一……'"

长鼻子："嘿，我们还喝不喝——茶啊？来吧，犹太佬，你这么年轻，给我——闭嘴，把那几个罐子拿过来。你们不用给钱。从那个老婊子身上把它给拿过来。哭哭啼啼什么。搅得好生不痛快。"

陶博伊先生（吟唱着）："噢，所有的人子都诅咒主，永远诅咒他，蔑视他！"

查理："什么，史密斯是个不正经人吗？"

本迪戈太太："告诉你们吧，女孩子们，我告诉你们吧，是什么让我如此生气。那就是，我那死鬼丈夫正盖着四张毛毯，而我却在这个该死的广场挨冻。我就咽不下这口气，那个不近人情的混蛋！"

金杰（歌唱）："他们走了——高高兴兴地走了——别把那里的圆桶给拿走，里面有冷香肠呢，凯子①。"

好管闲事的华生："不正经？不正经？一个坏蛋和他比起来就像小巫见大巫！他们当中没有一个不是狡猾之人——这帮飞虎队都是婊子养的，把他们的祖母两英镑十先令就卖给屠夫，然后坐在她的墓碑上大吃薯片。这个该死的向警察告密的臭裹脚布！"

查理问道："你被判了多少条罪名？"

---

① 原文是 kikie，是英语中羞辱犹太人的用语。

金杰（歌唱）："他们走了——高高兴兴地走了——开心的女孩——幸运的男孩——"

好管闲事的华生："十四条。背上那么多条罪名，你根本没有机会翻身。"

韦恩太太："什么，他不要你了？"

本迪戈太太："才不是，我们还是夫妻呢，他那个挨千刀的！"

查理："我自己就背了九条罪名。"

陶博伊先生（吟唱着）："噢，亚拿尼亚、阿沙勒斯和米沙耳①，诅咒主，永远诅咒他，蔑视他！！"

金杰（歌唱）："他们走了——高高兴兴地走了——开心的女孩——幸运的男孩——，只留下我，伤——透——了——心！上帝啊，我在坟墓里还没躺满三天。②你有多久没有洗脸了，长鼻子？"

麦克艾里格特太太："噢，亲爱的，噢，亲爱的！要是他不快点端茶给我喝的话，我就快变成一条该死的腌青鱼了。"

查理："你们唱歌都不行，一个都不行。听长鼻子和我的吧，从现在一直到圣诞节，我们会到酒吧门口演唱《贤君温瑟拉斯》③和赞美诗。听到我们的歌声，吧台里的那些家伙眼泪汪汪的。我们有一次搞错了，上了同一间酒吧两次，还记得吧，长鼻子？那个老妓女把我们两个榨得一干二净。"

---

① 亚拿尼亚、阿沙勒斯和米沙耳（Ananias, Azarias and Misael），《圣经·但以理书》中的人物。
② 根据《圣经》所述，耶稣死后在坟墓中埋了三天，然后复活得道，重回天国。
③ 《贤君温瑟拉斯》（Good King Wenceslas），英国广为流传的一首圣诞节颂歌。

陶博伊先生（在一口想象中的大鼓后面来来回回地走着，歌唱着）："邪恶该死的一切，大小万物众生——"①

（大本钟敲响了十点半）

长鼻子（模仿着钟声）："叮咚！叮咚！还有六个半小时！老天爷啊！"

金杰："犹太人和我那天下午在伍尔沃斯商店偷了四块安全剃须刀片。明天要是能要到一点肥皂的话就到喷水池那边刮胡子。"

德弗伊："当我在航运公司②当乘务员时，我们总是在海上遇到黑漆漆的印度人，划着他们称之为'双体船'的大木船，捕捉个头有饭桌那么大的海龟。"

韦恩太太："您以前是一位牧师吗，先生？"

陶博伊先生（停了下来）："以麦基洗德③之名，这可不是'以前是'的问题，夫人。一朝为牧师，终生就是牧师。这就是'吾身的延续'④。虽然我被脱去了法袍——我们称之为'还俗'——被公然摘去了主教教区的狗环。"

金杰（歌唱着）："他们走了——高高兴兴地走了——感谢上帝！凯子来了。现在是免费咨询！"

本迪戈太太："没有该死的需要之前可别干。"

查理："他们怎么把你逐出家门了，姑娘？还是那个老故

---

① 此句出自英国圣诗《明媚美丽的一切》（All Things Bright And Beautiful），将歌词进行了改动。

② 原文是 the P. & O.，或许指的是"半岛与东方蒸汽航运公司"（Peninsular and Oriental Steam Navigation Company）。

③ 麦基洗德（Melchizedec），《圣经·创世记》中记载的耶路撒冷王的名字。

④ 原文是拉丁文 Hoc est corpus hocuspocus。

事？唱诗班的女孩未婚先孕？"

麦克艾里格特太太："你有过好时光，不是吗，年轻人？来，让我们喝一杯，趁我的舌头还没从我这该死的嘴里掉下来。"

本迪戈太太："起来，老爹！你坐在我那包该死的白糖上面了。"

陶博伊先生："姑娘是委婉的说法。她们是穿着法兰绒女裤的捕猎未婚神职人员的猎人。教会的母鸡——装点祭坛和清洗铜器——瘦骨伶仃的绝望的老处女。当她们到了三十五岁，魔鬼就会潜入她们的心。"

犹太人："那个老虔婆不肯给我热水。只能到街头那边花一便士打水了。"

长鼻子："说得跟真的似的！在路上海喝了一顿倒是真的。"

老爹（从大衣里伸出脑袋）："喝茶，呃？我喝得下一壶茶。"（轻轻打了个嗝）

查理："当他们的小弟弟就像萎蔫的磨剃刀皮带？我懂的。"

好管闲事的华生："茶——该死的饮品。我觉得可可更加好喝。把你的杯子借给我们，伙计。"

金杰："等一等，我得在这罐炼乳上凿个洞。丢点钱过来，丢你的命也行，你们这帮家伙。"

本迪戈太太："小心那该死的白糖！谁掏钱买的？我倒想知道。"

陶博伊先生："当他们的小弟弟就像萎蔫的磨剃刀皮带。谢谢你的幽默。《皮聘周刊》对这桩事情大肆宣扬：《失踪教士的秘密恋情，亲密关系大曝光》。《约翰牛》里还刊登了一封公开信：《披着羊皮的饿狼》。真是遗憾——我原本可以获得晋升的。（对着多萝西）自家人给你下绊子，如果你能明白我的话。你想不到这个一无是处的屁股曾经坐在大教堂牧师席的长丝绒坐垫上吧？"

查理："弗洛莉来了。我就知道我们把茶给泡好她就会过来。这女人的鼻子灵得跟该死的秃鹫一样。"

长鼻子："嘿，老是乞讨的命。（唱起了歌）

乞讨，乞讨，伸着手乞讨，

我是乞讨的老祖宗——"

麦克艾里格特太太："可怜的孩子，什么都不明白。为什么她不去皮卡迪利马戏团，在那里安稳地挣上五先令呢？她在这个广场流连，和一群可悲的老男人在一起，对自己可没有好处。"

多萝西："炼乳还行吧？"

金杰："还行吧？"（把嘴放在罐头的一个洞口上，往里面吹气，一股黏稠的灰色的炼乳从另一个洞口流了出来。）

查理："走好运了，弗洛莉？我刚刚看见你和一个该死的公子哥儿道别，他怎么样？"

多萝西："上面写着'婴儿不宜'。"

本迪戈太太："你又不是该死的婴儿，不是吗？你得放下你那副白金汉宫的架子。来，亲爱的。"

弗洛莉："请我喝杯咖啡抽根烟吧——小气鬼！你那儿有茶，金杰？你总是我最喜欢的人儿，亲爱的金杰。"

韦恩太太："我们这里有十三个人。"

陶博伊先生："我们没有晚餐吃，还请你担待则个。"

金杰："女士们，先生们！茶来了。请把杯子递过来！"

犹太人："噢，天哪！你给我那该死的杯子还没倒满一半！"

麦克艾里格特太太："祝大家好运，明天找到更好的地方落脚。我自己要去找一座教堂投宿了，只是那些该死的家伙要是觉得你身上有钱的话，是不会让你进去的。"（喝起了茶。）

韦恩太太："我得说，我一直以来不是这么喝茶的——但是——"（喝起了茶。）

查理："真是一杯好茶。"（喝起了茶。）

德弗伊："那里还有成群的绿色长尾小鹦鹉，就在椰子树上。"（喝起了茶。）

陶博伊先生："我喝的是塞壬女妖的眼泪，以地狱之水提炼而成！"（喝起了茶。）

长鼻子："我们到凌晨五点钟的最后一杯茶。"（喝起了茶。）

（弗洛莉从她的袜子里拿出一根破了洞的卷好了的香烟，讨了一根火柴。那些男人，除了老爹、德弗伊和陶博伊先生，用捡来的烟屁股卷烟。火红的烟头在朦胧的暮光中闪烁着，像是歪歪斜斜的星座图，几个抽烟的人躺在长凳上、地面上或护墙的斜坡上。）

韦恩太太："好了！一杯好茶似乎能让你暖和起来，不是吗？没有我习惯的干净的桌布和我妈妈的那套漂亮的瓷器茶具，我倒是觉得有点异样，当然，还有用钱能买到的最好的茶叶——真正的白毫尖，一磅卖两英镑九先令……"

金杰（歌唱着）："他们走了——高高兴兴地走了——快乐的女孩——幸运的男孩——"

陶博伊先生（用《德意志，至高无上的德意志》这首歌的调子哼着歌）："让叶兰继续飘扬——"

查理："你们这两个孩子来雾都多久了？"

长鼻子："明天我就去打劫那些喝醉酒的人，他们喝得醉醺醺的可不会知道。我能抢到半英镑，把他们头朝下举起来——用力地摇。"

金杰："三天。我们从约克过来——一半的路程风餐露宿。上帝啊，那里也是冷得要死的！"

弗洛莉："去那边再弄点茶来好吗，亲爱的金杰？那好吧，再见，各位。明天早上在威尔金斯的餐厅见。"

本迪戈太太："这个小偷小摸的娘们！喝了她那杯茶，然后就这么走了，连'谢谢'也不说一声，连一刻也不肯久待。"

麦克艾里格特太太："冷吗？哎，我想你会觉得冷。在草丛里睡觉，没有毛毯盖，该死的露水打湿你的身子，到了早上生不起火来，还得向牛奶工讨点奶给自己泡杯茶喝。我和迈克尔流浪的时候就经历过这些事。"

本迪戈太太："她甚至愿意做黑鬼和中国佬的生意，这个贱货。"

多萝西："她每次挣多少钱？"

长鼻子："一坦纳。"

多萝西："就是六便士吗？"

查理："真该死。只有一根该死的烟，要熬到天亮。"

麦克艾里格特太太："少于一先令我可不肯做，绝对不肯。"

金杰："一天晚上，犹太佬和我到坟场落脚。早上醒来的时候发现我就躺在一块该死的墓碑上。"

犹太人："她可不是什么省油的灯。"

麦克艾里格特太太："迈克尔和我曾经在猪舍落脚。我们爬进去的时候，迈克尔说道：'圣洁的马利亚！这里有一头猪！''有猪好啊！'我说道，'能给我们取暖。'于是我们进去了，里面有一头老母猪正在打鼾，吵得就像拖拉机一样。我爬到它身边，双手搂着它，它让我整晚睡得很暖和。我还睡过更糟糕的地方呢。"

德弗伊（歌唱着）："用我的小弟弟，小弟弟——用我的小弟弟，小弟弟——"

查理："为什么老德弗伊不放声歌唱呢？老是这么哼哼唧唧的。"

老爹："我小时候可不像现在尽吃一些面包、人造黄油、茶水什么的垃圾食物。我们那时候吃的可是好东西。炖牛肉、焦糖布丁、熏肉团子、猪头肉。吃得就像一只每天吃六便士饲料的斗鸡。如今我流浪了五十年了。挖土豆，摘豌豆，偷羊羔，拔萝卜——什么都干，睡的是湿漉漉的稻草堆，一年吃不上一次饱饭。哎——！"（缩回他的大衣里。）

麦克艾里格特太太："但他真的很勇敢，迈克尔就是这样。他哪儿都敢进去。有很多回我们闯入一间没人的房子，在里面最舒服的床上睡觉。'别人睡家里，'他会说，'凭什么我们就不行！'"

金杰（歌唱着）："我迈着舞步——眼里含着泪水——"

陶博伊先生（自言自语）："因美酒或激情而丧失自制！①想

---

① 原文是拉丁文 Absumet haeres Caecuba dignior，出自古罗马诗人贺拉斯的《颂歌》。

到我的地窖里还放着 21 瓶 1911 年的圣雅克秘酿。孩子出生的当晚我就搭着送奶的火车来到了伦敦……"

韦恩太太:"我妈妈死的时候吊唁的花圈不计其数——你不会相信竟会有那么多!那些花圈都特别大……"

本迪戈太太:"要是我能从头再来的话,我只会嫁给金钱。"

金杰(歌唱着):"我迈着舞步——眼里含着泪水——因为我怀中的女孩——不是你!"

好管闲事的华生:"你们觉得自己有满腹的牢骚要发泄,不是吗?那像我这么一个可怜虫呢?你们十八岁的时候可没有因为被别人出卖而坐牢吧,不是吗?"

犹太人:"噢,上——帝——啊——!"

查理:"金杰,你唱得就像蛋疼的公猫在叫春一样。你听,我给你唱一曲。(歌唱着)'耶稣是我的灵魂伴侣……'"

陶博伊先生(自言自语):"在《克罗克福德》里……主教、大主教和所有的天军……"

好管闲事的华生:"你知道我第一次是怎么进监狱的吗?是被我的亲姐姐告发的——是的,我那该死的姐姐!我的姐姐就是一个贱货。她嫁给了一个虔诚的疯子——他是那么虔诚,现在她生了十五个孩子——是他指使她告发我的。但告诉你吧,我报复了他们。我从监狱里出来做的第一件事就是买了一把榔头,跑到我姐姐家里,把她那架钢琴砸得稀烂。我说:'好嘛,这就是你告发我的代价!你这个臭婊子!'"

多萝西:"这么冷!这么冷!我不知道我的脚还在不在。"

麦克艾里格特太太:"那该死的茶让你暖和不了多久,不是吗？我自己也快冷死了。"

陶博伊先生（自言自语）："在我担任牧师的日子里！在我担任牧师的日子里！我在村里的草坪上组织刺绣义卖和莫里斯舞蹈①，我给母亲团契讲解在中国西部进行的传教工作，用了14张幻灯片！我举办男生板球俱乐部，只招收禁酒主义者，我还举办福音见证班——每个月在教区大厅举行内容纯正的讲座——我的童子军肆意狂欢！狼崽们将高声呼啸。教区杂志出版的家居指南！'废弃的钢笔胆芯可以用来灌肠……'"

查理（歌唱着）："耶稣是我的灵魂伴侣……"

金杰："该死的条子来了！大家快从地上起来。"（老爹从大衣底下钻了出来。）

警察（摇晃着在旁边长凳上睡觉的人）："好了，起床，起床！你们给我站起来！要睡觉回家里睡去。这里可不是寄宿旅馆。起来！"（等等等等）

本迪戈太太："那是一个渴望晋升、好管闲事的年轻警官。要是可以的话，他让你连气都不能喘。"

查理（歌唱着）："耶稣是我的灵魂伴侣，让我飞向他的怀抱……"

警察："好了，你们听着！你们以为这是什么地方？浸信会的祈祷团契吗？（对着犹太人）给我起来，动作利落点！"

查理："警官，我没办法。这是我的顽固天性，是出于我的天性。"

警察（摇晃着本迪戈太太）："起床了，大妈，起床了！"

本迪戈太太："大妈？是叫我大妈吗？要是我当了妈妈，

---

① 莫里斯舞蹈（Morris dance），起源于15世纪的英国民间舞蹈。

我得感谢上帝没有生出像你这么一个死孩子！再给你说个小秘密吧，警官。下一回我要一个男人肉嘟嘟的手搂着我的脖子睡觉。我可不会叫你这么做。我要找个性感一点的男人。"

警察："好了，好了！没必要骂人，你知道的，我们也是奉命行事。"（耀武扬威地走了出去。）

长鼻子（低声说道）："——走了，这个婊子养的！"

查理（歌唱着）："纵是怒涛汹涌！纵是暴雨滔天！①我在达特摩尔的唱诗班唱了两年男低音呢，真的。"

本迪戈太太："我大妈他个熊！（在警察身后大吼大叫）你他妈的小偷不去抓，跑到这儿来调侃一个可敬的已婚妇女？"

金杰："睡觉吧，伙计们。他走了。"（老爹钻进了他的大衣里。）

好管闲事的华生："达特摩尔是个什么样的地方？现在他们会给你果酱吃吗？"

韦恩太太："当然，你知道的，他们不能让人们露宿街头——我是说，那样不太好——你得记住，那样会鼓励所有那些没有自己的家的人——那些乌合之众，如果你明白我想说什么……"

陶博伊先生（自言自语）："快乐时光，快乐时光！和女童军到艾平森林去远足——租来的马车和打扮得漂漂亮亮的杂色马。我申请了互助金，穿着我那身灰色的法兰绒西装，戴着斑点草帽和庄严的信徒领带。青翠的榆树下长着蘑菇和生姜。二十个虔诚而贪玩的女童军在齐胸高的蕨丛里嬉戏，我这个快乐的牧师和她们在一起，像她们的父母，在她们的屁股上背上摸

---

① 此二句出自基督教的赞美诗《耶稣爱我的灵魂》。

一把掐一把……"

麦克艾里格特太太："你们老是说投宿什么的，可怜我这把老骨头今天是别想睡多一会儿了。现在我可没办法像以前和迈克尔那样满世界乱睡了。"

查理："不是果酱，是奶酪，每星期两次。"

犹太人："噢，天哪！我再也受不了了。我要去市政收容所。"

（多萝西站起身，她的膝盖被冻得发僵，差点摔倒了。）

金杰："只会把你送去该死的劳改所。我们明天晚上去科芬园，你说怎么样？要是去得够早的话还能偷到几个梨子。"

查理："达特摩尔真让我受够了，相信我。我们四十个人看着田里那些老女人，被挑起了情欲，难受得紧。那些老女人得有七十岁了——都来偷土豆。要是我们不被逮到就好了！吃的只有面包和水，被链子锁在墙上——差点没被冻死。"

本迪戈太太："没门！我那该死的丈夫还在那儿呢。一个星期打肿一只眼对我来说已经够了，谢谢你。"

陶博伊先生（缅怀地吟唱着）："我们将竖琴挂起，挂在巴比伦的柳树上！……"①

麦克艾里格特太太："起来，孩子！跺跺脚，让血液流回去。待会儿我就带你去圣保罗教堂那儿。"

德弗伊（歌唱着）："用我的小弟弟——"

（大本钟敲响了十一点。）

长鼻子："还有六个小时！天哪！"

（一小时过去了。大本钟的钟声停止了。雾霭变薄了，天

---

① 本句出自《圣经·诗篇》。

越来越冷。一轮斑斑驳驳的月亮从南边天空的云朵间鬼鬼祟祟的穿过。十几个饱经考验的老头仍然躺在长凳上，想方设法要睡着，蜷缩起来躲在大衣里头。时不时地，他们在睡梦中呻吟着。其他人向四面八方出发，准备走一晚上，保持血液流通，但几乎所有人都在午夜时分游荡回广场。一个新的警察过来巡逻。他每半小时就会走过广场，仔细查看着那些睡觉的人的脸，但没有驱赶他们，只是确认他们只是睡着了，而不是死了。每张长凳周围都有一小群人轮流坐下来，然后几分钟后就被寒意驱使着站起身。金杰和查理在喷泉那儿装了两罐水，然后怀着一丝希望出发，想到钱铎斯大街那儿借着苦力工人的炉渣火堆烧点水泡茶喝。但一个警察在那里就着火堆取暖，喝令他们离开。那个犹太人突然间不见了，可能在市政收容所讨得了一张床位。快到一点钟的时候有传闻说有位女士在查令十字街桥派发热咖啡、火腿三明治和香烟，大家冲到那里，却发现那根本就是空穴来风的传闻。广场再次聚满了人，无休止的换座位逐渐加快频率，直到最后演变成像是抢凳子的游戏。他们坐下来，双手夹在腋窝里，或许能睡着或打盹两三分钟。就这样，似乎过去了很久很久。他们陷入了繁复而恼人的梦中，他们仍然知道自己身处何方，感觉得到刺骨的严寒。随着时间分分秒秒地经过，夜晚变得越来越清冽寒冷。不同的声音构成了一组合唱——呻吟声、诅咒声、哈哈哈的笑声、歌唱声和穿插其中无法控制的牙关打战声。）

陶博伊先生（吟唱着）："我如水被倒出去，我的骨头都脱了节……"①

----

① 本句出自《圣经·诗篇》。

麦克艾里格特太太："埃伦和我这两个小时在城里闲逛，这里就像一座该死的坟墓，该死的大灯直照着你，连一个鬼影也没有，只有警察双双对对地在巡逻。"

长鼻子："一点零五分，我晚饭还没吃呢！当然啦像这样一个该死的夜晚，我们也只能没饭吃！"

陶博伊先生："我应该称之为畅饮的夜晚，但正所谓众口难调。（吟唱着）'我的精力枯干，如同瓦片。我的舌头贴在我牙床上！……'"①

查理："你有什么想法？华生和我刚刚打劫了。华生看见一间香烟店的橱窗上摆满了美妙的盒装金叶牌香烟，他说：'以上帝的名义，我要抢几包烟，就算他们把我吊死也不在乎！'然后他用围巾裹着手，我们等到一辆大货车经过，掩盖住声音，然后华生一拳挥去！我们拿了十几盒香烟，然后我敢打赌你没有看到我们面如土色的样子。我们拐过街角，打开那些烟盒，里面一根该死的烟都没有！那些都是该死的空盒。这下我可乐了。"

多萝西："我的膝盖不行了。我站不了多久了。"

本迪戈太太："噢，该死的，该死的！在这么一个该死的大冷天把一个女人赶出家门！你等着，到了星期六晚上我就把他灌醉，然后他没办法还手。我会把他剁成肉泥，我会的。等我用那个该死的熨斗把他狠狠揍一顿，揍得他看上去就像两便士的肉泥。"

麦克艾里格特太太："喂，挪个位置，让这个孩子坐下来。靠在老爹身上，亲爱的，让他的胳膊搂着你。他话是多了

---

① 本句出自《圣经·诗篇》。

点，但他能让你暖和。"

金杰（查看了两次时间）："用力跺脚——这是唯一能做的该死的事情。谁给唱首歌吧，让我们都和着歌跺跺脚吧。"

老爹（醒过来了，冒出头）："那是什么？"（仍然半梦半醒，把头往后一仰，张开嘴巴，喉结从他那皱巴巴的喉咙凸了出来，就像一把战斧的锋刃。）

本迪戈太太："要是有女人有像我这样的经历，她们早就往他的茶里下毒了。"

陶博伊先生（敲打着一口想象中的鼓，唱着歌）："前进，天国的天军——"

韦恩太太："唉，真的！有谁记得以前美好的日子吗？我们坐在自家的炉火旁边，炉子上烧着水，吃着街那头的面包店买来的一碟美味的松饼……"（她冷得牙齿打战，说不下去了。）

查理："现在别去那该死的教堂陷阱，伙计。我给你来点乐子——我们可以他妈的跳个舞。听好了。"

麦克艾里格特太太："你不说起松饼还好，女士们，我已经饿得前胸贴后背了。"

（查理站起身，清了清嗓子，以洪亮的声音唱着一首名叫《快乐的水手比尔》的歌。长凳上的人们不禁哈哈大笑起来，声音微微发着颤。他们又把这首歌唱了一遍，声音越唱越高，还和着跺脚声和拍手声。那些坐着的人肘子贴着肘子，怪异地左右摇摆着，抖动着双脚，似乎在踏着一架脚踏式风琴的踏板。就连韦恩太太过了一会儿也加入了，忘我地欢笑着。大家都在笑，虽然冻得牙关打战。陶博伊先生挺着下垂的大肚子来来回回地走着，假装在扛着一面旗帜或牧杖。夜色十分清朗，凛冽的寒风时不时就从广场席卷而过。随着人们感觉到彻骨的寒冷刺进骨子里，跺脚和拍手进入狂热状态。这时他们看见警察从东边那头走进广场里，歌声戛然而止。）

查理："嘿！来点音乐还是能让你暖和起来的。"

本迪戈太太："这该死的风！我连内裤都没穿，那个死鬼匆匆就把我踢出了家门。"

麦克艾里格特太太："荣耀归于耶稣。很快格雷斯因路那间亲爱的教堂就会开放冬天的住所。至少他们让你有瓦遮头。"

警察："喂，喂！你们知道现在是晚上几点了吗？还开始唱歌，搞得像动物园一样。要是你们不乖乖安静的话，别怪我送你们回老家。"

长鼻子（低声地骂道）："你这狗娘养的！"

金杰："是的——他们让你睡在该死的石板地上，盖的是三张报纸，而不是毯子。可能会死在广场这里。上帝啊，我希望我能在该死的收容所里。"

麦克艾里格特太太："不管怎样，你还能喝到一杯好立克，吃到两片面包。要是能让我经常进去我就开心了。"

陶博伊先生（吟唱着）："当他们对我说，我们将步入主的天国，我就开心了！"

多萝西（惊醒过来）："噢，怎么这么冷，怎么这么冷！我不知道坐下还是站着哪个更糟糕。噢，你们怎么都能够承受得了？你们这辈子不是每晚都这么过吧？"

韦恩太太："亲爱的，你不会以为我们这里没有人出身于体面的家庭吧？"

查理（歌唱着）："振作起来，伙计，很快你就会死去！

啊！该死的耶稣！我的鱼钩都被冻成蓝色的了！"（查看了两次时间，然后双臂紧紧夹住身子。）

多萝西："噢，但你们怎么受得了？你们怎么能夜复一夜，年复一年地像这样过下去？人是不可能这么活下去的！如果你不知道真有这么一回事的话，你是不会相信的，真是太荒谬了！不可能的事情！"

长鼻子："——要是你问我的话，其实是可能的。"

陶博伊先生（俨然一副台上牧师的范儿）："与主同在，一切皆有可能。"

（多萝西又躺倒在长凳上，她的膝盖仍然没办法站稳。）

查理："好了，刚过一点半。我们得开始走动，或在那张该死的长凳上堆个金字塔。除非我们想死翘翘。有谁要进行保健散步操，到伦敦塔那里吗？"

麦克艾里格特太太："我今晚是不会再走上半步的了。我那该死的双脚已经不行了。"

金杰："我们叠金字塔吧！这个我可他妈的再熟悉不过了。不用在那张长凳上扭打——失礼了，夫人！"

老爹（昏昏欲睡）："玩游戏吗？一个人就不能好好睡上一觉，非得过来吵醒他，把他给弄起来吗？"

查理："就是这样！用力挤！老爹，挪挪你的位置，给我让点地方让我坐下。一个压着一个。对了。不要理会人家说什么。大家都挤在一起，就像该死的罐头里的沙丁鱼。"

韦恩太太："嘿！我可没叫你坐在我的膝盖上，小伙子！"

金杰："这位先生在我上面，然后，大妈——就这样吧。真好！这是自复活节以来第一次拥抱别人。"

（他们堆在一起，叠成了怪异的不成形的叠罗汉，男男女女不分彼此地紧紧抱在一起，就像一簇产卵时期的蟾蜍，人堆蠕动着，渐渐平稳下来，散发出一股衣服的酸臭味。只有陶博伊先生仍然来回徘徊着。）

陶博伊先生（慷慨陈词中）："哦，你是白昼与黑夜，你是光明与黑暗，你是雷电与云朵，我要诅咒你，主啊！"[①]

（有人坐在了德弗伊的横膈膜上，他发出一声怪叫。）

本迪戈太太："不要压我的坏腿，好吗？你以为我是什么？该死的客厅里的沙发吗？"

查理："你们伏在老爹身上时不觉得他很臭吗？"

金杰：："这么近乎，就像该死的法定假期。"

多萝西："噢，上帝啊，上帝啊！"

陶博伊先生（停顿了一下）："为什么要呼唤上帝？你这个临终时哀鸣的忏悔者。坚守你的信仰，像我一样呼唤恶魔。我为您欢呼，路西法，天堂的王子！（以《圣哉三一歌》的调子唱着歌）梦妖男与梦妖女[②]，在您的面前匍匐！……"

本迪戈太太："噢，闭嘴，你这个亵渎神明的老混蛋！他胖得不觉得冷，这就是他的毛病。"

查理："你的后背真柔软，太太。盯着那该死的警察，金杰。"

陶博伊先生："餐前祈福经！安魂弥撒！为什么不行？一朝为牧师，终生为牧师。给我一块面包，我将能施行神迹。点上硫黄烛，倒着念献给上帝的祷文，把十字架上下颠倒[③]。

---

① 此句出自英国国教的《祈祷书》，将"赞美"换成了"诅咒"。
② 梦妖男与梦妖女(Incubi and Succubi)，西方传说中在男女睡梦中与之交合，并摄取其精气的妖魔。
③ 点硫黄烛、倒念经文、颠倒十字架是基督教徒十分忌讳的崇拜魔鬼撒旦的禁忌仪式，而黑山羊是魔鬼撒旦的象征。

（对着多萝西）要是我们有一头黑色的公山羊，你就能派上用场。"

（层层叠叠的身躯产生的热力已经开始有感觉了。睡意笼罩着每个人。）

韦恩太太："你绝对不能以为我习惯坐在一个男人的膝盖上，你知道的……"

麦克艾里格特太太（昏昏欲睡）："我以前定时参加圣礼，明知道那个该死的牧师不肯原谅我和迈克尔在一起。真是个老混蛋，真是个老混蛋！……"

陶博伊先生（装腔作势地）："我身上遍洒圣水，走上那十字架……"①

金杰："谁能给口烟抽？我最后那根该死的烟屁股抽完了。"

陶博伊先生（似乎正站在祭坛上）："亲爱的弟兄姐妹们，我们聚集在此，在上帝的面前，举行庄严的亵渎神明的仪式。他让我们蒙受尘埃与寒冷、饥饿与孤独、疹子与疥疮，头虱与阴虱之苦。我们吃的是发霉的面包屑和酒店门口打包丢弃的些许肉末；我们的快慰就是烧一杯茶，吃一点从臭气熏天的地窖里拿出来的锯末一样的蛋糕和酒吧的残羹冷炙，喝点带泡沫的普通麦芽酒，和没牙的老太婆拥抱。我们注定将步入贫民的坟墓，躺在廉价的棺材里，埋进二十尺深的墓穴，那里就是地下的寄宿旅馆。我们有权利也有义务在任何时候任何地方诅咒他，辱骂他。愿恶魔与大恶魔与你们同在。"（等等等等。）

---

① 此句原文是拉丁文：Per aquamsacratam quam nuncspargo, signumquecrucis quod nuncfacio …

麦克艾里格特太太（昏昏欲睡）："以神圣的耶稣为名，我现在已经快睡着了，只是哪个王八羔子在压着我的腿。"

陶博伊先生："阿门，不叫我们遇见试探，救我们脱离凶恶。"①（等等等等。）（刚说出祷告的第一个字时，他就将那块圣礼用的面包撕成两半。血从中间流了出来。天空传来轰隆隆的雷声，景色为之一变。多萝西的双脚觉得很冷。可怕的、长着翅膀的恶魔和大恶魔影影幢幢地飞舞着。有什么东西，不知是嘴巴还是爪子，抓住了多萝西的肩膀，让她想到自己的双脚和双手被冻得生疼。）

警察（摇晃着多萝西的肩膀）："起床了，起床了！你没有大衣吗？你脸色苍白得像个死人一样。难道你不知道在这样的大冷天得让自己走动吗？"

（多萝西发现自己冻僵了。现在天空很清朗，闪烁的星星就像遥远的电灯。那座金字塔已经散了开来。）

麦克艾里格特太太："可怜的孩子，她可不像我们知道如何应付。"

金杰（拍打着自己的胳膊）："呃！噢！真他妈的冷啊！"

韦恩太太："她生来就是一个大家闺秀。"

警察："是这样吗？——过来，小姐，你最好跟我到市政收容所去。他们会给你一张床铺。任何明眼人一看就知道你的身份要比这帮人高一些。"

本迪戈太太："真是谢谢了，警官，谢谢！听到了吗，女孩子们？'身份要比我们高一些。'他说。说得真好，不是吗？（对着那个警察）你自己是他妈的阿斯科特赛马场上的有

---

① 此句出自《圣经·马太福音》。

钱人喽？"

多萝西："不要，不要！不要管我，我宁可待在这儿。"

警察："那就随你吧。你刚才看上去真的很糟糕。我一会儿会过来看看你。"（疑惑地离开了。）

查理："等那个该死的家伙拐过街角我们就再叠起来。只有这该死的法子能够保暖。"

麦克艾里格特太太："来吧，孩子，躺下来，让我给你取暖。"

长鼻子："一点——五十分。我想总归会熬过去的。"

陶博伊先生（吟唱着）："我如水被倒出去，我的骨头都脱了节。我心在我里面如蜡熔化！……"①

（那帮人再次在长凳上叠在一起，但现在气温只有零上几度，寒风愈发刺骨。人们将被风刮得生疼的脸埋在人堆里，就像拼命想咬住母猪乳头的猪崽。几秒钟内他们又睡着了，梦境变得更加可怕和让人困扰，根本不像是在做梦。这九个人有时候就像平常一样说话，有时候甚至能嘲笑自己的处境一番，有时候发了狂一样紧紧地挨在一起，深切而痛苦地呻吟着。陶博伊先生突然间累了，他的独白变成了一连串废话。他那副庞大的身躯压在众人之上，几乎让他们窒息。人堆散开了，有的仍坐在长凳上，有的滑到了地上，靠在护墙上或别人的膝盖上。警察走进广场，命令那些躺在地上的人站起来。他们站起身，等警察一走就又瘫倒下来。除了半是呻吟半是打鼾的声音之外，这十个人没有出声。他们睡着了，随着时钟的滴答声有节奏地醒来，他们的头就像脑袋会动的中国瓷人那样点着。某处

---

① 此句出自《圣经·诗篇》。

传来了三点钟的钟声。广场东边传来了军号般尖利的声音："大家！快起来！报纸来了！"）

查理（从睡梦中醒来）："该死的报纸！走吧，金杰！拼命地跑！"

（他们拼命地跑，或者说，拼命地拖着步子赶到广场的角落，那里有三个年轻人在派发晨报免费赠送的多出来的海报。查理和金杰拿着厚厚一叠海报回来了。五个体格最大的男人现在挤在了长凳上。德弗伊和四个女人坐在他们的膝盖上，然后，他们费劲力气（因为得从里面动手）用海报把自己严严实实地裹得像个蚕茧，足有几张海报厚，把碎纸塞在领口、胸襟、肩膀之间和凳子的靠背上。最后，除了他们的头颅和双脚之外，全身都被包裹住了。他们用海报做成风帽戴在头上。海报时不时就会脱落，寒风钻了进来，但现在他们可以连续睡上五分钟之久。这个时候——凌晨三点到五点之间——警察一般是不会过来打扰这帮广场露宿者的。一股暖流悄悄袭来，甚至蔓延到他们的双脚。在海报的遮掩下，有人在偷偷爱抚着这几个女人，但多萝西睡得很沉，没有注意到。

四点一刻的时候，所有的报纸都皱巴巴地掉光了，一直坐着实在是冷得受不了。他们站了起来，发现双脚恢复了气力，开始三三两两地散步，由于实在是太疲乏了而时不时停下脚步。现在每个人都饥肠辘辘。金杰的那罐炼乳被打开了，吃了个精光——大家都把手指伸进去，然后拿出来舔干净。那些身无分文的人离开广场去了格林公园，那里他们可以不受打扰睡到七点钟。那些有半个便士可以花的人去了离查令十字街不远的威尔金斯咖啡馆。大家都知道这间咖啡馆得五点钟才开门，但四点四十分的时候门外已经有一群人在等候着。）

麦克艾里格特太太："你有半个便士吗，亲爱的？他们不肯让超过四个人搭伙只买一杯茶，这帮该死的小气鬼！"

陶博伊先生（歌唱着）："玫瑰色调般的晨光——"①

金杰："感谢上帝，在报纸下睡了那一小会儿让我恢复了精神。（歌唱着）但我迈着舞步——眼里含着泪水——"

查理："噢，大家，大家！快看那扇该死的窗户。看看窗玻璃上滚滚而下的热气！看看那些烧开的茶壶，和那一堆堆热腾腾的面包和火腿三明治，还有那边煎锅里嗞嗞响的香肠！看到它们难道你的肚子不会咕咕咕地闹腾吗？"

多萝西："我有一便士。不够喝一杯茶，是吧？"

长鼻子："——我们总共有四便士，今天早上可以吃到很多香肠。还是买半杯茶和一个炸面圈更好一些。这就是你的早餐！"

麦克艾里格特太太："你不需要自己掏钱买一杯茶。我有半便士，老爹也有半便士，加上你那一便士，我们三个人凑份子买一杯茶三个人喝。他嘴唇烂了，但该死的，谁在乎呢？靠着手把的位置喝就行了嘛。"

（四点三刻的钟声敲响了。）

本迪戈太太："我赌一块钱，我那死鬼男人早餐吃的是鳕鱼。我希望他给噎死。"

金杰（歌唱着）："但我迈着舞步——眼里含着泪水——"

陶博伊先生（歌唱着）："让我的歌声在清晨为您歌唱！"

麦克艾里格特太太："在这里有地方落脚真是一大安慰。他们可以让你把头搭在桌子上，一直睡到七点。这对我们这些

---

① 此句出自同名的基督教赞美诗。

广场上的可怜人来说真是天赐的慈悲。"

查理(像一只狗那样流着口水)："香肠！该死的香肠！威尔士干酪！热乎乎的滴着黄油的面包！两英寸厚的后腿牛排配薯片和一品脱老波顿啤酒！噢，该死的耶稣！"(他冲向前，推开人群，摇晃着玻璃门的把手。那群人，大约有四十多个，涌向前试图把门撞开，但咖啡馆的老板威尔金斯先生紧紧地顶住了门，隔着玻璃咒骂着他们。几个人将胸膛和脸贴在窗户上，似乎在取暖。弗洛莉与其他四个女孩正和一帮穿着蓝色西装的年轻人大呼小叫地从旁边一条巷子里走了出来，她们看上去精神很不错，昨晚在床上睡了一觉。他们跟在人群后面猛推猛挤，几乎把门给撞开了。威尔金斯先生气冲冲地拉开门，把领头的几个人推了回去。一股香肠、腌鱼、咖啡和热面包的味道弥漫在外面寒冷的空气中。)

后面那几个年轻人喊道："为什么他不肯——在五点钟之前开门？我们要喝茶！把门——撞开！"(等等等等。)

威尔金斯先生："出去！你们都给我出去！不然的话，以上帝的名义，今天早上你们一个都不能进来！"

后面那几个女孩子喊道："威尔金斯先生！威尔金斯先生！行行好，让我们进去吧！我亲你一下，免费的。行行好嘛！"(等等等等。)

威尔金斯先生："出去！我们五点钟才开门，你们知道的。"(把门给关上了。)

麦克艾里格特太太："噢，神圣的耶稣，这将是该死的整晚最漫长的十分钟！嗯，我得让我这双老腿休息一下。"(像矿工那样蹲坐下来，许多人也跟着她这么做。)

金杰："谁有半便士？我跟他一个炸面圈对半分。"

那几个年轻人的声音（模仿着军乐，然后唱道）："——！这就是他妈的军乐队；——！你他妈的也一样！"

多萝西（对麦克艾里格特太太）："看看我们大家！看看我们大家！多么褴褛的衣裳！多么丑陋的脸！"

本迪戈太太："别怪我多嘴，你又不是葛丽泰·嘉宝①。"

韦恩太太："当你在等着喝一杯好茶的时候，时间似乎过得真慢，不是吗？"

陶博伊先生（吟唱着）："我们的性命伏于尘土，我们的肚腹紧贴地面！"②

查理："腌鱼！该死的成堆的腌鱼！我可以隔着这该死的玻璃门闻到它们的味道。"

金杰（歌唱着）："我迈着舞步——眼里含着泪水——因为我怀中的女孩——不是你！"：

（过了许久，时钟敲响了五点钟。久得似乎让人无法忍耐。门突然间打开了，人们蜂拥而入，争抢着角落的位置。在温暖的室内他们几乎眩晕过去，一头栽倒在桌子上，全身的毛孔吸纳着热气和食物的香气。）

威尔金斯先生："好了，各位！我想你们知道规矩。今天早上别想耍花招！你们可以睡到七点钟，但在此之后如果我看到有人睡觉，我就拎着他的脖子把他赶走。喝你们的茶吧，女士们！"

震耳欲聋的叫嚷声响起："这边要两杯茶！我们四个要一大杯茶和一个炸面圈！腌鱼！威尔金斯先生！香肠多少钱？来

---

① 葛丽泰·嘉宝（Greta Garbo，1905—1990），瑞典女演员，好莱坞著名影星。
② 此句出自《圣经·诗篇》。

172

两片！威尔金斯先生！有卷烟的纸吗？腌—鱼—！"（等等
等等。）

威尔金斯先生："闭嘴！闭嘴！不许叫嚷，不然我一个也
不伺候。"

麦克艾里格特太太："你觉得血液流回你的脚指头了吗，
亲爱的？"

韦恩太太："他对你说话时可不客气，不是吗？他可不是
我所说的真正的绅士。"

长鼻子："这就是——饥饿的角落，老天爷啊！我就不能
吃上几根香肠吗？"

几个妓女（齐声高喊）："腌鱼！快点上腌鱼！威尔金斯先
生！要腌鱼！还有一个炸面圈！"

查理："够了！今天早上就只能闻着它们的味道。反正我
宁可在这里也不去那该死的广场。"

金杰："这儿，德弗伊！这一半是给你的！把那个该死的
茶杯给我。"

陶博伊先生（吟唱着）："我们满口喜笑，满舌欢呼的时
候！……"①

麦克艾里格特太太："我已经快睡着了，这间屋子好暖
和，让我好想睡觉。"

威尔金斯先生："那边不许唱歌！你们知道规矩的。"

几个妓女（齐声高喊）："腌——鱼——！"

长鼻子："——炸面圈！冷盘！我的肚子好难受。"

老爹："他们给你喝的茶不过是水里面加了点茶末。"（打

---

① 此句出自《圣经·诗篇》。

了个嗝。)

查理:"眼不见心不烦。梦到该死的猪肘子肉和两个菜。让我们把头搭在桌子上,舒舒服服地睡一觉。"

麦克艾里格特太太:"靠着我的肩膀,亲爱的。我身上的肉比你多一些。"

金杰:"要是我有该死的一坦纳的话,我就买根烟抽。"

查理:"收拾一下。把你的头靠在我的头上,长鼻子。对了,上帝啊,我他妈的睡不着觉!"

(一碟冒着烟的腌鱼被递到了那几个妓女的桌子上。)

长鼻子(昏昏欲睡):"又是一盘腌鱼。不知道她陪人睡了多少回才挣到钱买了那盘腌鱼。"

麦克艾里格特太太(半睡半醒):"遗憾,真是遗憾,迈克尔一走了之,只剩下我和那死孩子……"

本迪戈太太(愤怒地指着那盘腌鱼):"看看那边,女孩子们!看看那边!腌鱼!这不让你觉得生气吗?我们的早饭可没有腌鱼,不是吗,女孩子们?那帮该死的妓女刚把腌鱼从盘子里拿出来就一口吃下去,而我们却得四个人喝一杯茶,还是走了运才喝得到!腌鱼!"

陶博伊先生(摆出牧师的姿态):"罪恶的报应就是腌鱼。"

金杰:"不要朝我的脸呼气,德弗伊。我他妈的受不了。"

查理(在睡梦中):"查尔斯……智慧……醉……不能醉?是的……六便士……继续……下一个!"

多萝西(靠在麦克艾里格特太太的胸脯上):"噢,好开心,好开心!"

（他们睡着了。）

二

日子仍在继续。

这种生活多萝西忍受了十天——确切地说，是九个白天和十个夜晚。她不知道还能怎么办。她的父亲似乎已经完全抛弃了她。虽然她有朋友在伦敦，他们都愿意帮助她，但她觉得发生了那些事情，或者说，因为那些被认为发生了的事情，她没脸面对他们。她不敢去慈善机构求助，因为几乎可以肯定她的真实姓名会被别人发现，因此或许会引起新一轮关于"牧师的女儿"的喧嚣。

于是，她留在伦敦，成为那个古怪的部落的一员，她们人数虽少，却从来不会灭绝——那些女人身无分文，无家可归，但都在竭力掩饰自己的窘境，而且几乎成功做到了。她们在寒冷的清晨用饮水池的水洗脸，仔细地把彻夜未眠后弄得皱巴巴的衣服抚平，而且保持着内敛体面的态度，因此，只有她们那张晒黑的皮肤底下没有血色的脸明确无疑地让你知道她们是穷困潦倒的人。她不愿变成像身边的人里那种厚颜无耻的乞丐。在特拉法尔加广场的头二十四小时，她一点儿东西也没吃，只是前一天晚上喝了一杯茶和隔天早上在威尔金斯的咖啡馆喝了那三分之一杯咖啡。到了晚上，她实在是饿坏了，而且其他人都在乞讨，于是她走到一个陌生女人面前，硬着头皮开口说："夫人，请赏我两便士好吗？求求您了。我从昨天到现在还没吃过东西呢。"那个女人瞪着眼睛，但她掏出钱包，给了多萝西三便士。虽然多萝西不知情，但她那口受过教育的口音虽然让她找不到当居家仆人的工作，在行乞的时候却非常管用。

之后她发现其实每天乞讨到足以让她活下去的几个便士是很容易的事情，但她还是不愿乞讨——她做不到——除非实在是饿得不行，或她得有一便士去威尔金斯咖啡馆喝杯早茶。去啤酒花田的路上，她和诺比也乞讨过，那时候她毫无畏惧或踌躇。但那时候的情况不一样，她根本不知道自己在做什么。现在，只有在饥饿的刺激下她才能鼓起勇气向那些慈眉善目的女人讨几个便士。当然，她的乞讨对象总是女人，只试过一回向男人讨钱——就那么一回。

至于其他方面，她适应了眼下的生活——习惯了无法入睡的漫漫长夜，寒冷、污秽、无聊和广场那种可怕的共产主义生活。一两天后，她不再对自己所处的环境感到一丝惊讶。就像身边的每个人一样，她接受了这种可怕的生存方式，几乎认为这是天经地义的事情。在去啤酒花田的路上那种恍惚的茫然无知感又回来了，而且比以前更加强烈。那是失眠和露天生活作用下的结果，后者的作用更为强烈。长时间待在露天的地方，从未在一间房子里待过一两个小时，你的知觉就会变得很迟钝，就像有一盏光线强烈的灯照射着你的眼睛，耳朵里有一口大鼓在死命地轰鸣着。你筹谋着，行动着，承受着苦难，而与此同时似乎每一样东西都模糊不清，看上去不是很真切。这个世界，外在的和内在的世界，变得越来越模糊，直到最后变得像梦境一样朦胧。

与此同时，警察们看惯了她。在广场上，人们总是来来去去，没有引起别人的注意。他们不知从哪儿而来，带着他们的瓶瓶罐罐和行囊，露宿几天几晚，然后就像来的时候那样神秘地消失了。如果你停留的时间超过一个星期左右，警察就会将你视为职业乞丐，迟早会把你抓走。他们不可能抓走所有乞丐，但他们时不时会突击扫荡，抓走两三个一早就盯上的乞丐。这种事情就发生在了多萝西身上。

一天晚上，她被"抓走"了，一起被抓的还有麦克艾里格特太太和另外一个她不知道姓名的女人。她们太不小心了，向一个样貌丑陋、长着一张马脸的老太婆讨钱。她立刻跑到最近的警察局举报了她们。

多萝西并不是很在意被抓。现在每件事都像是在做梦——那个丑老太婆的脸在急切地指控着她们，一个年轻的警察温柔地，甚至可以说恭敬地拉着她的胳膊带她去警察局，接着，她被关进了白砖砌成的牢房，一个和蔼的警司隔着铁栅递给她一杯茶，告诉她如果她肯认罪的话，法官不会太难为她。在隔壁的牢房，麦克艾里格特太太朝警司大吼大叫，骂他是个该死的混球，接下来大半个晚上都在自怨自艾，悲叹自己的命运。但多萝西觉得牢房里很干净暖和，只觉得心里松了口气。牢房里有一张木床，固定在墙边，就像架子一样，她立刻躺到床上，累得连毯子也懒得去盖在身上，一睡就是安稳的十个小时。到了第二天早上她才意识到自己的处境，黑囚车高速往旧街治安法庭驶去，车上五名醉汉高唱着《齐来崇拜歌》。

第四章

一

多萝西误会了父亲，以为他真的狠心让她饿死街头。事实上，他作出种种努力想和她取得联系，但他的方式很拐弯抹角，而且成效甚微。

得知多萝西失踪时，他的第一反应是非常生气。早上八点钟的时候，他开始纳闷怎么刮脸的水还没送来。埃伦走进他的卧室，惊慌失措地说道：

"老爷，不好了！多萝西小姐不在家里！我哪儿都找不到她！"

"什么？"牧师问道。

"她不在家里，老爷！她的床也似乎没有睡过。我觉得小姐可能跑了，老爷！"

牧师嚷道："跑了！"挺身半坐在床上，"你什么意思——跑了？"

"嗯，老爷，我觉得她是离家出走了，老爷！"

"离家出走！在早上这个时候？那我的早餐和祷告怎么办？"

牧师走到楼下——因为没有热水送来，也就没有刮脸——埃伦去了镇里打听多萝西的下落，但毫无结果。一小时过去了，她没有回来。她的出走引发了一桩前所未有的恐怖事件——令牧师永生难忘的事件：他得自己准备早餐——是的，他得自己手忙脚乱地用黑漆漆的水壶泡茶，把丹麦熏肉切成薄片——用的是他那双神圣高贵的手。

经过这件事，他当然对多萝西恨之入骨。那天接下来的时间，他只顾着因为三餐无法准时供应而大发雷霆，没时间去关心为什么她会不见了，会不会遭遇了什么不测。问题的关键是，这个精神错乱的女孩（他骂过她好几次"精神错乱"，还差点骂得更狠一些）就这么不见了，把整个家搞得不得安宁。但是，到了第二天，问题变得更加严重，因为桑普利尔太太把私奔这个传闻公之于众了。牧师当然矢口否认，但在内心里他有点怀疑传闻有可能是真的。现在他觉得多萝西的确可能会做出这种事情来。一个连父亲的早餐都不顾及就离家出走的女孩什么事情都做得出来。

两天后，报纸上刊登了这桩事情，一个喜欢多管闲事的年轻记者来到奈普山，开始询问各种问题。牧师一口回绝了记者的采访，把事情弄得更加糟糕，因为报纸上只刊登了桑普利尔太太的片面之词。过了整整一个星期，各大报纸才对多萝西的私奔事件感到厌倦，转而报道在泰晤士河口目击蛇颈龙的事件。如今牧师声名狼藉。打开任何一份报纸，他都会看到煽风点火的新闻标题，比如"牧师的女儿失踪之谜真相进一步揭秘"或"牧师的女儿身处维也纳？据闻在低等卡巴莱卖唱"等等。最后，《周日窥私报》刊登了一篇报道，开头是这样写的："在萨福克郡的教区，一个老人伤透了心，向隅而泣。"到了这一步，牧师再也无法忍受，咨询律师准备以诽谤罪控告这家报社。然而，律师反对他这么做，理由是虽然打这场官司有胜算，却会将这件事弄得满城风雨，众人皆知。于是牧师没有采取行动，但多萝西让他颜面尽失，他觉得怒不可遏，决心不会原谅她。

过后，他收到了多萝西寄来的三封信，信里解释了发生在她身上的一切，但牧师当然不相信多萝西曾经失忆过。这个故事未免太离奇了。他认定她要么是和沃波顿先生私奔了，要么就是红杏出墙，然后在肯特郡沦落到身无分文的地步。不管怎样——他已经下定了决心，任何理由都无法让他回心转意——无论她发生什么事，都是她自讨苦吃。他写的第一封信不是寄给多萝西的，而是寄给他的堂亲汤姆准男爵①。对于牧师这种出身的人而言，遇到麻烦，他们最自然而然的反应就是向一位有钱的亲戚求助。自从那一次因为五十英镑的借款起了争执之后，他与这位堂亲已经有十五年没有只言片语的联系了。不过他还是满怀信心地写了信，请求托马斯爵士和多萝西取得联系，并帮她在伦敦找份工作。这是理所当然的事情，出了这种事情，她可不能回奈普山。

他寄出信件之后，又收到了多萝西寄来的两封信，绝望地告诉他她就快饿死了，央求他给她寄点钱。牧师很烦恼。他想到——这是他生平以来第一次严肃地思考这种事情——一个人没有钱的确有可能会饿死。因此，在考虑了将近一个星期之后，他卖掉了价值十英镑的股票，寄了张十英镑的支票给他的堂亲，让他代为保管，直到遇见多萝西再转交给她。与此同时，他给多萝西写了封信，口吻很冷漠，告诉她去找托马斯·赫尔爵士。但这封信在寄出去之前又耽搁了几天，因为牧师对要不要给"埃伦·米尔巴罗"回信心存疑虑——他觉得不用真

---

① 准男爵（Baronet）介于爵士（Sir）与男爵（Baron）之间，受封者同时也称爵士。汤姆（Tom）即托马斯（Thomas）的昵称。

名写信似乎是违法的——而这让他拖延了不少时间。等到信件寄到"玛丽客栈"的时候多萝西已经流落街头了。

托马斯·赫尔爵士是个鳏夫，心地善良，脑袋不是很灵光，年纪约六十五岁，长着一张红通通的圆脸和卷曲的八字胡。他喜欢穿花格大衣，戴曾经很时髦但四十年前就已经过时的卷边圆顶礼帽。乍一眼看上去，他让人觉得是个精心打扮过的十九世纪九十年代的骑兵少校，因此，当你看着他时，你就会想起芥末带骨牛排和白兰地配苏打水、二轮小马车的铃铛声、《粉红报》①在其"伟大投手"的日子、洛蒂·科林斯②唱着《塔拉拉—邦—迪埃》③。但他最主要的特征是他的思维极其模糊紊乱，他是那种老是说"难道你不知道吗？"和"什么！什么！"的人，说着说着就不知道自己说到哪儿去了。当他处于困惑状态或遇到难题时，他的八字胡似乎竖了起来，让他看上去就像一只好心肠却毫无头脑的明虾。

托马斯爵士原本不想帮助他这个堂侄女，因为他从未见过多萝西，而且在他的心目中，牧师是那种最最糟糕的死乞白赖的穷亲戚，但"牧师的女儿神秘失踪"这桩风波让他无法忍受。多萝西毕竟是他的亲人，和他一个姓，这让他在过去半个月里寝食难安。他觉得如果再让多萝西流落街头的话，指不定会有更出格的丑闻发生。因此，在离开伦敦去打野鸡之前，他命人叫来管家——他视其为信得过的智囊——与他商量这件事。

---

① 《粉红报》（the Pink 'Un），原名是《运动时报》（The Sporting Times），1865 年创刊，1932 年停刊，因为用的是粉红色的纸张而得名。
② 洛蒂·科林斯(Lottie Collins, 1865—1910)，英国女歌手与舞蹈家。
③ 《塔拉拉—邦—迪埃》（Tarara-BOOM-deay），十九世纪末流行于欧美的一首歌曲。

"看看这则报道，布莱什（布莱什是管家的名字），该死的。"托马斯爵士看上去就像一只明虾，"我想你已经了解报纸里报道的这桩该死的事情了，是吧？'牧师的女儿神秘失踪'就发生在我那该死的侄女身上。"

布莱什个头瘦小，长得一脸机灵相，说话时轻声细语，就像在耳语一样，几乎难以听清。你只有专注地听，并观察他的嘴唇，才能听明白他在说什么。他的嘴唇动了，似乎在说多萝西是托马斯爵士的堂妹，不是他的侄女。

"什么？她是我的堂妹，是吗？"托马斯爵士说道，"就算是吧，老天爷啊！听我说，布莱什，我是说——我们得找到这个该死的女孩，把她锁起来。你明白我的意思吗？在出更多乱子之前找到她。我相信她就在伦敦某个地方游荡。该怎么做才能找到她呢？警察？私家侦探什么的？你觉得我们能找到她吗？"

布莱什的嘴唇动了几下，似乎在表示反对。他似乎是说找警察会引发不必要的关注，不用找警察应该也能找到多萝西。

"好的！"托马斯爵士说道，"那就着手进行吧。花多少钱都不要紧。我宁愿出五十英镑，但求能将牧师的女儿失踪案这件事平息。看在上帝的分上，布莱什，"他神神秘秘地说道，"你一找到那个该死的女孩，可要盯紧一点。把她带回家，把她留在这里。明白我的意思吗？把她锁起来，等我回来。不然天知道她会玩出什么把戏。"

托马斯爵士从未见过多萝西，因此，他对她的观感都来自报纸上的报道，这也是可以原谅的。

布莱什花了一星期的时间找到了多萝西。她从警察局的监牢里被释放了（她被处以六个先令的罚金，由于没钱还，被拘留了十二个小时；而麦克艾里格特太太作为一个惯犯，得关上七天）。布莱什走到她跟前，略微将头上戴的圆礼帽举起大约只有四分之一英寸高，轻声细语地询问她是不是多萝西·赫尔小姐。他连问了两遍，多萝西才明白他在说什么。她承认自己就是多萝西·赫尔小姐。布莱什解释说他是她的堂兄托马斯爵士派来的，托马斯爵士很想帮助她，她得马上跟他回家。

什么也没说，多萝西就跟着他走了。虽然堂兄突如其来的关心让她有点奇怪，但最近发生了这么多奇怪的事情，她已经见怪不怪了。他们搭巴士到了海德公园的角落，布莱什付的车费，然后他们走到位于骑士桥和梅菲尔区①的中间地带一座貌似很昂贵的大屋，窗户都紧闭着。他们走上几级台阶，布莱什拿出钥匙开门，他们进到屋内。在失踪了六个星期后，多萝西又踏入了上流社会的门户。

她在那里住了三天，然后她的堂兄回来了。这三天她觉得很奇怪孤单。家里有几个仆人，但她只见到布莱什，每天他给她带饭，和她聊天，说话轻声细语，态度很恭敬，却又不是很喜欢她。他搞不清她到底是名门闺秀还是被救出火坑的抹大拉②，因此把她当成了二者的结合体。就像那些主人不在家的房子一样，屋里静得就像灵堂，因此你会下意识地踮起脚走路，不拉起窗户上的百叶窗。多萝西不敢走进任何一间主房，整天都待在顶楼一间满是灰尘的荒凉的房间里。这里似乎是一间收藏自 1880 年以来各种小玩意的储藏室。赫尔夫人五年前去世，生前喜欢收集这些废品，去世后大部分东西就堆在了这

---

① 骑士桥(Knightsbridge)和梅菲尔区(Mayfair)都是伦敦的上流社区。
② 抹大拉(Magdalene)，《圣经》中的人物，据称曾被鬼上身，耶稣为她驱鬼后追随耶稣。

间房里。屋里最奇怪的东西，可能就是多萝西父亲的一张发黄的相片。里面的他大概才十八岁，留着像上流绅士一样的鬓角，装模作样地站在一辆"普通的"单车旁——那是1888年的事情了；还有一样奇怪的东西，是一个小檀木盒子，上面写着"西塞尔·罗德斯[①]碰过的面包片，1897年六月于伦敦与南非联谊晚宴上"。屋里仅有的几本书不忍卒读，都是托马斯爵士的孩子们在学校里赢得的奖品——他有三个孩子，最小的与多萝西同龄。

显然，仆人们收到命令，不让她出门。不过，她父亲的那十英镑支票已经寄到了，她好不容易才说服了布莱什把支票兑成现钱，第三天的时候出去买了几件衣服。她给自己买了一件现成的花呢大衣和裙子、一件搭配的毛线衫、一顶帽子和一条很便宜的手工印花丝绸连衣裙，还有一双还过得去的棕色鞋子、三双莱尔纺长袜、一只廉价丑陋的手提包、一双站在远处看上去像是山羊皮的灰色棉布手套。这几件衣服花了她八英镑又十先令，她不敢再花钱了。至于内衣、睡衣和手绢，那些以后再买。毕竟，穿在外头的衣服比较要紧。

第四天的时候托马斯爵士回来了，看到多萝西的样貌不禁十分惊讶。他原本以为她会是一个浓妆艳抹的塞壬女妖，会勾引他，败坏他，然后就……老天爷啊！只是面对这种诱惑，他现在已经无力屈服了。见到这个土里土气又像老姑婆一样的女孩，他脑海里的全盘计划都被打消了。他原本想帮她找一份像美甲师或经纪人的私人秘书之类的工作，但现在只能作罢。多

---

① 应指西塞尔·约翰·罗德斯爵士（Sir Cecil John Rhodes，1853—1902），英裔南非商人，钻石大王，德·比尔斯公司（De Beers，世界规模最大钻石矿公司）的创始人。

萝西发现他总是在打量她，眼神很迷惑，像一只明虾——显然，他想不通为什么这么一个女孩居然会作出私奔的举动。当然，向他解释她其实没有私奔根本无济于事。她对他讲述了自己的遭遇，他以绅士般的风度接受了她的说法，"这是当然的，亲爱的，当然！"而之后他所说的每一句话都暴露出其实他根本不相信她。

那几天来多萝西无所事事，整天待在楼上自己的房间里。托马斯爵士基本上都在俱乐部里吃饭，晚上尽说一些云里雾里的话。托马斯很想给多萝西找份工作，但他总是记不住几分钟前自己说过的事情。他会说："嗯，我亲爱的多萝西，你知道吗，我真的很想为你做点事情。这是当然的，我是你堂叔嘛——什么？你说什么？我不是你堂叔？不，我想不是，老天爷啊！堂兄——就是这样，堂兄。嗯，亲爱的，作为你的堂兄——我刚才说什么来着？"多萝西将他引回刚才的话题，他会提出一些建议，比方说："我亲爱的，你愿意陪一位年迈的夫人吗？某位可爱的老小姐，你不知道吗——戴着黑手套，得了风湿性关节炎。她们死后会给你留一万英镑，让你照顾好她的鹦鹉。什么，什么？"这番对话总是没有什么进展。多萝西说了好几遍她情愿去当女仆或客厅侍女，但托马斯爵士根本听不进去。这个想法唤醒了他的阶级本能，但他自己毫无察觉。"什么！"他会说，"当一个奔波忙碌的女仆？像你这种出身的女孩子？不行，我亲爱的——不行，不行！怎么能去做那种事情，想都别想！"

不过，最后事情出奇顺利地得以解决。托马斯爵士本人什么事情都办不好，但他突然想起来可以咨询自己的律师。那位律师甚至不需要和多萝西见面就帮她找到了一份工作。他说他可以安排她去学校当老师，这是最好找的差事。

托马斯爵士对这个提议很满意，高高兴兴地回到家里，觉得老师最适合多萝西不过了（他心里觉得多萝西长得的确很像个女老师）。不过，听到这个消息多萝西吓了一跳。

"学校老师！"她说道，"但我怎么可能当老师！我知道没有学校会要我的。我一门课都教不了。"

"什么？你说什么？教不了课？噢，怎么不行！你当然能教课！这有什么难的？"

"但我懂得那么少！我从来没教过别人，除了教女童军做饭。你得有一定的资历才能当老师。"

"噢，别瞎说了！教书是世界上最轻松的工作！拿一把厚厚的戒尺——打她们的指关节就行。他们很希望能有个家教严谨的年轻女老师教学生基础课程。就这么定了，亲爱的——当老师。这份工作最适合你不过了。"

顺理成章地，多萝西成了一名学校教师。律师不用出面，三天内就安排好了一切。听说在绍斯布里奇郊区有一座女子学校，校长是克里维太太，她要请一名助手，愿意聘用多萝西。多萝西不明白为什么学校会在学期中段这么快就接受一个全无资历的陌生人。她当然不知道，促成她上岗的是五英镑的贿赂，名义上叫保险金。

于是，在因行乞被抓进监狱十天之后，多萝西来到位于绍斯布里奇布拉夫路的林伍德学院。她带了一个小皮箱，里面塞满了像样得体的衣服，钱包里还有四英镑十先令——因为托马斯爵士给了她十英镑。她想到这份工作得来全不费功夫，而三个星期前她的处境却是那么艰难，不禁感慨万分。这让她体会到了金钱的神秘力量。事实上，她想起了沃波顿先生喜欢说的一句话：如果你翻到《圣经·多林哥前书》第十三章，每一行都写着"钱"而不是"爱"。这一章的意义比起前面的章节，要重要十倍以上。

<h2 style="text-align:center">二</h2>

绍斯布里奇距离伦敦有十一二英里远，是一处不招人喜欢的郊区。布拉夫路就位于该区的中心附近，周围是迷宫一般的不体面的街道，看上去几乎一模一样，修了一排排的半独立屋，种了水蜡树和月桂树的篱笆，十字路口处的空地还种了看上去病恹恹的灌木。这里就像巴西雨林一样让人容易迷路。不仅房子的外观，就连它们的名字也一遍又一遍地重复着。来到布拉夫路，读着上面门牌的名字，你会隐约记起业已被遗忘的诗篇，而当你停下来细细辨认的时候，你会想起来，那是《利希德斯》①这首诗的前两节诗句。

林伍德学院是一座阴森的半独立黄色砖房，有三层楼高，最底下的窗户被路上那些参差不齐、布满灰尘的月桂树挡住了。比月桂树更高处的房子正门上方挂着一个招牌，上面刻着褪色的金字：

林伍德女子学院
招收五岁至十八岁适龄女生
教授音乐舞蹈课程
欢迎参观了解详情

---

① 《利希德斯》（Lycidas），英国诗人约翰·米尔顿（John Milton）所写的诗作。

房子的另外半边，紧靠着这块招牌的是又一块招牌，上面写着：

拉辛顿·格兰治男子高中
招收六至十六岁适龄男生
传授簿记与商业数学等特别科目
欢迎参观了解详情

这一区尽是小规模的私人学校，光在布拉夫路就有四所学校。克里维夫人是林伍德学院的校长，而鲍尔格先生则是拉辛顿·格兰治高中的校长。两人一直不和，虽然在办学利益上毫无冲突。没有人知道这段仇怨是怎么结下的。连克里维夫人和鲍尔格先生也不知道个中原由。这段仇怨是他们从两所学校的前任校长那里继承下来的。每天早上吃完早饭后，两人会在各自学校的后花园散步，相隔只有一道矮墙，但他们假装没有看见对方，怀着仇恨狞笑着。

第一眼看到林伍德学院，多萝西的心就沉了下来。她没有想过那会是一所堂皇迷人的学校，但她没想到会是这么一间寒酸阴暗的房子，都晚上八点多了，但没有一扇窗户透着亮光。她敲了门，一个高个子、样貌憔悴的女人站在黑漆漆的玄关打开了大门，多萝西以为她是女仆，不料她就是克里维太太本人。她只问了多萝西的姓名，然后什么也没说就领着她沿着阴暗的楼梯来到一间昏暗的、没有生火的客厅，点了一盏小煤气灯，照亮了一架黑色的钢琴、几张填充马毛的椅子和墙壁上几幅泛黄的、幽灵一样的相片。

克里维太太四十来岁，干瘦而棱角分明，举止坚决而生硬，表明她是一个意志坚定的人，或许是个恶毒的妇人。虽然她既不肮脏也不邋遢，但她的整个外表看上去毫无血色，似乎她一辈子都生活在光线不好的地方。而且她的嘴巴总是带着愠恼，形状难看，而且下唇老是耷拉着，活像一只蟾蜍的大嘴。她说话语气很凶，颐指气使，带着难听的口音，时不时会说些粗俗的话。你可以一眼看得出她知道自己想要什么，并会像机器一样毫无感情地实现自己的想法，却不是一个霸道的人——从她的外表你可以猜测出她对你根本不感兴趣，不会欺负你——但利用完你之后会毫不留情地把你丢在一边，似乎只当你是一把用烂了的毛刷。

克里维太太没有和多萝西打招呼，只是示意她坐在一张椅子上，态度更像是命令而不是邀请。然后她自己坐了下来，双手交叉搭在前臂上。

"我希望大家可以相处得来，米尔巴罗小姐（按照托马斯爵士的律师建议，多萝西用的是化名埃伦·米尔巴罗）。"她开始用她那尖锐而虚张声势的语气说道，"我希望我不用像炒掉前两个助手那样对待你。你说你以前没有教书的经验？"

"没在学校教过。"多萝西回答——她的介绍信里撒了谎，说她有"家教经验"。

克里维太太打量着多萝西，似乎在想要不要套出她那家教经历的个中秘闻，然后决定还是不这么做。

"那好吧，这以后再说，"她说道。"我必须明说，"她抱怨着补充道，"如今要请到工作卖力的助教不容易。你给她们高工资和好待遇，她们却全不领情。我上次那个助手——我刚刚把她炒掉——斯特朗小姐，她教书还可以——事实上，她有学士学位，我不知道你的学历是否高于学士学位，除非是硕士学位。你是学士学位呢，还是硕士学位呢，米尔巴罗小姐？"

"都不是。"多萝西回答。

"那真是遗憾，要是你的名字后面有几个学历，招生简章会漂亮得多。好了，或许这不要紧。我想我们很多家长都不知道学士学位是什么意思，而且他们不吝于展示自己的无知。我想你会说法语，是吧？"

"嗯——我学过法语。"

"噢，那就好。我们可以在招生简章上宣传这个。好了，现在，回到我刚才所说的，斯特朗小姐是个合格的老师，但她不符合我心目中道德垂范的要求。在林伍德学院，我们非常注重道德教育。你以后就会知道父母们最关心的就是这个。在斯特朗小姐之前的布鲁尔小姐——嗯，我觉得她的性格太软弱了。如果你性格太软弱的话，可管不了那帮女生。结果呢，一天早上，一个小女孩偷偷走到讲台那里，拿着一盒火柴点着了布鲁尔小姐的裙子。出了这种事，我当然不能再让她待下去。事实上，当天下午我就把她赶出学院——而且还不给她开介绍信，这个就跟你明说了吧！"

"您是说，那个女孩被您开除了？"多萝西困惑地问道。

"什么？那个女孩？怎么可能！你不是以为我会把交了学费的学生赶出去吧？我是说我把布鲁尔小姐赶走了，不是那个女孩。管不住学生的老师我们可不要。我们现在班上有二十一个学生，你会发现，她们得被严加管束才会乖乖听话。"

"您不亲自教导她们吗？"多萝西问道。

"噢，天哪，不！"克里维太太几乎是以轻蔑的态度说道，"我手头有太多工作要忙，不能把时间浪费在教课上。我得照看着学院，有七个孩子在这里寄膳，现在我只有一个女佣。而向家长们要学费就花了我全部时间。学费才是最最重要的，不是吗？"

"是的，我想的确如此。"多萝西回答。

"好了，我们得把你的工资谈妥。"克里维太太继续说道，"学期中我会给你提供住宿和伙食，每星期工资是十先令；放假的时候就只包吃住。你可以用厨房里的水龙头洗衣服，每周六晚上我会开热水锅炉供洗澡用，至少大部分周六晚上会开。这间房你不能用，因为这是我的接待室。我不希望你在自己的房间里浪费煤气。不过你可以用起居室，什么时候都行。"

"谢谢。"多萝西说道。

"我要说的就这么多。我想你应该准备就寝了，晚饭已经吃过了，是吧？"

听她这么说，多萝西今晚别指望能吃到东西了，于是多萝西违心地说自己吃过了。谈话到此结束。这就是克里维太太的风格——她从不会和你多说一会儿废话。她的谈话非常具体，直奔主题，甚至不像真正的谈话，或者说，那是谈话的梗概，就像蹩脚的小说里面那些人物的对白，每个人说起话来一个字都不超出角色定位的本本。确切地说她不是在和别人交谈，她只是以凶悍的态度简单扼要地说出她需要说的事情，然后立刻把你踢到一边。她带着多萝西沿着走廊来到她的寝室，里面点着一盏和橡子差不多大的油灯，照亮了一间萧瑟的卧室，里面摆着一张铺着白色床单的窄床、一个摇摇欲倒的衣柜、一张椅子和一个洗手架，架上放着一个冷冰冰的白色瓷盆和一只大口水壶。这间房就像海滨的度假屋，但缺少一样赋予这种房间那朴素和体面气质的东西——床头的《圣经》。

"这就是你的房间。"克里维太太说道,"我希望你能把房间保持得比斯特朗小姐更整洁一些。请不要大半夜都点着煤气灯,因为从门缝里我就知道你几点钟关灯。"

这就是她临别时最后一句话,然后她就走了,只留下多萝西一个人。房间里冷得令人难受,事实上,整座房子很潮湿阴冷,似乎很少点火。多萝西迫不及待想上床睡觉,觉得床是世界上最温暖的地方。她把衣服放进衣柜里的时候发现上面有一个纸箱,里面有九个空威士忌酒瓶——可能是斯特朗小姐留下来的,这或许就是她"道德层面"上的缺陷。

早上八点钟的时候,多萝西下楼,看到克里维太太已经在那个她称之为"起居室"的房间里吃着早餐。这是一间连着厨房的小房,原本是洗碗的房间,但克里维太太把水槽和水龙头搬进厨房,将其改造成了"起居室"。餐桌上铺着一张质地粗糙的桌布,面积很大,而且光秃秃得令人望而生畏。在克里维太太那头摆着一个碟子,上面有一只很小的茶壶和两只茶杯。一个盘子上放着两个硬邦邦的煎蛋和一碟橘子酱。桌子的中间放着一碟面包加黄油,多萝西得伸直手臂才够得到,她的碟子旁边——似乎是唯一可以放心让她用的东西——是一个调味瓶,里面是一些干燥板结的玩意儿。

"早上好,米尔巴罗小姐。"克里维太太说道,"今天是第一天,就算了,但请记住:下一次我希望你能准时下来帮我准备好早餐。"

"真是抱歉。"多萝西回答。

"我希望你早餐喜欢吃煎蛋。"克里维太太继续说道。

多萝西忙不迭回答说她非常喜欢吃煎蛋。

"那就好,因为今后我吃什么你就吃什么,所以我希望你不是那种我称之为对食物挑剔的人。"她拿起刀叉，又补充了一句，"吃煎蛋前如果把它切碎，味道会好很多。"

她把两个煎蛋切成小片，然后分给两人，多萝西分到了大概三分之二个鸡蛋的分量，她勉为其难地六七口把分到的蛋吃了下去，然后拿起一片面包加黄油，眼睛不由自主地落在那碟橘子酱上面，但克里维太太瘦骨嶙峋的左臂——虽然没有揽住那个盘子——却作势保护着碟子的左侧，似乎多萝西会朝它发起进攻。多萝西不敢造次，这天早上她没吃到橘子酱——事实上，接下来许多天早上她都没能吃到橘子酱。

吃早饭的时候克里维太太没有再开口说话，不过，很快外面的沙砾小路传来了脚步声，教室里也响起了唧唧喳喳的声音。女学生们开始陆续到达，她们是从侧门进来的。克里维太太站起身，把餐具咣地一声堆在盘子上。她是那种做什么事情都会吵吵闹闹的女人，总是像一个吵闹鬼那样敲敲打打。多萝西把盘子端进厨房，出来的时候，克里维太太从柜子的抽屉里拿出一本一便士的笔记本，摊开放在桌子上。

"你看一下。"她说道，"里面是我准备好的女学生们的名单。我希望今晚你就能记得所有的名字。"她蘸了蘸拇指，翻开三页，"这三列名单你看到了吗？"

"是的。"多萝西回答。

"你得把这三列名单记在心里，知道哪一列名单有哪些女生，因为我希望你不要以为所有的学生待遇都一样。她们的待遇是不一样的——差别大着呢。不同的学生有不同的待遇——这就是我的规矩。你看到第一页的名单了吗？"

"是的。"多萝西回答。

"嗯，这些学生的父母我称之为尊贵客户。你知道我在说什么吗？他们立刻支付现金，而且偶尔多收半个基尼也不会介意。你不能体罚这列名单里的学生，绝对不行。这一列名单是普通客户，他们的父母迟早会还钱的，但你得日夜追讨才能把钱要到手。如果这群学生太调皮的话你可以体罚她们，但不能留下痕迹被她们的父母看见。如果你听我的建议，对付这帮孩子最好的方式就是揪她们的耳朵。你试过揪耳朵吗？"

"没有。"多萝西回答。

"我觉得这是最好的体罚方式，不会留下痕迹，而且那帮学生最怕这个。这三个学生的父母是下等客户，已经拖欠了两学期的学费了。我准备给他们寄律师信。你怎么对这几个学生都行——当然不能闹到上警察局的地步。现在，我带你进教室，你可以开始带这帮学生了。你最好带上那本册子，有时间就看一看，不要犯错。"

她们走进教室。里面很宽敞，墙壁上贴着灰色的墙纸，光线很昏暗，因为窗户外面堵着一丛浓密的月桂树，阳光无法直射进来。一张讲桌摆在空荡荡的壁炉旁边，教室里有十几张小双人桌和一面轻便黑板，壁炉架上挂着一口像个小小的陵墓的黑色时钟。教室里没有地图或图片，多萝西放眼望去，甚至连一本书也没有。房间里唯一称得上是装饰品的东西是钉在墙上的两张黑纸，上面用粉笔写了漂亮的铜版印刷字体。一张上面写着"话语是银，沉默是金"；另一张写着"守时是贵族的风范"。

总共二十一个女学生已经坐在课桌旁。听到脚步声接近时她们就安静了下来。克里维太太走进教室时，她们似乎畏缩成一团，就像松鸡的鸡雏看到老鹰在天上飞一样。大部分学生看上去笨头笨脑的，脸色很糟糕，扁桃腺肿大在她们当中似乎很普遍。她们当中年纪最大的可能十五岁，最小的几乎还是幼儿。学校没有提供校服，有一两个孩子穿的衣服破破烂烂的。

"起来，孩子们。"克里维太太走到讲台处，"我们首先进行晨祷。"

女学生们站了起来，双手合十，闭上双眼，由克里维太太领读，一起低声朗诵祷文。克里维太太凌厉的眼神观察着她们是否在用心祈祷。

"万能不朽的天父，"她们念叨着，"我们祈求您以神圣的指引让我们完成今天的学业。让我们以宁静而恭顺的态度约束自己的行为。望您垂顾我们学校，促使其走向繁荣，招生人数增加，成为社区的模范学校，不至于像您所知道的某些学校那样蒙羞。噢，主啊，我们向您恳求，噢，主啊，让我们成为勤奋、守时、贤淑的人，在方方面面追随您的脚步，奉我们的主耶稣基督之名，阿门。"

这段祷文是克里维太太自己写的。祈祷结束后，那帮女生又背诵了一遍主祷文，然后坐了下来。

"好了，各位同学，"克里维太太宣布，"这位是你们的新老师米尔巴罗小姐。你们知道，斯特朗小姐因为在算术课上出了严重状况，突然离开了我们。我可以对你们说，我苦苦找了一个星期，就是为了招聘一位新的老师。我收到了七十三封求职信，最后敲定了米尔巴罗小姐。别人我通通拒绝了，因为她们不够资格。请记住这一点并告诉你们的父母，所有人都要这么做——七十三个人来应聘！好了，米尔巴罗小姐将教你们拉丁语、法语、历史、地理、算术、英语文法、作文、拼写、法语、书写和素描。布什先生会继续在周四下午教你们化学。今天早上你们第一节是什么课？"

"是历史课，夫人。"一两个声音低声回答。

"很好。我想米尔巴罗小姐会问你们一些问题，考考你们正在学习的历史知识。你们要好好表现，让她知道你们这么辛苦学习可不是白学的。米尔巴罗小姐，你会知道她们努力起来还是蛮不错的。"

"我想确实如此。"多萝西应了一句。

"好了，我先走了。好好表现一番，孩子们！对米尔巴罗小姐可不能像对布鲁尔小姐那样没礼貌。我警告你们，她可不吃这一套。如果我听到这个房间吵吵闹闹的话，某些人可就会有麻烦了。"

她的眼睛扫了一圈，连多萝西也在被警告之列——事实上，她也可能是"某些人"中的一员，然后克里维太太离开了。

多萝西看着整个班级。她不怕她们——她已习惯了应付孩子，根本不怕她们——但在那一瞬间她觉得心里很疑惑。那种当一个冒牌老师的感觉（有哪个教师不会时不时有这种感觉呢）重重地压在心头。她突然间想到——其实之前她已经想过这个问题了——她是招摇撞骗才谋划这份教书工作的，她根本没有当教师的资格。她现在要教的科目是历史，和大部分"受过教育"的人一样，她对历史几乎一无所知。她想，要是这帮女生懂的历史比我多，那可就太丢脸了！她试探性地问道：

"斯特朗小姐以前在教哪一段时期的历史啊？"

没有人回答。多萝西看到几个大一点儿的女孩在交换眼色，似乎在互相询问发言是否安全，最后决定还是不要主动回答。

"呐，你们学到哪儿了？"多萝西又问了一句，或许"哪一段时期"这种说法她们无法理解。

学生们还是没有回答。

"你们肯定记得一些关于历史的内容，是吧？告诉我，你们上节历史课学了哪些人，他们叫什么？"

那些女生又交换了眼色，一个长相普通的小不点儿女孩坐在前排，身穿棕色套头外衣和裙子，头发编成了两条结实的辫子，茫然地回答："我们学了古代英国名人。"听到她这么说，另外两个女生鼓起勇气，同时回答了问题。一个说："哥伦布。"另一个说："拿破仑。"

多萝西似乎更加了解情况了。显然，这些女生并不像她所担心的那么知识渊博，相反，她们似乎对历史一无所知。得知这一点后，多萝西的怯场情绪消失了。她决定在开始教课之前先摸摸这帮孩子的底。因此，她没有按照课程表的规定进行，接下来的上午她逐门课逐门课向全班提问。等她问完历史（她只花了五分钟就探明了她们的底），她又问了地理、英语文法、法语和算术——事实上，她问了这些女生应该已经掌握的所有知识。到了十二点钟，她虽然并没有真正地考核过，但她大体上知道这帮学生的无知到了骇人听闻的程度。

她们根本什么都不懂——彻彻底底的一无所知，就像鞑靼人一样。虽然她们都是孩子，但无知到这种程度也着实吓人。班上只有两个女孩知道到底是地球绕着太阳转，还是太阳绕着地球转。但没有一个女生能告诉多萝西英王乔治五世的上一任国王是谁，不知道《哈姆雷特》的作者是谁，也不知道数学里的分数是什么意思，更不知道你到美洲去要渡过哪个大洋，是大西洋还是太平洋。那几个十五岁的大女孩比八岁的小女孩好不到哪里去，不过她们起码能流利地朗读，写得一手漂亮的铜版印刷字体。她们就只会这个——她们的字体很娟秀。克里维太太特别关心她们的书写。当然，在她们茫然无知的脑海里有着零碎的、没有联系的知识片段，比方说：几句突兀的诗文，那是她们从默记下来的"诗篇"中采撷出来的；还有几句欧伦多夫式①的法语句子，例如"请把黄油递给我"和"那个园丁的儿子的帽子丢了"，都是鹦鹉学舌那样死记硬背的。至于她们的算术，情况要比其他科目好一点。大部分学生能进行加减运算，大约有一半的学生对乘法有一点儿概念，有三四个学生还懂一点儿长除法。而这就是她们所学的全部知识了，再问下去她们一概茫然不知。

更糟糕的是，她们不仅知识贫乏，而且不习惯别人对她们提问题，要她们回答问题是非常困难的事情。显然，她们所学习到的一切知识都是拜机械填鸭所赐，要她们自己动脑思考时，她们只会茫然地瞠目结舌。不过，她们倒没有显得不情愿上课，显然，她们决心要当"乖学生"——在新老师面前孩子们总是"很乖"。在多萝西的一再坚持下，这帮学生变得，或者说似乎变得没那么傻乎乎的。从她们给出的答案中，她开始清楚地了解到在克里维太太管治下是怎样一番情况。

显然，虽然理论上她们要学习学校的所有常规科目，但她们一直认认真真在学的两门课就是书写课和算术课。克里维太太对书写课特别上心。她们还花了许多时间——每天一两个小时——进行格外沉闷无聊的名为"抄写课"的常规课程。"抄写课"就是抄课本里或黑板上的范文。比方说，斯特朗小姐会板书一段富于教育意义的"散文"（有一篇散文名为《春

---

① 海恩里希·古特弗里德·欧伦多夫（Heinrich Gottfried Ollendorff, 1803—1865），德国语言学家和语言教育家，推崇以模仿的方式学习外语。

天》，那几个大一些的女孩的抄写本里都有，开头是这么写的："现在，当少女般的四月在大地上欢快地奔跑，当小鸟在枝头上快乐地歌唱，当绚丽的花朵从花蕾里绽放，"等等等等），女生们就将文章工工整整地誊在抄写本里，而她们的父母不时会看到那些抄写本，当然觉得非常满意。多萝西开始明白，这帮学生们所学习的课程完全是做给父母们看的。因此，"抄写课"、坚持练字和鹦鹉学舌地背诵现成的法语句子都是简易廉价，却又能让父母满意的教学方式。那些班上最差的学生几乎不会读写，其中一个学生——她叫玛维丝·威廉姆斯，今年十一岁，长得很寒碜，两只眼睛长得太开——甚至不会数数。这孩子上学期和前半学期似乎除了写点潦草的字帖之外什么也没学到。她写了一叠字迹潦草的本子——一页接一页龙飞凤舞的字迹，笔势蜿蜒盘结，就像热带湿地红树林的树根。

多萝西尽量不打击这帮孩子的自尊，告诉她们其实她们很笨，但心里觉得惊诧莫名。她不知道在文明社会里居然还有这种滥竽充数的学校。这个地方的气氛是如此陈旧过时——让你想起了维多利亚时代的小说里所描写的那些沉闷的私校。课室里有几本教科书，翻了几页你会以为自己回到了十九世纪中期。每个学生只有三本课本，一本是一先令的算术课本，是世界大战前编撰的，但还挺好用的；还有一本是顶糟糕的小册子，名为《英国百页简史》——小小的十二开本，粗糙的棕色封面，扉画上面画着英国的米字旗披在博阿迪西亚女王①的马车前辕上。多萝西随意翻到这本书的第九十一页，里面这般写道：

---

① 博阿迪西亚女王（Boadicea，？—61年），英国艾西奈部落（the Iceni）的女王，曾率领部落反抗殖民英国的古罗马帝国，起义以失败告终，传闻博阿迪西亚女王服毒自杀。

法国大革命结束后，自封为皇帝的拿破仑·波拿巴妄图称霸世界，但尽管他在迎战欧洲大陆的军队时赢得了几场胜利，很快他就发现他根本无法冲破"细细的红线"①。在滑铁卢战场上，决定性的战役打响了，50 000名英国士兵打得70 000名法国士兵望风而逃——而我们的盟军普鲁士军队抵达战场时已经错过了战斗。在嘹亮的英国冲锋军号中，我们的将士冲下山坡，敌人溃不成军，仓皇逃走。现在我们来说说1832年伟大的改革法案②，开改革之先河，赋予英国人自由与权利，使得我们凌驾于其他欠发达国家之上。（等等等等）

这本书出版于1888年，多萝西以前从未读过这么一本历史书，怀着接近恐惧的感觉细细地阅读着。还有一本1863年出版的小开本读物，里面大部分内容是费尼莫尔·库珀③、瓦特兹博士④和丁尼生爵士的节选⑤，在结尾部分还有一段内容千奇百怪的"自然知识"，印着木版雕刻插图，里面有一幅大

---

① 细细的红线，指1854年克里米亚战争苏格兰高地兵团（着红色军服）在巴拉克拉伐战役（the Battle of Balaclava）中的一次战斗。在此次战斗中，高地兵团的士兵排成二行横队的狭长阵线，抵御俄国骑兵的冲击，没有临阵逃脱，而阵线也未被打乱，迫使俄国骑兵退走。"细细的红线"成为一则军事典故，颂扬英军士兵沉着坚韧的意志品质。
② 改革法案（Reform Bill 1832），英国在1832年通过的扩大下议院选民基础和平衡地方势力的政治改革法案。
③ 费尼莫尔·库珀（Fenimore Cooper，1789—1851），美国作家，作品多描写美国西进运动和印第安民族，代表作有《最后一个莫西干人》、《屠鹿人》等。
④ 瓦特兹博士，应指伊萨克·瓦特兹（Isaac Watts，1674—1748），英国神学家与逻辑学家，著有700多首赞美诗，被称为"赞美诗之父"。
⑤ 丁尼生爵士，阿尔弗雷德·丁尼生（Alfred Tennyson，1809—1892），维多利亚时代英国桂冠诗人，代表作有《抒情诗集》、《轻骑兵进击》等。

象的木刻画，下面有几行小字："大象是聪明的动物，生性喜欢在棕榈树下乘凉，虽然力气抵得上六匹马加在一起，却愿意让一个小孩子牵着走。它以香蕉为食。"接下来还有鲸鱼、斑马、豪猪和斑点驼豹。教师的讲台上有一本《漂亮的乔》[①]、一本被丢弃的书，名叫《遥眺远土》和一本 1891 年出版的法语短语手册，名叫《巴黎之旅不求人》，里面的第一句是："绑上我的胸衣，但别太紧哦。"整个教室里没有一套地图册或一套几何尺规。

十一点的时候有十分钟的课间休息，几个女孩玩无聊的圈圈叉叉游戏，或为了笔盒而吵架。几个女生克服了羞涩，围在多萝西的桌前和她聊天。她们告诉了她更多关于斯特朗小姐的事情和她的教学方式，当她们弄脏了抄写本的时候她是怎么拧她们的耳朵。斯特朗小姐似乎是个很严厉的老师，而她"卧床不起"的时候除外，这种事情每星期发生两回。当她卧床不起时，她总是会从一个棕色的小瓶子里喝药，喝完药后她就会变得很开心，告诉她们关于她在加拿大的弟弟的情况。但在她的最后一天——就是那节她出了乱子的算术课——那些药似乎对她造成了比以往更糟糕的影响，因为她刚喝了那些药就立刻倒在一张桌子上，克里维太太不得不把她抬出了教室。

课间休息后又接着上四十五分钟的课，然后上午的课就结束了。在冰冷而不通风的课室里待了三个小时后，多萝西觉得全身又僵又累，很想到外面呼吸一下新鲜空气，但克里维太太一早就告诉过她要去帮忙做午饭。那些家离学校近的学生回家

---

① 《漂亮的乔》（Beautiful Joe），一本出版于 1893 年的畅销动物小说，作者是玛格丽特·马歇尔·桑德斯（Margaret Marshall Saunders，1861—1947）。

吃午饭，但有七个在"起居室"里吃饭，每次交十便士。这顿饭吃得很不舒服，几乎没有人说话，因为那几个女生在克里维太太的监视下根本不敢交谈。午饭吃的是羊颈肉，克里维太太动作非常敏捷地将那些精肉分给了"尊贵客户"，肥肉分给了"普通客户"。至于那些"下等客户"，她们在教室里吃见不得人的纸包里带来的午饭。

两点钟的时候又开始上课。虽然只是教了一个早上，多萝西已经怀着秘密的畏缩和恐惧，回到自己的岗位上。她知道今后自己的生活会是什么样：日复一日，周复一周，她都得待在这间不见天日的教室里，给这帮不肯学习的女生灌输最基本的知识。但当她把那帮女生集合起来点名时，其中一个女生——一个名叫劳拉·弗丝、长着鼠色头发、形容憔悴的小女孩走到她的讲台前，递给她一束可怜巴巴、黄不拉叽的菊花。"这是我们大家送给你的。"这群女生很喜欢多萝西，一起凑了四便士买了这束花送给她。

这束丑陋的花打动了多萝西的心。她看着这些脸色苍白衣衫褴褛的孩子，觉得比刚才看得更加清晰，突然间心里觉得十分惭愧，因为她想到自己早上对这帮学生的态度一直很冷漠，甚至还很不喜欢她们。现在，一股深切的怜爱之情涌上心头。这些可怜的孩子，这些可怜的孩子！她们一直在忍受虐待和干涉！但她们仍然保留着童真，用仅有的几便士给老师买了一束花。

从那一刻开始她对这份工作完全改观了。她的心里涌起了忠诚和热爱。这是她的学校，她要为之奋斗，为之自豪，尽自己的一切心力将它从一个奴役的地方变成一个人性化的、体面的地方。或许她能做的事情微不足道。她没有教学经验，而且不适合干这份工作，因此她得先充实自己，然后才能去教育别人。但她会尽自己的最大努力。她愿意全心全意地做好这份工作。这群孩子的生活一直暗无天日，她要把她们拯救出来。

三

接下来的几个星期，多萝西一直在忙两件事，别的事情都顾不上了。第一件事是把班级组织好；第二件事是和克里维太太达成妥协。

第二件事比第一件事难多了。克里维太太的房子是一个人所能想象的居住条件最差的地方。里面总是非常阴冷，上上下下找不到一张舒服点的椅子，而且食物难以下咽。教书比看起来难多了，而老师需要吃点好吃的才能坚持工作。吃的是寡然无味的炖羊肉、满是黑色小孔的白煮土豆、像水一样稀的米布丁、面包涂上薄薄的人造黄油和清淡的茶，实在是太让人倒胃口了。而且就算是这些东西，分量还总是不够吃。克里维太太吝啬得连自己的伙食也要克扣，而且乐此不疲。她和多萝西吃的东西一样，但分量要多得多。每天早上那两个煎蛋总是要切碎，分成一大一小两份，而那碟橘子酱永远神圣不可侵犯。随着学期一天天过去，多萝西越来越饿。每个星期有两天晚上她偷偷溜出去，用日渐干瘪的钱包里的钱买点巧克力片充饥，而且还得偷偷摸摸的——因为克里维太太虽说是故意不让多萝西吃上饱饭，但如果她知道多萝西自己买东西吃，会觉得这是对她的大不敬之举。

多萝西最烦恼的是她几乎没有隐私，而且没有属于自己支配的时间。每天一放学，她唯一的去处就是那间"起居室"，克里维太太总是监视着她，认定绝不能让多萝西单独待上十分钟。她觉得多萝西是个懒女人，需要不停地督促她做事。她总是说："好嘛，米尔巴罗小姐，今晚你似乎没有事情做，是吧？那不是有几本练习册要批阅吗？要不，你可以拿起针线做点缝缝补补的活儿啊。要是我是你，我可受不了无所事事地坐着。"她总是能找出家务活儿让多萝西做，甚至在星期六上午让她擦教室的地板，那天早上女学生们不用上学。她这么做纯粹是不让多萝西好过，因为她信不过多萝西能把事情做好，总是亲手再做一遍。有一天晚上，多萝西莽撞地从公共图书馆带了本小说回来。克里维太太一看到这本书就火了，恶狠狠地说道："好嘛，真是的，米尔巴罗小姐！我可没想到你还有时间读书哪！"她自己一辈子从未读过一本书，并为此自豪。

　　而且，就算多萝西不在她眼皮底下，克里维太太也有办法让她感觉到自己的存在。她总是蹑手蹑脚地躲在教室旁边，多萝西觉得她随时都可能会闯进来。当克里维太太觉得太吵时，她会突然间拿着扫帚把敲墙壁，把孩子们吓一跳，无心学习下去。一天到晚她总是吵吵闹闹地不肯消停一刻，不是在做饭，就是拿着扫帚和簸箕到处转悠，要不就是和女杂工吵架，要不就是咚咚咚地直奔教室而来，想"四下里瞧一瞧"，希望逮到多萝西或孩子们行为不轨，要不就是"做点园艺工作"——拿着一把大剪刀在后院把荒弃的沙砾地上那几丛病恹恹的灌木剪来剪去。一星期只有两天晚上多萝西可以摆脱她——克里维太太去外面交际，照她的话说，是去"跟进女生"，就是去游说那些有希望报名的父母。这两天晚上多萝西总是去公共图书馆，因为当克里维太太不在家的时候她希望多萝西也到外面去，以节省柴火和煤油。其他晚上克里维太太忙着写信给父母，或写信给本地报纸的编辑，为了十来份广告讨价还价，或检查女生们的书桌，看看她们的练习册有没有批阅，或做点"针线活儿"。只要闲下来五分钟的时间，她就会拿出针线盒，做点"针线活儿"——基本上就是缝补她那不计其数的白色亚麻粗布做成的灯笼裤。那些裤子是一个人所能想象的最冷冰冰的服饰，穿上这样的裤子，比修女的头巾或苦行僧的刚毛衬衣更让人觉得她是一个冷漠可怕、三贞九烈的女人，你甚至会猜想到底有没有已故的克里维先生这么一个人。

从一个外人的角度观察克里维太太的生活方式，你或许会说她的生活毫无快乐可言。她从不进行普通人找乐子时的消遣——从不看电影，从不读书，从不吃甜食，从不做一顿特别的菜式或给自己穿上一件好衣服。社交生活对她来说是根本无足轻重。她没有朋友，或许她根本不知道友谊为何物，除了谈公事外从不和别人沟通。她没有信教的迹象，虽然每个星期天她都会去浸信会教堂礼拜，向那些父母展现她的虔诚，但她非常反对教权主义，认为那些牧师"要的无非就是你的钱"。她似乎是一只全然没有欢乐，全然沉浸在无趣的生活中的动物，但事实上并不是这样，有几件事情她总是乐此不疲。

比方说，她是个很贪财的人，金钱是她这辈子最大的乐趣。世界上有两种贪财的人——一种人勇往直前，如果可以的话，不惜将对手打垮，但从不会把两便士看在眼里；还有一种人是吝啬的守财奴，没有挣大钱的雄心壮志，但正如俗话所说的，他们愿意"用牙齿从粪堆里刨出一法新来"。克里维太太属于第二种人。通过游说忽悠和无耻吹嘘，她拉到了二十一个学生，但她无法再把学校做大，因为她太吝啬，不肯花钱购置必需的器材，而且不肯给助手支付像样的工资。那些女生，不管她们有钱没钱，每个学期要交五基尼，另外还有一些杂七杂八的收费，再加上克扣老师的薪水、指使她不停地干活，她一年的净利润大概是一百五十英镑左右，不会再多了。但她对这个很满意。对于她来说，省下六便士比挣一英镑更有意义。只要她能想出个法子克扣多萝西的晚餐一个土豆，或买练习册的时候十二本便宜半便士，或让那些"好主顾"多付谈好的价格外的半个基尼，她就会满心欢喜。

此外，她还有一个从不厌倦的爱好——纯粹是出于恶意，即使捞不到什么好处。她是那种让别人不好受心里才觉得痛快的人。她和隔壁的鲍尔格先生之间的恶斗——这是一场一边倒的战争，因为可怜的鲍尔格先生和克里维太太根本不是一个级别的对手——以一种冷酷无情、毫不手软的手段进行着。克里维太太非常热衷于斗垮鲍尔格先生，甚至不惜时不时为此花点钱。一年前鲍尔格先生给屋主写了封信（他们两人总是给房东写信，投诉对方行为不检），说克里维太太的厨房烟囱熏了他的后窗，希望她把烟囱升高两英尺。一收到房东的信，克里维太太就叫来砌砖匠把烟囱降低了两英尺。这花了她三十先令，但这笔钱花得值。经过这件事之后，两家就陷入了长期的游击战，半夜里互相扔东西到对方的花园里。最后克里维太太把一垃圾桶湿灰扔进鲍尔格先生的郁金香花床里，获得了战争的胜利。事实上，多萝西上班不久，克里维太太就获得了一场不见血的大捷。她不经意间发现鲍尔格先生的李子树的根从墙下长到了她的花园里，她立刻把一整桶除草剂浇在树根上，把这棵树活活毒死。这是多萝西唯一一次听到克里维太太开心地大笑。

不过，刚开始的时候，多萝西忙得不可开交，没有去注意克里维太太和她那下作的德性。她知道克里维太太是个不好相与的女人，而她自己的地位和一个奴隶差不了多少，但她并不觉得很担心。她的工作实在是太吸引人，太重要了。与之相比，她自己过的舒不舒服，甚至她自己的未来，似乎都不重要。

过了几天，她就让自己的班级步入正轨。真是奇怪，虽然她没有教书的经验，也没有学过教育的理论，但从第一天开始她就发现自己似乎是出于本能地在进行调整、规划和创新的工作。有许多事情迫切地等着完成。首先她要做的，就是废除"抄写课"这门可怕的课程。多萝西开始授课的第二天，班上就不再进行"抄写"练习，虽然克里维太太并不是很同意。书写课也被削减了。多萝西原本想让那帮大一些的女孩彻底放弃书写课——她觉得十五岁大的女孩浪费时间练习那些铜版字体实在是很荒唐——但克里维太太不愿听。她似乎非常迷信书写课的价值。第二件事，当然是把那本讨厌的《英国百页简史》和荒谬可笑的"读物"扔到一边，要让克里维太太给那些孩子买几本新书这件事最好连提都不要提。第一个星期六下午多萝西央求克里维太太让她去伦敦，克里维太太勉强同意了。她只有微薄的四英镑十先令，花了两英镑三先令买了十几本廉价的二手莎士比亚作品教材、一张二手的大地图册、几本读给小孩子听的《安徒生童话》、一套几何制图工具和两英磅的橡皮泥。有了这些教材，还有那些从公共图书馆借的历史书，她觉得可以开始教学了。

她立刻察觉到这些孩子最需要的是个体的关怀，而她们却从未得到过，于是她把她们分成三个班，在教一个班的时候安排点事情给另外两个班做。刚开始的时候很难，尤其是那些小女孩，只要她们一没人管就会马上走神，因此你绝对不能让自己的眼睛离开她们。但多么不可思议，刚过几个星期，几乎所有学生都获得了进步！她们其实并不笨，只是被沉闷刻板的长篇大论搞得头脑迷糊了。大约有一个星期的时间，她们就像朽木不可雕的差生，但突然间，她们那死板的小脑袋瓜似乎开窍了，就像原本被压在园囿碾压机下的小雏菊，一没有遭受重压就绽放开来。

多萝西很轻松地就让她们养成自主思考的习惯。她让她们自己动脑筋构思散文，而不是抄写那些什么"鸟儿在枝头歌唱，花蕾绽放出花朵"之类的陈词滥调。她从基础知识开始巩固她们的算术，教那些小女孩乘法，引导那些大一点儿的女孩从长除法学会分数，甚至让其中三个人开始掌握小数。她没有教她们那些"请把黄油递给我"和"那个园丁的儿子的帽子丢了"，而是教她们法语语法的基础。她发现班里没有一个女生对世界上任何一个国家有所了解（虽然有几个知道基多是厄瓜多尔的首都），她让她们用橡皮泥模仿地图册等比例做一幅大的欧洲地图，放在一块三合板上。孩子们特别喜欢这个作业，她们总是嚷嚷着要制作地图。除了六个最小的女孩和那个写字龙飞凤舞的玛维丝·威廉姆斯之外，她让全班开始学习并朗读《麦克白》。这些孩子里以前没有一个自愿读过除了《女生报》之外的书，但她们很喜欢读莎士比亚，所有的孩子都喜欢莎士比亚，只要你不让她们做什么句法分析和文本分析。

历史是最难教的科目。多萝西直到现在才意识到那些孩子都来自穷苦家庭，对历史根本没有什么概念。每一个上层社会的人，无论多么没有见识，都对历史有一定的认识。他可以想象出古罗马的百夫长、中世纪的骑士或十八世纪的贵族。远古时期、中世纪、文艺复兴时期、工业革命等词汇都能在他的脑袋里唤醒意义，即使概念很模糊。但这些孩子家里都没有书，而且她们的父母要是听到过去影响着现在这样的话只会哈哈大笑一通。她们从未听过罗宾汉，从未扮演过骑兵和清教徒的戏剧，从未思考过是谁创建了英国国教或一便士硬币上"护教者"①这个头衔代表的意义。她们只知道两个历史人物，分别是哥伦布和拿破仑。天知道为什么会这样——或许哥伦布和拿破仑上报纸的次数比其他历史人物多一些。他们俩在这帮孩子们的心目中似乎特别高大，就像难分轩轾的难兄难弟，直到最后他们的身影彻底封住了历史的图景。如果你问她们汽车是什么时候发明的，一个十岁的女孩会瞎猜回答道："是一千年前哥伦布发明的。"

多萝西发现有几个大一点的女孩通读了《英国百页简史》足有四遍之多，从博阿迪西亚女王到第一次大赦年，然后几乎把每一个字都忘记了。这倒问题不大，因为这本书的大部分内容都是谎言。她让全班从头开始学儒略·恺撒的征服。刚开始时，她试着从公共图书馆里借书出来朗读给孩子们听，但这方法没有效果，因为只要内容稍微难上一点她们就听不懂了。于是她尽量用自己的语言和自己那点浅薄的知识对其进行总结，并朗读传授给孩子们，希望让她们那愚笨的小脑袋瓜对历史能有一点概念，而更困难的事情是让她们对历史产生些许兴趣。不过，有一天她想出了一个好法子。她在一家家具店买了一卷

---

① "护教者"（Fid. Def.）是英国国王的名号之一，于1521年由教皇列奥十世（Pope Leo X）册封英王亨利八世（Henry VIII），作为对他抵制路德新教改革和支持教皇至高权力的褒奖。1530年亨利与罗马教廷决裂，自封为英国国教的最高领袖，"护教者"这一名号被罗马教廷褫夺，1533年，英国议会通过决议，册封亨利八世及其继任者英国国教"护教者"这一名号，此后除信奉天主教的玛丽一世（Mary I）外，历任英国君主都有"护教者"这一名号。

便宜的素色墙纸，安排那帮女孩制作历史图表。她们在墙纸上标出世纪和年份，然后贴上从画报上剪下来的剪报——穿着盔甲的骑士、西班牙大帆船、印刷机、火车——把它们贴在合适的位置。那张图表钉在教室的墙上，随着剪报数目的增加，展现出了英国历史的全景。孩子们喜欢这张图表甚于那张地图。多萝西发现她们在制作东西而不是在学东西的时候显得更加聪明。她们甚至说要做一张四英尺乘四英尺的纸板世界地图册，要是多萝西能"搞定"克里维太太，让她同意准备一些混凝纸浆的话——这过程很麻烦，需要好几桶水。

克里维太太对多萝西的创新非常嫉妒，但一开始她没有进行干预。她当然不会表现出来，但能找到这么一个愿意干活的助手，心里觉得很惊讶，又很开心。她看到多萝西自己掏钱给孩子们买教科书时那种舒心的感觉就好像她成功地把人给忽悠了。但她对多萝西所做的一切都嗤之以鼻抱怨连天，而且她花了大量时间，一意要对那些女生的练习册进行她称之为"全面批阅"的工作。但和学校课程里的每个事项一样，她那套修改是做给父母们看的。那些孩子时不时会带练习册回家给父母检查，克里维太太绝不允许任何批评她们的话写在里面，不能有"差"这个评语，不能打叉叉，也不能有太密的下划线。反之，每天晚上，多萝西在克里维太太的监督下，往练习册里写进一些尽是赞扬语气的红色评语。"表现优异"和"棒极了！你的进步非常明显。继续保持！"这两句是克里维太太最喜欢写的话。显然，学校的孩子们都有着"非常明显的进步"，至于是朝哪个方向在进步则没有写明，但那些家长似乎对这些话照单全收。

当然，有时多萝西应付这帮女生感觉很吃力。她们年龄各异，这一点让教学工作特别困难。虽然她们喜欢她，刚开始的时候对她很好，但要是她们能一直都这么乖的话，就不是孩子了。有时候她们很懒惰，有时候她们会向女生最可耻的缺点屈服——唧唧喳喳地说话。刚开始那几天多萝西为小玛维丝·威廉姆斯操碎了心。她比任何一个人心目中十一岁的孩子都要笨，多萝西根本拿她没办法。她想尝试让她不要再龙飞凤舞地写字，这时她那双分得很开的眼睛就会流露出几乎不像是人类所拥有的茫然神情。但是，有时候她很健谈，问一些千奇百怪而且无法回答的问题。比方说，她会打开她那本"读物"，找到一幅图画——或许是聪明的大象——然后问多萝西：

"老师，请问那是森麼？"（她的口音很搞笑。）

"那是一头大象，玛维丝。"

"森麼是大象？"

"大象是一种野生动物。"

"森麼是动物？"

"嗯——狗就是一种动物。"

"森麼是狗？"

这个问题会一直不停地问下去。到了第四天上午的中段，玛维丝举起手，礼貌而带着狡黠地问道：

"老师，我能出去吗？"

多萝西一时大意，回答道："去吧。"

一个大一些的女孩举起手，脸一红，然后放下了手，羞涩地不肯说话。在多萝西的追问之下，她羞怯地回答道：

"报告老师，斯特朗小姐不会让玛维丝单独去洗手间。她会把自己锁在里面，不肯出来，然后克里维太太就会非常生气，老师。"

多萝西派人去叫玛维丝，但为时已晚，玛维丝一直待在厕所里，直到十二点钟。事后，克里维太太私底下对多萝西解释说，玛维丝天生是个白痴——按照她的话说，"脑子有点毛病"。她根本学不会任何东西。当然，这番话克里维太太没有"透露"给玛维丝的父母听，他们都以为自己的孩子只是"智力有点迟钝"，定期缴纳学费。玛维丝很好应付，你只要给她一本书和一支铅笔，让她安静画画就可以了。但玛维丝是一个受习惯驱使的孩子，什么都不画，就是在那里涂鸦——连续好几个小时安安静静的，显得很高兴的样子，吐着舌头画个不停。

不过，尽管遇到了种种小困难，头几个星期一切都进行得多么顺利！事实上，顺利得让人心里不踏实！到了十一月十日，经过对煤炭价格的多番争执后，克里维太太终于同意在教室里生火。房间里一暖和，孩子们似乎也变得聪明起来。有时教书是快乐的，壁炉里的火噼啪作响，克里维太太不在学校里，孩子们安静而入神地学习着一门她们喜欢的课程。最棒的时候是两个年纪最大的班在朗读《麦克白》，上气不接下气地读着不同的场景，多萝西调教她们，让她们字正腔圆地朗读，告诉她们谁是女战神贝娄娜的新郎，巫婆们是怎么骑着扫帚的。那帮女生迫切地想知道勃南森林是如何来到邓西嫩，而麦克白是如何被一个不是女人生的男人给杀了的，仿佛这是一则侦探故事。那是让人感到教书有价值的时刻——孩子们热情飞扬，就像一团熊熊燃烧的烈火，回应着你自己心中的一团火，突然间，一道智慧的光芒让你之前辛勤的付出得到了回报。如果你能自由发挥，再没有别的工作能比教书更令人着迷了。多萝西还不知道，这个"如果"是世界上最难实现的"如果"

之一。

这份工作很适合她,而且她乐在其中。到了这个时候,她已然了解了孩子们的心思,知道了她们各自的特性和如何进行个别激励让她们动脑筋学习。比起不久前,她更加喜欢她们,为她们的进步而操心,更加迫切地想尽量对她们好,这是以前她根本想象不到的。这份纷繁杂乱、永无休止的教师工作就像以前在家里时的教区工作一样占据了她的生命。她连做梦都在想着教书,她从公共图书馆里借了书研究教育理论,她觉得自己愿意一辈子教书,即使一周只挣十先令、一直维持现在的生活也愿意,只要能像现在这样一直教下去就行。她觉得这就是她的天职。

经历过穷困潦倒、完全无所事事的日子之后,几乎任何能让她全身心忙碌的工作对她来说都是一种安慰。但这不只是一份工作;在她看来,这是一项使命和人生的目的。她要尝试着唤醒这些孩子愚钝的心智,尝试着消除之前以教育为名义对她们的戕害——这应该就是她值得为之奉献心力的事情吧?因此,她一心扑在教学工作上,顾不上去理会克里维太太家恶劣的生活条件,忘记了她异常的处境和前途渺茫的未来。

四

但是,这种情况当然没能继续下去。

没过几个星期,学生的父母们就开始干涉多萝西的教学工作。家长们惹麻烦——这是私人学校不可避免的家常便饭。在一个老师眼里,所有的家长都是那么烦人,而一座四流私立学校的学生家长们更是叫人无法忍受。一方面,他们对教育根本没有多少了解;另一方面,他们看待"学费"就像看待肉铺或杂货铺的账单一样，总是怀疑自己被坑了。他们总是会给老师写字条，提出种种无理的要求，这些要求都是让孩子捎着带去学校，路上就被读过了。半个月刚过，班上学习最好的学生之一梅宝·布里格斯给多萝西带来了一张字条：

> 尊敬的老师——您能给梅宝多布置一点算术作业吗？我觉得您给她布置的作业都不际实切^①，净是些地图啊什么的。她要学的是实切的东西，不是那些虚头巴脑的东西。所以，请您多布置点算术题。
> 此致
> 吉奥·布里格斯
> 附言：梅宝说您要开始教她叫什么小数的东西，我不希望她学什么小数，我只希望她能学点算术。

于是，多萝西不再教梅宝地理，而给她布置了额外的算术作业，梅宝哭哭啼啼的。父母们的字条纷至沓来。一位母亲听到自己的女儿在学习朗读莎士比亚作品时，在信里写道，她听说这位莎士比亚先生是一位写舞台剧的作家，米尔巴罗小姐是否确定他不是一个道德败坏的作家？她自己本人这辈子还没去过电影院，更别说剧院了，她觉得就算只是阅读戏剧的剧本也是一件非常危险的举动，等等等等。不过，当她知道莎士比亚已经死了的时候，她就不再作要求，似乎安心了。另一位父母希望他的女儿能多练点书写，另一个父亲认为学法语纯粹是浪费时间。如此这般那般，直到多萝西精心安排的功课表几乎完

---

① 原文是 practical（"实际"）的不正确的拼写形式 practacle。

214

全作废。克里维太太明确要求多萝西，无论家长提出什么要求，都必须满足，至少得敷衍一下。而很多情况是根本不可能做到的事情，因为这会让一切都乱了套，比如说，让一个孩子学习算术，而让全班的学生学习历史或地理。但在私立学校，家长的要求就是金科玉律。私立学校就像商店一样，得取悦上门的顾客，如果家长要孩子学翻绳儿和楔形字母，当老师的也得遵从他们的要求，不能失去一个学生。

听到孩子们回家讲述多萝西的教学方式，家长们都感到心神不宁。他们不明白像做橡皮泥地图还有阅读诗歌这样的时髦点子有什么意义，而旧的那套机械化的教学方式，虽然多萝西觉得很可怕，他们却觉得很有道理。他们变得越来越心神不宁，他们的信里充斥着"实用"这两个字，意思是多布置点书写课和算术课。他们对于算术课的概念就停留在加减乘这三者和练习题，而长除法则被认为没有什么真正的价值。他们当中没有几个人自己能算得出有小数的题目，觉得自己的孩子算不出来也没什么大不了的。

然后，如果事情就只是这样，或许还不会有太大的麻烦。这些家长或许会老是烦着多萝西，所有的家长都是这样，但多萝西迟早将学会——所有的老师迟早都将学会——变得圆滑老练，能够对这些家长置之不理又安然无事。但有一件事情是一定会引发麻烦的，那就是：除了三个孩子以外，所有孩子的父母都是非英国国教信徒，而多萝西却是英国国教信徒。确实，多萝西已经失去了信仰——事实上，过去两个月来，历经风霜严逼和颠沛流离，她几乎不会去思考她的信仰或失去信仰这个问题。但这根本无济于事——罗马天主教、英国国教、新教徒、犹太教徒、土耳其人或无神论者，你仍然保持着你耳濡目染的思考习惯。多萝西在教区里出生长大，对非英国国教信徒的思想根本一无所知。虽然她本意良善，但她还是做出一些事情冒犯了某些家长。

几乎从一开始，他们在《圣经》课上就起了冲突——每周两次，学生们要朗读《圣经》中的经文，有时读《新约》，有时读《旧约》。几位父母写信要求米尔巴罗不要回答学生们提出的关于童贞女玛丽的问题。关于童贞女玛丽的经文要默不作声就跳过去，要是可以的话，完全不要去提。但伟大的作家莎士比亚的篇章挑起了事端。那些女生们一直在阅读《麦克白》，很想知道那些女巫的预言将如何实现。她们读到了结尾的篇章，勃南森林已经来到了邓西嫩①——这个谜题有了答案。可那个不是女人生的男人到底是怎么回事？她们读到了那一要命的段落：

　　麦克白：你不过白费了气力；你要使我流血，正像用你锐利的剑锋在空气上划一道痕迹一样困难。让你的刀刃降落在别人的头上吧，我的生命是有魔法保护的，没有一个妇人所生的人可以把它伤害。

　　麦克德夫：不要再信任你的魔法了吧；让你所信奉的神告诉你：麦克德夫是没有足月就从他母亲的子宫中剖出来的。②

---

① 指《麦克白》中三个女巫给予麦克白的预言，内容是"只要勃南森林不到邓西嫩，麦克白就不会失败"。最后，马尔康命令部下以勃南森林的树枝为掩护，行军至邓西嫩，实现了预言。（译名出自朱生豪译本。）
② 本段的译文取自朱生豪的译本，略作修改："母亲的腹中"改为"母亲的子宫中"，与下文的"子宫"相呼应。

女生们看上去很迷惑不解。她们沉默了一阵，接着教室里响起了叽叽喳喳的提问声。

"老师，请问那段话是什么意思？"

多萝西作了解释，说得很犹豫不决语焉不详，心里突然觉得恐惧而忐忑——预感到这样做将会惹来麻烦——但她还是作了解释。果然，在这之后，好戏开始了。

有一半的学生回到家里就问父母"子宫"这个词什么意思。突然间骚动骤起，小道消息到处传播，十五个体面的非英国国教信徒的家庭陷入了电击般的恐慌。当天晚上那些家长一定召开了秘密会议，因为第二天的傍晚，就在放学的时候，家长代表团找上了克里维太太。多萝西听到他们三三两两地来，猜想出了什么事。她刚解散完学生们就听到克里维太太的疾呼从楼梯传下来：

"米尔巴罗小姐，上来！"

多萝西走上楼，竭力想让两个膝盖不要战栗。在萧瑟的会客厅里，克里维太太严肃地站在钢琴旁边，六个家长正像宗教审判庭的法官一样围坐在马鬃椅子上。他们当中有吉奥·布里格斯先生，就是他写信要梅宝多上点算术课——他是个看上去很精明的蔬菜贩子，而他的妻子是个干瘪的泼妇——还有一个体格庞大像头大水牛的男人，长着下垂的八字胡，而他的老婆毫无血色，身材出奇地平坦，看上去似乎被某样沉重的东西给碾平了——或许就是她的丈夫干的。多萝西不知道这对夫妇的名字。此外还有威廉姆斯太太，就是那个先天白痴的女学生的母亲，一个瘦小、黝黑、非常迟钝的女人，总是附和着上一个说话人的意见。还有波因德先生，职业是旅行推销员。他是个岁数不算太老的中年男人，脸色灰扑扑的，有一张能说会道的嘴，光秃秃的脑壳长着几绺丑得要命却精心摆弄过的湿漉漉的头发。为了对家长们的光临表示尊敬，壁炉里用三大块煤炭生起了烧得不太旺的火。

"在那边坐，米尔巴罗小姐。"克里维太太指着一张硬木椅子，那张椅子摆在家长们围成的圈子中间，像是一张悔罪席。

多萝西坐了下来。

克里维太太说道："波因德先生有话对你说，你听一听。"

波因德先生要说的话很多。显然，其他父母选择了他作为代言人，他一直说个不停，直到嘴角边泛起黄色的唾沫泡泡。最了不起的是，他说了这么多——而且充分照顾了体面——却根本没有提到那个引发麻烦的字眼。

"我想我代表了全体家长的心声，"他以轻佻的推销员的口才说道："要是米尔巴罗小姐知道这出戏剧——《麦克德夫》或别的什么名字——有诸如，嗯，我们所说的那些词语，那她根本就不应该让孩子们读那种东西。我觉得学校的课本里印那样的字眼实在是有失体面。我很肯定要是我们当中的任何人知道莎士比亚写的就是那些东西，我们在一开始就会加以干涉。我不得不说，这件事让我很惊讶。有一天早上我在《新闻纪实报》里读到一篇文章，说莎士比亚是英国文学之父。嗯，要是那就是文学的话，那我得说，我们得少上点文学课！我觉得在场的每个人都同意我的看法。另一方面，如果米尔巴罗小姐不知道那个词——嗯，我指的那个词——会出现的话，她应该在那个词出现的时候不动声色地直接跳过去。不需要对她们解释这个词，就告诉她们保持安静，不要提问——这才是教育孩子的正道。"

"但如果我不解释的话，孩子们不明白那出戏讲的是什么！"这已经是第三、第四次多萝西提出抗议了。

"她们当然不会明白！你似乎还不明白我的话，米尔巴罗小姐！我们不希望她们明白。你以为我们希望她们从书里学到肮脏的思想吗？她们从那些龌龊的电影和那些两便士女生报刊中已经接触到太多肮脏的思想了——那些下流肮脏的爱情故事，还有那些图画——嗯，我就不详细描述了。我们送孩子上学可不是让她们学习这些东西。在这件事上我代表了全体家长的心声。我们都是敬畏上帝的正经人——我们当中有的是浸信会信徒，有的是循道宗信徒，还有一两个英国国教信徒，但在这件事情上我们的立场是一致的——我们要把孩子教育成体面的人，不让她们了解任何关于性知识的内容。如果我做得到的话，所有的孩子——至少所有的女孩——都不应该了解任何关于性知识的内容，直到她们二十一岁为止。"

家长们纷纷点头，那个长得像头水牛的男人说道："是的，是的！我同意你所说的，波因德先生，是的，是的！"这番话真的说到他的心坎上了。

说完莎士比亚这件事后，波因德先生还对多萝西的新教学方法提出了一些意见，吉奥·布里格斯先生不时响应着，"就是这样！学点实际的——这就是我们想要的——学点实际的！不要那些乱七八糟的像诗歌、做地图、贴纸条什么的，让她们好好学习算术和书写课就行了，别的科目都不用上了！学点实际的！您说的对！"

这一幕持续了二十分钟。起初多萝西还想争辩，但她越过那个长得像大水牛的男人的肩膀，看到克里维太太生气地冲她摇头，意思是让她安静。家长们说完后，多萝西都快哭出来了。家长们准备离开，克里维太太拦住了他们。

"请等一会儿，女士们，先生们。"她说道，"现在你们要说的都说完了——我很高兴能让你们有机会表达意见——我想说说自己的一点看法，希望能把事情解释清楚，以免你们认为出了这么一桩丑事是我的责任。你也给我留在这儿，米尔巴罗小姐！"她补充了一句。

当着家长们的面，她转身对着多萝西进行了一番恶毒的"谈话"，足足持续了十分钟以上，全部的内容就是，多萝西瞒着她把这些下流的书带进学校，这是极其背信弃义和忘恩负义的行径，如果这种事情再度发生的话，多萝西就得带着一星期的周薪走人。她不停地强调着，什么"她是我捡回学校的"，"吃我的穿我的"，甚至还说"仰仗我的恩惠"，说了一遍又一遍。那些家长就坐在那儿看着，板着他们那一张张鲁钝的脸——谈不上是凶恶狰狞，只是在无知和狭隘的道德观影响下变得迟钝无知——你可以看出他们见到罪孽遭到斥责时心里产生了庄严的认同感和愉悦感。多萝西明白这一点，她明白克里维太太必须在家长们面前训斥她，这样他们就会觉得自己的钱花得值，觉得满意。但是，随着那一连串恶毒残忍的斥责一直说个不停，她的心里气冲冲的，恨不得站起来给克里维太太一记耳光。她一遍又一遍地想着："我无法忍受下去，我再也无法忍受下去了！我会告诉她我对她的看法，然后直接走出这间房子！"但她并没有这么做。她清楚地了解自己身处无助的境地。无论发生了什么事情，无论受了什么侮辱她都得忍气吞声，她得保住这份工作。于是，她纹丝不动地坐在那儿，被家长们围在中间，被羞辱的脸涨得通红。很快，她的愤怒转化成了凄凉之情。她意识到自己如果不竭力遏止的话就要哭出来了。但她也意识到，如果她开始哭泣，那将是最后一根稻草，家长们会要求解雇她。为了遏止眼泪，她把指甲深深地扎入手掌里，后来她发现都扎出血来了。

很快，"谈话"就演变成了克里维太太的再三保证，说这种事情以后不会再发生了，那本冒犯了家长的莎士比亚作品将立刻焚毁。那些家长现在心满意足了。多萝西得到了教训，一定会从中受益。他们对她并没有恶意，不知道她受到了羞辱。他们向克里维太太告别，然后向多萝西告别，但语气冷淡了一些，然后离开。多萝西也站起身准备离开，但克里维太太示意让她留下来。

"你先别走，"家长们离开会客厅后，她恶狠狠地说道，"我还没说完呢，还有很多话要说呢。"

多萝西坐了下来。她觉得自己两膝发软，眼泪随时都会掉下来。克里维太太将家长们从前门送了出去，端着一碗水回来了，浇灭了壁炉里的火——家长们都走了，还用得着烧上好的煤炭吗？多萝西猜想"训话"又要重新开始。不过，克里维太太的盛怒似乎已经平息了——刚才她得摆出一副义愤填膺的样子给家长们看，现在可用不着了。

"我希望和你谈一谈，米尔巴罗小姐。"她说道，"关于这所学校哪些事可以做，哪些事不能做，我们一次性干脆地谈清楚。"

"好。"多萝西回答。

"嗯，我就跟你直说了吧。你刚来这里的时候我一眼就看出你根本不懂教学，但要是你能像别的女孩子那样有点常识，我倒不会介意。我放任你折腾了一两个星期，而你搞出来的第一件事就是让家长们找上了学校。好了，我不能再纵容下去了。从现在开始，你要按照我的方式做事情，不是按照你的方式做事情，懂吗？"

"是的。"多萝西又应了一句。

"我要提醒你一句，你别以为我没了你不行。"克里维太太继续说道，"我可以找到一天只要两便士工资的老师上课，硕士学历学士学历都有。只是那些硕士和学士会酗酒，要不就是——算了，这不关事——我要说的是，你似乎不喝酒也不会去做类似的别的事情。我可以说，要是你放弃那些新奇的想法，明白什么是务实的教学方法的话，你和我可以相处得很好。所以呢，你得听我的。"

多萝西听着。克里维太太以令人拜服的条理性和玩世不恭的态度解释了她称之为"务实的教学方法"的肮脏伎俩，由于这玩世不恭完全是出于无意识，因而更加令人生厌。

"你必须清楚地认识到，"她开始说道，"学校最最重要的一件事情，就是学费。至于你说的什么'培养孩子们的思想'，这根本就是子虚乌有的事情。我要的是学费，不是'培养孩子们的思想'。说到底这只不过是常识。要不是有利可图，谁会背上这么多麻烦去经营学校，让一帮顽皮的孩子把房子搞得天翻地覆？学费是第一位的，其他任何事情都是次要的。你第一天来这里的时候我不是告诉过你了吗？"

"是的。"多萝西谦卑地承认。

"嗯，然后呢，家长们交了学费，你要考虑的就是家长。家长们要什么就做什么——这就是我们的规矩。我敢说你所安排的那些乱七八糟的什么橡皮泥和剪纸不会给孩子们造成什么伤害，但父母们不想要这些，那就没辙了。嗯，他们只想自己的孩子上两门课，那就是书写课和算术课，书写课尤为重要。那是他们能够理解其意义的课程。因此，书写课是你必须狠抓的课程。让那帮女生能带些漂漂亮亮的抄写本回家，这样父母就可以拿去向邻居炫耀，给我们做点免费宣传。我希望你每天给孩子们布置两个小时的书写课，其他一概不做。"

"每天两小时的书写课。"多萝西顺从地重复了一遍。

"是的，还要布置大量的算术题。家长们很关心算术，特别是金钱方面的加加减减。时时刻刻都要注意家长。如果你上街遇到他们，要和他们搭话，告诉他们关于他们女儿的事情。记得说他们的女儿是班上最优秀的学生，如果她能再读上三个学期她就能学得很棒。你懂我的意思吗？不能告诉他们孩子已经学到头了，要是你这么说，他们可能就不会让孩子来上学。再多上三个学期——就告诉他们这个。等你把期末报告弄好了，把它们交给我，我要好好过目一下。分数由我自己来写。"

克里维太太的眼睛迎着多萝西的眼睛。她本来或许想说她总是把分数安排得妥妥的，让每个女生都成为班上的尖子生，但她并没有这么说。多萝西一时哑口无言。外表上她服服帖帖的，脸色十分苍白，但她的内心充满了无比的愤怒和厌恶，得经过一番挣扎才能开口说话。但是，她根本没有想过顶撞克里维太太。这番"训话"摧毁了她的意志。她勉强开口说道：

"我只要教书写课和算术课——是这样吗？"

"嗯，我可没有这么说。有很多其他课程放在招生简章上会很漂亮。比方说，法语课程吧——招生简章上有了法语课就非常漂亮。但在这门课上你不能浪费太多时间。不用教给他们太多的语法、句法和动词什么的。那些东西照我看对她们意义不大。教她们说点'你说法语吗'和'把黄油递给我'什么的就够了，那些可比语法有用多了。还有拉丁语——我总是把拉丁语放在招生简章上。但我想你的拉丁语不是很好，对吗？"

"是的。"多萝西承认。

"嗯，不要紧。你不用教拉丁语。我们的家长不希望他们的孩子浪费时间学拉丁语。但他们希望看到招生简章里有这门课，看上去很有古典气息。当然，有很多科目我们其实是不教的，但我们还是会登在广告里，比方说簿记、打字、速记，还有音乐和舞蹈。招生简章有这些看上去就很漂亮。"

"算术、书写、法语——还有别的科目吗？"多萝西问道。

"嗯，当然还有历史、地理和英语文法等科目，但制作地图什么的得立刻停止——这完全是在浪费时间。教授地理最好的方式就是列出各郡的首府。要让她们像背九九乘法表那样脱口而出英国各个郡的首府。总之就是要让她们展示出学了什么东西。至于历史课，用那本《英国百页简史》就好了。我可不会让她们学你从图书馆里带过来的那些大部头历史书。前几天我翻了一下其中一本书，我看到上面一段文字说英国曾经在什么什么战役里打了败仗。怎么能教孩子们这个！家长们不会接受这种事情的，我可以告诉你！"

"文学课呢？"多萝西问道。

"当然，她们得读一些书，我不知道为什么你会瞧不起我们的那些优秀读物。就用那些读物好了。它们是旧了点，但对一帮孩子们来说够好的了。我是这么觉得的。而且我想她们应该背诵几首诗歌。有的父母喜欢听自己的孩子朗诵诗歌。'那个男孩屹立在燃烧的甲板上'——这句诗就很不错——然后还有'蒸汽船的船难'——那艘船叫什么来着?《蒸汽船金星号的船难》。背点诗歌无伤大雅,但千万不要再教什么莎士比亚了!"

那一天多萝西没有喝茶。现在已经过了茶点的时间很久了,但当克里维太太说完那一番长篇大论后,她把多萝西打发走了,绝口不提喝茶的事情。或许这是对《麦克白》事件的一点额外的惩罚。

多萝西没有申请外出,但她觉得自己没办法再在这间屋子里待下去。她戴上帽子,穿上大衣,来到外面,顺着那条昏暗的路走着,准备去公共图书馆。现在是十一月,白天天气潮湿,晚上寒风劲吹,就像一个凶兆横扫几乎光秃秃的树木,把罩着玻璃灯罩的街灯吹得明暗不定,刮起湿漉漉的、堆满人行道的悬铃木树叶。多萝西微微战栗着。这股寒风让她想起了特拉法尔加广场那刺骨的寒风。虽然她知道失去这份工作并不一定意味着她就会回到那个低贱的世界——事实上,事情没有这么绝望,再怎么样她的堂兄或别人也会帮助她——但是,克里维太太的"训斥"让特拉法尔加广场突然间似乎近了许多。这件事让她比以前更透彻地明白了那一条重要的当代诫律——第十一条诫律,比其他十条诫律①更加不可冒犯:"汝等不可失业。"

然而,克里维太太所说的"务实的教学方法"那一套只是诚恳地面对事实。她只是大声说出了大部分站在她的立场的人心里所想但从来不会说出来的想法。她经常说的那句话"我在乎的是学费"或许就是金科玉律——事实上,应该写在英国每

---

① 指《圣经·旧约》中摩西奉上帝之名定下的"十诫"。

一所私人学校的大门之上。

　　顺便说一下，英国有许多私人学校。每一处伦敦郊区和每一座城镇都有十几二十所二流的、三流的、四流的私人学校（林伍德学院就是四流学校的一个样本）。任何时候在郊区都有上万所这样的学校在运作，只有不到一千所学校受到政府的监督。虽然有的学校要比别的学校好一些，有几所学校要比与之竞争的公立学校更加优秀，但所有的学校都有着相同的、最根本的邪恶，那就是：它们的最终目的就只是为了挣钱。除了不是非法行业之外，它们创建的初衷和一个人开妓院或棺材店没什么两样。某个惹人讨厌的小生意人（这些学校的老板自己并不从事教学）一天早上对妻子说道：

　　"艾玛，我有个主意！你说我们两个开所学校怎么样？开学校可以挣现钱，你知道的，而且不用像开商店或酒吧那么累。而且，你不用冒任何风险，不用担心日常开支，只需要付点房租，弄几张桌子和一块黑板。但我们得做得像样一点。找个失业的牛津或剑桥毕业生，工资很便宜，让他穿上一身长袍和——他们把那一顶顶小小的系着流苏的方帽叫什么来着？那样就可以把家长们哄来，呃？你只需要睁开眼睛看清楚，看能不能找一个没有那么多竞争者的好片区就行了。"

　　他选择了一个中产阶级居住的区域，这里的人交不起像样的学校的学费，又太自大，不肯把孩子送去公立学校和"私塾"。渐渐地，他建立起一套买卖关系，和送奶工或蔬果商没什么区别，要是他精明老练，竞争者又不多的话，每年他可以挣到几百英镑。

　　当然，这些学校不尽相同。并非每一个校长都像克里维太太一样是贪婪庸俗的悍妇。有许多学校的气氛友好而体面，教学质量能达到一学期五英镑的价格应有的水平。另一方面，有的学校则丑闻迭出。后来，多萝西认识了一个绍斯布里奇另一所私人学校的老师，听说了其他学校的传闻，那些学校比林伍德·豪斯学院还要糟糕。她听说有一所廉价的寄宿学校，流浪艺人把孩子们丢在那儿，就像旅客将行李丢在车站衣帽间一样，任由孩子们自生自灭，什么也不管，到了十六岁仍目不识丁。还有一所学校整天都像在暴动一样，一个老朽羸弱的校长追着那帮男生楼上楼下地跑，拿着一根藤条要打他们的屁股，然后突然间整个人崩溃了，把头搭在课桌上痛哭流涕，而那帮男生对他大肆嘲笑。只要学校的办学宗旨纯粹是为了挣钱，像这样的事情就会发生。表面上，那些有钱人子女就读的昂贵私立学校要比其他私立学校好一些，因为它们请得起正规教师，而且采纳了公立学校的考试体系，教学质量得以保障，但其本质都是一样的。

直到后来多萝西才渐渐了解关于私立学校的这些情况。刚开始的时候她总是无谓地担心哪一天视察学校的官员会来到林伍德学院，发现它是个彻头彻尾的野鸡学校，然后引发骚乱。后来她才知道，这种事情不可能发生。林伍德学院不被"认可"，自然也就不会被视察。有一天一位政府人员真的来视察学校了，但他只是测量了一下教室的面积，看看是不是每个女生有足够的空间，其他什么也没干。他没有权力再做点什么。只有极少一部分"受承认的"学校——数目不足一成——会正式受到检查，判定其是否达到合理的教育水准。至于其他学校，它们可以自由选择教什么或不教什么。除了学生的父母之外，没有任何部门在控制或视察这些私立学校——真是盲人骑瞎马，夜半临深池。

五

第二天多萝西就按照克里维太太的吩咐改变了教学安排。那一天第一堂是书写课，第二堂是地理课。

"好了，同学们。"那口送葬般的时钟敲响了十点钟，多萝西说道，"我们现在上地理课了。"

女生们拉开课桌抽屉，把痛恨的抄写本扔了进去，长长地吐了口恶气，低声喃喃自语着，"噢，上地理课了！太好了！"地理课是她们最喜欢的一门课。本周有两个女生当班长，她们的职责是擦黑板、收课本什么的（孩子们都争着要当班长）。她们从座位上跳起来，准备去拿靠在墙边那份做了一半的轮廓地图。但多萝西阻止了她们。

"等一等，坐下，你们两个。今天早上我们不做地图。"

女生们不高兴地埋怨道："噢，老师！为什么我们不能做地图？让我们继续做下去嘛！"

"不行，我们最近已经在地图上浪费了太多时间。我们将开始学习英国各郡的首府。我希望班上每个女生到学期结束时都能知道全部首府的名字。"

多萝西看到女孩们的脸拉了下来，于是她试着装出活泼的语气——当一个老师竭力想把一门无聊的课程伪装成一门有趣的课程时，就会祭出这种空洞而没有人会相信的活泼语气。

"想象一下，你们的爸爸妈妈问你们英国任何一个郡的首府，你们都可以对答如流，他们该有多高兴啊！"

孩子们根本不为所动。一想到那让人作呕的课程她们就打寒战。

"噢，又是首府！学习首府！以前斯特朗小姐就是教我们这些。求你了，老师，为什么我们不能继续做地图呢？"

"讨论到此结束。拿出你们的笔记本，记下我所说的首府的名字，然后我们一起朗读。"

女生们不情愿地拿出笔记本，仍然哀求着："求你了老师，我们下次可以继续做地图吗？"

"我不知道，以后再说吧。"

当天下午地图就从教室里搬走了。克里维太太把橡皮泥从纸板上取下来扔掉了。同样的事情陆续在其他科目上发生。多萝西所作的一些改变完全被推翻。她们回到无休止的抄写和无休止的算术题练习这一套老规矩上，回到鹦鹉学舌般的"把黄油递给我"和"那个园丁的儿子的帽子丢了"，回到《英国百页简史》和难以忍受的小"读物"中。（克里维太太没收了那几本莎士比亚的作品，声称要把它们烧掉，其实她可能是把它们给卖掉了。）每天有两小时专门设为抄写课。多萝西从墙上取下来的那两片阴郁的黑纸又放了回去，用隽秀的铜版印刷字体又写上了格言。至于那份历史年表，克里维太太把它拿走并烧掉了。

学生们原本以为她们已经和痛恨的旧课程永远说再见了，但那些课程一门门地回来了。起初她们都很惊讶，接着十分伤心难过，然后闷闷不乐，但多萝西比她们更难过。刚过了几天，那番她必须冲着她们说个不停的废话就让她觉得恶心透了，她开始怀疑自己还能不能继续下去。她一次又一次地想违抗克里维太太。她会想："为什么不违抗呢？孩子们受到可怜的束缚，她们在抱怨哀求，从事着沉重的学业——为什么不停止这套做法，上回应该上的课程，就算一天只是一两个小时也好？为什么不撕下上课的伪装，就让孩子们玩耍呢？那对她们来说比现在这样好多了。让她们画画，或用橡皮泥做东西，或构思一则童话故事——任何真实的事情，任何让她们感兴趣的事情，而不是做这些糟糕透顶的无聊举动。"但她不敢这么做。克里维太太随时会闯进教室，如果她发现孩子们在"瞎胡闹"，而没有在上课，麻烦可就大了。因此多萝西只能硬起心肠，遵从克里维太太的安排，情况很快就和斯特朗小姐还没有"变坏"之前没什么两样了。

课程无聊到无以复加的程度，每周上学的亮点成了星期四下午布什先生的化学课。布什先生五十来岁，样子很邋遢，老是颤个不停，留着长长的、湿漉漉的、牛粪一般颜色的八字胡。他以前是公立学校的老师，但如今他只能勉强过着常年半醉半醒的生活，一节课挣两先令又六便士。那些课尽是些絮絮叨叨的废话。即使在他的盛年，布什先生也不是一个特别会上课的老师；而如今，当他第一次震颤性谵妄发作后，整天担心病情会第二次发作，他曾经掌握的化学知识正被迅速遗忘。他会颤颤巍巍地站在全班面前，不断地重复着相同的内容，徒劳地试图记起他正在讲什么。"姑娘们，记住，"他会以沙哑而刻意装出慈爱的声音说道，"元素总共有九十三个——九十三个，姑娘们，你们都知道什么是元素，不是吗？——只有九十三个——记得这个数字，姑娘们——九十三个。"直到多萝西（上化学课的时候她得待在教室里，因为克里维太太觉得让女学生们与一个男人共处一室不大好）觉得仿佛自己就是他，为他感到羞愧。每一节化学课一开始讲的都是九十三个元素，从来不会再进行深入探讨。布什先生总是说："同学们，下星期我将为你们做一个非常有趣的小实验——你们会发现非常有趣——我们下周一定会做这个实验的——非常有趣的小实验。"不消说，这个实验从来没有做成。布什先生没有化学实验设备，就算有他的两只手抖得非常厉害，根本用不了。那些女生在他的课上像蒙了猪油一样无聊地发呆，但就算这样，只要能不上书写课，她们都很欢迎他。

自从家长们来学校之后，那帮孩子们对多萝西的态度就变了。当然，她们的改变不是在一天之内就发生的。她们都很喜欢"老米莉"，她们以为只要挨上一两天书写课和"商业算术课"，她就会继续教一些有趣的课程。但书写课和算术课一直上个没完，多萝西原本很受她们欢迎，因为她的课不会无聊，而且她不会扇你耳光，掐你或揪你耳朵，但渐渐地，孩子们不喜欢她了。而且，关于《麦克白》的风波很快就传得沸沸扬扬。孩子们知道老米莉做了错事——她们并不知道个中内情——被"训了一顿"。这让她们看不起她。如果你在孩子们的心中失去了作为大人的威信，你就甭想对付孩子了，即使是那些喜欢你的孩子。一旦你的威信受损，就算是最乖的孩子也会鄙视你。

于是，她们开始变得像以前一样调皮捣蛋。以前多萝西只需要应付偶尔的懒惰、时不时的说话和吃吃的傻笑，而如今还要应付敌意和欺骗。她们不懈地与那套可怕的课程进行着斗争。她们忘记了那短暂的时光，那时候老米莉似乎是个好老师，学校是个开心的地方。现在，学校还是和以前一样，是你意料中的那个地方——让你觉得懒洋洋的，想打呵欠的地方，靠和你的同座打闹和惹老师发脾气消磨时间，当最后一节课结束时你会长长地松一口气，发出怪叫。有时候她们会闹别扭，时不时哭哭啼啼的；有时候她们以孩子特有的令人抓狂的固执进行争辩："为什么我们得做这个？为什么每个人都得学会阅读和写作？"吵了一遍又一遍，直到多萝西不得不监视着她们，以动手打人作为威胁让她们闭嘴。现在她变得越来越不耐烦，这让她感到很吃惊害怕，但她无法阻止自己。每天早上她都对自己发誓："今天我决不发脾气。"但每天早上，令人沮丧的是，她都会发脾气，特别是在十一点半，那时候孩子们最无法无天。世界上再没有别的事情能比管一帮不听话的孩子更令人烦躁了。多萝西知道迟早她都会失去控制，开始动手打这帮孩子。对她来说，打孩子是不可原谅的事情，但几乎每个老师最后都会动手打人。现在，除非你一直盯紧她们，否则她们根本不肯学习。只要你一转身，纸团就会漫天飞舞。不过，通过不停地严加逼迫，孩子们的书写和"商业算术"总算有一些进步，当然，家长们都很满意。

这学期的最后几个星期特别难挨。有半个月的时间多萝西身无分文，因为克里维太太告诉她得等到学费收到之后才能给她支工资。因此，她被剥夺了让她撑下去的那些偷偷买的巧克力片，她总是觉得有点饿，整个人懒洋洋地无精打采。有时候早上天灰蒙蒙的，一分钟缓慢得像一个小时，她挣扎着让自己不去看时钟，想到这节课完了还有下一节就像这样的课，而且还有好几节课会接踵而来，漫长得似乎无穷无尽，她就心烦意乱。而更糟糕的是当孩子们一心想吵闹的时候，她必须费尽心力才能管住她们。当然，克里维太太就躲在墙外，总是在窃听，随时准备着闯进教室，推开教室的门，用那双眼袋很重的眼睛瞪着整个教室，喝问道："喂！怎么这么吵？"

现在多萝西完全明白住在克里维太太家里的不堪。比起不久以前，肮脏的食物、寒冷、不能洗澡似乎变得更加难以忍受。而且，她开始意识到自己是多么孤独，而刚开始工作时的快乐让她忽略了这一点。她的父亲和沃波顿先生都没有给她写信，在绍斯布里奇住了两个月她连一个朋友也没有交到。对于任何像她这种处境的人，尤其对于一个女人而言，根本别指望能交上朋友。她没有钱，没有自己的家，出了学校她就只能去公共图书馆，每星期她会去几晚，星期天早上则会去教堂。她坚持定期去教堂，这当然是克里维太太的命令。第一个星期天早上吃早饭的时候，她就解决了多萝西去哪里作礼拜的问题。

"我想问你去什么地方作礼拜？"她问道，"我想你从小信奉的是英国国教，是吧？"

"是的。"多萝西回答。

"嗯，我不知道该叫你去哪里。这里有圣乔治教堂——那座就是英国国教的教堂。还有浸信会教堂，我自己去的是那里。我们大部分学生的家长是非国教信徒，我知道他们不怎么认同一位信国教的老师。应付这帮家长还是小心点好。两年前他们着实吓了一跳，我请的一个老师居然是罗马天主教徒，你能想得到吗！当然她一直在隐瞒这件事，但最后还是败露了，三个家长把孩子带走了。当然，得知真相的当天我就把她赶跑了。"

多萝西没有说话。

克里维太太继续说道："不管怎样，我们有三个信奉英国国教的学生，我不知道这种教会上的联系能不能帮上点忙。或许你可以冒一下风险去圣乔治教堂，但你得小心点儿，有人告诉我，在圣乔治教堂里他们要做很多鞠躬、行礼和往自己的身上画十字。我们有两对家长是普利茅斯兄弟会的信徒，要是他们听说有人看到你往自己身上画十字，他们会大发脾气的。所以，无论什么情况都不许做那种事情。"

"好的。"多萝西回答。

"布道的时候睁大你的眼睛。好好观察一下周围，看有没有小姑娘在会众里，我们可以把她拉过来。如果有潜在的目标，你就过去和牧师搭讪，看能不能知道她们的名字和地址。"

于是，多萝西去了圣乔治教堂。那里要比圣阿尔瑟斯坦教堂"高端一些"，摆的是椅子，而不是靠背长凳，但没有焚香，而牧师（他的名字是戈尔-威廉姆斯先生）除了节日之外，总是穿着一袭朴素的法衣。至于那些仪式，它们就像多萝西在家的时候所进行的那些仪式一样，在正确的时候念叨出回答，其实脑海里一片恍惚。

信仰的力量从未回到她的身上。事实上，现在信仰对她已经失去了意义，彻底地、无可挽回地失去了。这件事很神秘，信仰的失去就像信仰本身一样神秘。就像信仰一样，这件事无法以逻辑进行解释，而是随着思绪而改变。不过，虽然她对教堂的仪式不感兴趣，但她并不觉得去教堂很无聊。刚好相反，她很期待星期天早上的礼拜，因为那是幸福而平静的插曲，这不仅是因为星期天上午意味着摆脱克里维太太窥伺的眼睛和唠唠叨叨的声音。从另一个更深层的意义上讲，教堂的气氛让她觉得很放松踏实，因为她觉得，无论教堂里发生了什么事情，无论它的目的是多么荒谬和懦弱，有某种东西——那很难说得明白，却是某种体面的东西，某种精神上很庄严的东西——在外面的世界很难找到。她觉得即使你不再信奉宗教，去教堂也比不去好，遵循传统的方式也比飘荡于无根的自由中好。她知道自己再也无法虔诚地祈祷，但她也知道在她的余生中她必须继续自己从小到大的宗教仪式。她过去的信仰就只剩下这么一

234

点了，而这信仰曾经就像一副活人的骨骼，维系着她全部的生活。

但她没有深入地思考为什么她会失去信仰，这对她的未来意味着什么。她太忙碌了，忙着活下去，忙着强打起精神，度过这个痛苦的学期剩下的时光，因为随着学期越来越接近尾声，管好整个班级的工作也越来越让她筋疲力尽。那帮女生简直无法无天，而且她们都对多萝西更加怀恨在心，因为她们曾经喜欢过她。她们觉得自己被她欺骗了。一开始她伪装成一个好老师，而如今她摇身一变，和以前那些老师一样野蛮粗暴——像一头肮脏的老母狗，总是上那些可怕的书写课，要是你用墨水弄脏了课本，她就会把你的头给拧下来。多萝西看到她们瞪着她的脸，有时候露出孩童那种不可一世的残忍的审视。她们曾经觉得她很漂亮，现在她们觉得她又老又丑，而且还瘦骨伶仃。自从来林伍德学院教书，她确实消瘦了许多。她们现在很恨她，就像痛恨以前所有的老师一样。

有时候，她们故意挑逗她。那些大一些、聪明一些的女生对情况了解得很——她们知道她逃不出克里维太太的五指山，当她们太过吵闹时，她就会过来训斥多萝西一顿。有时候她们胆大包天地吵闹，就是为了让克里维太太进来，享受地看着克里维太太叫米莉出去时她脸上的表情。有时候多萝西能按捺住脾气，原谅她们所做的一切，因为她知道这只是她们在健康的本能驱使下反抗枯燥无聊的功课。但有的时候她会比往常更加神经兮兮，当她环顾四周，看着那二十几张傻乎乎的小脸或在咧嘴微笑，或拒不服从命令时，她发现自己在痛恨她们。孩子们就是这么盲目而自私，这么残忍无情。他们不知道自己把你折磨得无法忍受，就算他们知道，他们也不在乎。你或许在尽自己最大的努力对他们好，在圣人都会发火的时候按捺住自己的脾气，但如果你不得不管束他们，镇压他们，他们会因此痛恨你，从来不会扪心自问你是不是应该被责备的人。多么真实——当你不是一个学校的老师时，这几句经常被引用的诗句听上去是多么的真实——

> 在残酷而疲惫的眼睛底下，
> 那些小人儿度过了一天，
> 哀愁地叹息着！

但当你自己成了那只残酷而疲惫的眼睛时，你就会意识到那幕情景的另外一面。

终于熬到了最后一个星期，"考试"这档子肮脏的勾当完成了。按照克里维太太的解释，考试这档子事情很简单。你反复教导那帮孩子学会几道加法题目，直到你确信她们能把题目算对，然后就趁她们还没有忘记答案，在算术试卷中出同样的题目，而其他科目也一样。当然，这些孩子的试卷会拿回家给父母们看。在克里维太太的监督下，多萝西撰写期末报告，写了好多好多遍"优秀"——有时候当你把一个词反复不停地写的时候会出现这种情况——忘记了"优秀"该怎么写，写成了"尤秀"、"忧秀"、"犹秀"、"尢秀"。

最后一天是在可怕的骚乱中度过的，就连克里维太太本人也管不住那群孩子。到了中午，多萝西的精神几近崩溃，当着七个吃午饭的孩子的面，克里维太太找她"谈了话"。下午比上午还要吵，最后多萝西被击垮了，几乎是泪流满面地央求那帮女生不要再吵了。

"孩子们!"在一片喧闹声中她抬高了自己的嗓门,让自己的声音能被听见,"请不要吵!你们对我实在太残忍了。你们觉得这样子下去好吗?"

这当然是要命的。绝对绝对绝对不能让自己去央求孩子!安静了片刻之后,一个孩子高声以嘲讽的语气喊道:"米—莉!"接着整个班级都跟着嚷起来,就连那个白痴玛维丝也跟着大家一起叫嚷着:"米—莉!米—莉!米—莉!"到了这时,不知什么在多萝西的心里咯噔了一下,她停了下来,找出那个最吵的女生,走到她跟前,几乎以最大的力气扇了她一记耳光。幸运的是,她只是一名"普通客户"。

六

放假的第一天多萝西收到了沃波顿先生的来信。

亲爱的多萝西,(他写道)

——或许我应该叫你埃伦。这是你的新名字,对吧?恐怕你已经认定我是个没心没肺的人,没有早点给你回信。但请听我说,十天前我才听说了关于我们私奔的那个传闻。我一直在国外,先是去了法国几个地方,然后去了奥地利,再去了罗马。你知道,旅行的时候我会刻意避开我的英国同胞。即使是在国内,英国人也够讨厌了,但到了国外,他们的行为作风令我为他们感到羞愧,我总是假扮成美国人。

我回到奈普山,你父亲不愿意见我,但我想方设法找到了维克多·斯通,他给了我你的地址和现在用的这个名字。他似乎很不情愿告诉我这些,我猜想,他也像这个见鬼的小镇里的其他人一样,认定你是做了什么不体面的事情。我想他们都知

道你和我其实并没有私奔，但他们都觉得你一定做了什么见不得人的事情。一个年轻女人突然间离家出走，这件事一定与男人有关。这就是乡下人的想法，你知道的。我不需要告诉你我煞费苦心解释整件事情。我把那个讨厌的老虔婆桑普利尔太太逼得无路可退，狠狠地骂了她一通，我可以向你保证，我那一通话绝对够狠，你应该会很高兴。但那个娘们儿简直不是人，就只会猫哭耗子假慈悲地说："可怜啊，可怜的多萝西。"

我听说你父亲很挂念你，要不是这桩丑闻，他会很高兴你能回去。似乎现在他吃饭没个准点。他的说辞是"你去治病了，如今在一所女子学校找到了一份好工作"。有一件事你一定会吓一跳，他已经被迫还清了所有债务！我听说那些店家组成讨债团，在他的家里召开了债务人会议。这种事情在普林斯泰德·伊比斯科碧①可不会发生——但现在是民主的时代了，呜呼哀哉！显然，只有你能让那帮商人不上门讨债。

现在，让我告诉你关于我自己的情况吧，等等等等。

看到这里多萝西把信撕掉了，心里觉得很失望，甚至很懊恼。她觉得他应该多给一点同情的！沃波顿先生把她卷入这么大的麻烦后——毕竟，他是这件事的罪魁祸首——对这件事还这么轻佻和满不在乎。但当她把事情想过一遍之后，她原谅了他的没心没肺。他算是尽了一点心力帮助了她，之前他对她的惨状根本一无所闻，又怎么能指望他对她抱以同情呢？而且，他自己的生活有着一连串骇人听闻的丑事，或许他不明白对于

---

① 普林斯泰德·伊比斯科碧(Plumstead Episcopi)，英国作家安东尼·特罗洛普(Anthony Trollope)的作品《典狱长》中牧师的住所，刻画了十八世纪神职人员的生活背景。

一个女人来说丑闻是非常严重的事情。

圣诞节的时候，多萝西的父亲也寄来了一封信，还捎来了两英镑作为圣诞礼物。从信里的口吻看，他似乎已经原谅了多萝西。她不知道他原谅了她的什么事情，但他的确原谅了她。这封信以敷衍而友好的问题作为开始。在信里父亲说，他希望她能对新的工作感到满意。他还问学校提供的房间舒不舒服，和同事们是否相处愉快。他听说如今的学校运作得很好——与四十年前相比情况大不一样了。在他那时候，学校是怎么怎么样的。多萝西猜想他对她现在的处境一无所知。提到学校，他的思绪回到了他的母校温彻斯特，他根本想象不出林伍德学院是什么样子。

信里接下来的内容尽是他对教区情况的不满。牧师老是抱怨烦恼不断和工作过于辛苦。那些坏心眼的教区委员老是没事找事烦着他，而且他烦透了普罗哥特老是报告钟楼快要坍塌了，还有他雇来帮埃伦忙的那个计日女工实在是讨人嫌，用扫帚的柄刮花了书房里的那口老爷钟——诸如此类，写了好几页纸。有几次他以旁敲侧击的方式说他希望多萝西能在身边帮他，但他没有明说她可以回家。显然，她应该远远地躲在一边，眼不见心不烦——家丑不可外扬，应该严严实实地掩盖起来。

读了这封信，多萝西突然间很想念自己的家。她发现自己渴望回到教区探访和给女童军上烹饪课的生活，她难过地想到这段时间父亲没有了她是如何生活的，不知道那两个女人是否能好好照顾他。她很爱父亲，但她从来不敢表露出来，因为他是那种你不能表露爱意的人。她惊讶地意识到过去四个月来，她其实不是很想念父亲。有好几个星期她几乎忘记了有他这么一个人。事实上，光是照顾好自己就让她根本没有时间去想别的事情。

不过，现在学校的工作结束了，她也有空了，因为虽然克里维太太很想让她一直干活，但她安排不了足够多的家务活儿能让多萝西忙乎上半天。她很清楚地告诉多萝西，放假的时候她就是一无是处只会花钱的累赘。每天吃饭时她都会盯着多萝西（显然，她觉得非常气愤：多萝西没有工作，却还要吃饭），到最后多萝西实在忍无可忍了，于是她尽量不待在学院里。她领到了工资，觉得自己很有钱了（上班九个星期，挣了四英镑十先令），父亲又给了她两英镑，她去镇里的火腿牛肉店买了三明治，午饭就在外面吃。克里维太太默许了，心里半是愠恼，因为她希望多萝西在家里可以对她唠唠叨叨，又半是高兴，因为她可以借机省下几顿饭钱。

多萝西经常独自一人散步，领略绍斯布里奇和周边更加荒凉的多利、温布里奇和西霍尔顿的风光。冬天到了，潮湿而无风，毫无色泽的郊区迷宫比最萧瑟的荒野更显得阴郁凄迷。有两三次，多萝西买了往返票去伊弗的杜鹃林或伯恩汉的山毛榉林，虽然这种奢侈意味着以后可能会饿肚子。林子里潮湿阴冷，凋零的山毛榉树叶厚厚地铺在地上，在凝滞湿润的空气中像铜片一样闪烁着光芒。白天的时候不冷，要是你戴着手套的话，可以坐在外面看书。圣诞节前夜，克里维太太拿出了几丛冬青的树枝，是去年留下来的，把它们的灰尘掸掉，用钉子挂了起来。但她说了，她不会准备圣诞节晚餐。她说她才不理会圣诞节这些无聊的事情——这只是那些商店老板坑人的把戏，根本不值得为之破费，而且反正她不喜欢吃火鸡和圣诞布丁。多萝西很安心，在那间郁郁寡欢的起居室吃圣诞晚餐（她想象着克里维太太戴着用硬纸板做的圣诞帽子那可怕的画面）是她根本连想都不敢想的事情。她吃了圣诞节午饭——一个煮得很老的鸡蛋，两个芝士三明治和一瓶柠檬汁——在伯恩汉附近的林子里，靠着一棵粗糙扭曲的山毛榉大树，读着乔治·基辛①的《古怪的女人》。

有好几天老是下雨，她不能出去散步，于是大部分时间她都待在公共图书馆——事实上，她是这间图书馆的常客了，和那些失业的男人在一起，他们无精打采地对着根本没心思去读的画报发呆。这里还有那些面无血色的老单身汉，住在一周两英镑的"寓所"里，到图书馆一连几个小时阅读那些关于帆船的书籍。学期结束时她整个人觉得很轻松，但这种感觉很快就没有了。事实上，没有人和她说话，日子甚至比以前更加难挨。在有人烟的地方，可能没有一处能像伦敦的各个郊区这样让人觉得如此孤单。在大城镇里，熙熙攘攘的人群至少能让人觉得有人陪伴，而在农村，每个人都对其他人很感兴趣——事实上，太感兴趣了。但在绍斯布里奇这种地方，如果你没有家人，没有属于自己的家，你住上半辈子也交不到一个朋友。这种地方的女人，特别是那些被遗弃的工资微薄的淑女，几乎无人理睬、年复一年地过着日子。很快多萝西就发现自己总是无精打采疲惫不堪，无论她如何尝试，似乎没有事情能引起她的兴趣。正是在这一可憎的倦怠中——这等待着每一个现代灵魂的腐蚀人心的倦怠中，她第一次清楚地意识到失去信仰到底意味着什么。

---

① 乔治·基辛（George Gissing, 1857—1903），英国作家，代表作有《地下世界》、《古怪的女人》等。

她试图让自己读书，但这只维持了一个星期。没过多久几乎所有的书籍似乎都变得索然无味不忍卒读。当一个人处于孤独中时，心智根本不会运作。最后她发现自己只能读侦探故事，比这更难读的根本啃不下来。她去散步，一走就是十到十五英里，想让自己振作起来，但散步意味着沿着郊区的道路和湿润泥泞的小径穿过树林、光秃秃的树木、湿漉漉的苔藓和硕大松软的蘑菇丛，让她陷入死寂的哀愁。她需要有人陪她，但她却找不到人陪她。到了晚上，当她走回学校，看着别的房子里温暖的、亮着灯的窗户，听到里面的欢声笑语和留声机在播放的声音时，她的心里充满了羡慕。啊，要是像里面的那些人就好了——至少有关心你的一个家庭和几个朋友！有的时候她希望自己能鼓起勇气，和街上的陌生人搭讪；有的时候她还装出很虔诚的样子，为的是和圣乔治教堂的牧师和他的家人套近乎，或许还有机会能让自己承担一点教区的工作；有的时候她绝望到萌发想加入基督教女青年会的念头。

　　不过，就在假期快要结束时，她在图书馆偶然交上了一个朋友，是一个名叫比弗尔的小妇人，在图兹商学院教地理，那也是绍斯布里奇的一家私人学校。比起林伍德学院，图兹商学院大得多，像样得多——那里有一百五十个日校学生，男女生都有，而且还有十几个住校生——课程没有那么肆无忌惮地行骗。这种学校吸引的对象是那些滔滔不绝地大谈"现代商业培训"的父母，它的警言就是"效率"，意思就是拼命地去挣钱，将所有的人文学习统统去掉。它的一个特征是"效率仪式"问答教学法，所有的学生一入校都要熟记于心。那些问题和答案如下：

问题：成功的秘密是什么？

答案：成功的秘密是效率。

问题：效率的考验是什么？

答案：效率的考验是成功。

　　等等等等。据说整个学校的男女学生一起在校长的带领下进行"效率仪式"的一幕——他们每星期举行这种仪式两次，而不是进行祈祷——实在是令人叹为观止。

　　比弗尔小姐是个拘谨的小妇人，身体圆润，脸却很瘦，长着一个红彤彤的鼻子，走起路来像一只雌珍珠鸡。经过二十年的奴役，她现在的周薪是四英镑，而且享有住在校外的特权，不用在晚上安顿那些住校生。她住在"寓所"里——就是一间起居室兼卧室——有时候两人晚上都有空的时候就邀请多萝西过去作客。多萝西多么盼望着去做客！这种机会很罕有，因为比弗尔小姐的房东太太"不赞成别人来做客"，就算去了那儿也没有什么事情好做，只是帮忙想想《每日电讯报》上面的字谜、看看比弗尔小姐1913年去澳大利亚的提洛尔旅行时拍的相片（这趟旅行是她生命里的高峰体验和荣耀时刻）。尽管如此，和某个人坐下来友善地聊天，喝一杯没有克里维太太的茶那么寡淡无味的茶是多么美好的事情！比弗尔小姐有一盏酒精灯，放在一口涂漆旅行箱里（1913年她就是拎着这口箱子去提洛尔的），就着这盏灯煮了一壶又一壶浓得像焦炭的茶，在白天的时候喝上有满满一桶的分量。她向多萝西透露说她总是带一个保温瓶去学校，在课间休息和午饭后可以美美地喝一杯热茶。多萝西了解到每一个三流学校的女教师必定会走的道路——斯特朗小姐的道路，沉溺于威士忌，最后进收容所；或是比弗尔小姐的道路，喝着浓茶，在女敬老院里体面地死去。

比弗尔小姐其实是个很笨的小女人。对于多萝西来说，她是一个警告，或者说，是一个活生生的样板。她的灵魂似乎已经枯萎了，就像一个被遗弃的肥皂盒上面干结的肥皂。她的人生走到这里，在一个暴虐的女房东处租一间起居卧室，"卓有成效"地把商业地理课的知识灌输进孩子们干呕的喉咙里，这几乎成为她唯一能够想象的命运。但多萝西非常喜欢比弗尔小姐，偶尔在起居卧室里一起度过几个小时，喝着一杯好茶，做着《每日电讯报》上面的填字游戏，这些就像她生活中的绿洲。

当复活节学期开始时她觉得很开心，因为即使是每天像奴隶那样干活也比空虚寂寞的假日要好过一些。而且，那些女生在这个学期要好管得多。她发现不再需要掌掴她们的脑袋瓜了。现在她总算弄明白了，如果从一开始你就对孩子们不留情面，她们自然就会乖乖听话。上学期那些女生之所以那么行为乖张，就是因为一开始的时候她把她们当成人去对待，而后来她们感兴趣的课被中止了，她们就像人一样兴风作浪。但如果你不得不教授孩子们糟粕，你就不能把他们当作人。你必须当他们是牲畜——驱使他们学习，而不是劝导他们学习。最重要的是，你必须让他们知道，造反要比乖乖听话更痛苦。或许这么对待孩子们不好，但毫无疑问，她们都懂得这个道理，并知道怎么做。

她学会了当老师的那一套可怕的招数。她学会了在漫长无聊的时候强打精神，经济地利用她的精力，总是保持警惕和残忍无情，精心说完一堆废话之后为此感到自豪和开心。似乎突然之间她变得更加干练成熟。她的眼睛失去了一度曾拥有的半是天真的神采，她的脸瘦了，让她的鼻子显得更尖了。有时候那活脱脱就是一张女学究的脸，你可以想象上面戴着夹鼻眼镜。但她还没有变得玩世不恭。她仍然知道这些孩子是一个无耻的骗局的受害者，她仍然盼望着，要是可以的话，能为她们做点好事。如果说她折磨着她们，把糟粕塞进她们的脑袋，原因只有一个：无论发生什么事情，她都得保住自己的饭碗。

这个学期教室里很安静。克里维太太和以往一样总是想找机会挑出她的毛病，但很少有机会拿着扫帚的把手去捅墙。一天早上吃早饭时，她恶狠狠地盯着多萝西，似乎在权衡着一个决定，然后把那盘橘子酱推过桌子。

"要是喜欢的话就吃点橘子酱吧，米尔巴罗小姐。"她的语气很是和蔼。

自从多萝西来到林伍德学院，这是她第一次吃到橘子酱。她有点脸红，不禁心想："这个女人还是能体会到我为她付出的一切。"

从此每天早上她都能吃到橘子酱。在别的事情上，克里维太太的态度变得——不能说亲切和蔼，因为这是不可能发生的事情，却没有那么咄咄逼人了。有时候她甚至露出一脸古怪的表情，那其实是她想露出微笑。在多萝西的眼里，她那整张脸辛苦地褶了起来。这个时候，她聊天时总是提起"下学期"，总是在说"下学期我们要这般这般"和"下学期我要你那般那般"，直到多萝西开始觉得自己赢得了克里维太太的信任，被当成一位同事对待，而不是一个奴隶。她的心里萌生了一个毫无理由却令她非常兴奋的小小愿望：或许克里维太太准备给她涨工资了！这是没什么指望的事情，她努力不让自己有这么一番盼望，但没办法不这么想。就算周薪只多半个克朗，那也是不少钱咧!

最后一天了,多萝西心想: 幸运的话,克里维太太明天就会发工资。她很需要这笔钱,事实上,过去一星期来她身无分文,不仅饥饿难耐,而且需要买几双新袜子,因为她没有一双袜子不是补得几乎不成形状了。第二天上午,她干完吩咐的家务活,然后在起居室里等候着,没有出去,而克里维太太拿着扫帚和簸箕在楼上弄得震天响。不一会儿,克里维太太下来了。

"啊,你在这儿呢,米尔巴罗小姐!"她的语气带着异样的意味,"我刚才就在想今天早上你不会那么匆忙地出去。嗯,你在这儿正好,我想跟你结算工资。"

"谢谢您。"多萝西回答。

克里维太太补充道:"工资结算后,我有事情想告诉你。"

多萝西的心一颤,"有事情"是不是在说她期盼已久的涨工资的事呢?那也是不无可能的。克里维太太从加了锁的柜子抽屉里拿出一个破旧的、鼓鼓胀胀的真皮钱包,打开它,舔了舔大拇指。

"十二个星期另加五天,"她说道,"就算十二个星期好了,没必要精确到天数。那就是六英镑。"

她数出五张一英镑和两张十先令的钞票,然后审视着其中一张钞票,发现太干净了,于是把它放回钱包里,拿出另一张已经断成两截的钞票。她走到柜子那里,拿了一片透明胶纸,小心翼翼地把两截钞票贴在一起。然后她把那张残钞和其他六张钞票递给了多萝西。

"钱算清了,米尔巴罗小姐,"她说道,"现在请你马上离开这间房子,我不再需要你了。"

"您不是——"

多萝西的心似乎凝结成了冰块，脸上全无一丝血色。但即使到了这个时候，在恐惧和绝望中，她仍对刚才克里维太太对她所说的那番话不能完全肯定。她仍然以为克里维太太只是让她今天别在这间房子里待着。

"你不再需要我了？"她轻声复述了一遍。

"是的，下学期我会聘请另外一个老师。你不是以为我会整个假期养着你这个闲人吧？"

"您不是在说您要我离职——您要解雇我吧？"

"我当然是要解雇你。不然你以为我是什么意思？"

"但您没有提前通知我！"多萝西说道。

"通知！"克里维太太一下子就火了，"我通不通知你跟你有什么相干？你又不是合同工，不是吗？"

"不……我的确不是。"

"那不就结了！你最好上楼收拾东西。你不能再待在这里了，因为我可没有准备你的午饭。"

多萝西走上楼，坐在床边。她不由自主地颤抖着，过了几分钟才能打起精神开始整理行囊。她觉得头晕目眩。这场灾难突如其来地降临在她身上，完全没有清楚的来由，令她无法相信它真的发生了。但事实上克里维太太解雇她的理由很简单，而且很充分。

离林伍德学院不远有所破败萧条的小学校，名叫盖博尔学院，只有七名学生。老师阿尔科克小姐是一个毫无能力的老女人，这辈子在三十八所不同的学校工作过，甚至没有能力养好一只笼养的金丝雀。但阿尔科克小姐有一个了不起的本事：很擅长出卖她的老板。这些三四流的私立学校总是在互相挖墙角。家长们总是"通传消息",学生们从一所学校被挖到另一所学校。大体上,老师的私心是最根本的原因。老师会私底下和家长们一个个接触("把你的孩子送到我这儿来,我一学期给她便宜十个先令"),等她说服了足够多的人时,她突然就辞职不干,"自立门户",或把孩子们拉到别的学校去。阿尔科克小姐成功地把雇主的七个学生挖走了三个,将他们介绍给了克里维太太。作为回报,她将取代多萝西的位置,并获得介绍来的学生百分之十五的学费作为佣金。

经过几个星期鬼鬼祟祟的讨价还价后,这笔买卖做成了。阿尔科克小姐的佣金从百分之十五被砍到百分之十二点五。克里维太太悄悄决定等阿尔科克小姐带来的那三个女孩一待下来就把她解雇。与此同时,阿尔科克小姐则盘算着等自己一踏入校门就开始把克里维太太的旧生给挖走。

决定了要把多萝西开除后,显然,最重要的就是不能让她知道。因为要是她知道即将会发生什么事情的话,她一定会开始把学生给挖走,或在那个学期剩下的时间里什么活儿也不干。(克里维太太对自己洞察人性的本领颇为自许。)因此就有了橘子酱、堆满皱纹的微笑和种种其他手段以放松多萝西的警惕。任何对这些伎俩有所了解的人从那碟橘子酱被推过来时就会开始筹谋另觅出路。

得知解雇消息半个小时后,多萝西拎着自己的手袋,打开前门。今天是四月四日,天气明媚,风很大,冷得没办法站住脚,天空蓝得就像一只篱雀的蛋。那股风是那种恼人的春风,顺着人行道突然间呼啸而来,将干燥刺鼻的灰尘直往你的脸上刮。多萝西关上身后的大门,慢慢地朝主街车站的方向走去。

她已经告诉了克里维太太,她会给她一个地址,请她帮忙把行李寄过去，克里维太太立刻要了五先令作为邮费。因此，多萝西手头只有五英镑又十五先令，节省着花的话，可以维持三个星期的生计。她不知道该作何打算，只知道她先得回伦敦找个地方住下来。但她刚开始的恐慌已经过去了，她意识到情况并非全然绝望。她的父亲无疑会向她施以援手，至少会救济她一阵子。最不济的情况下她可以再次向那位堂兄求助，虽然她想起要这么做心里就充满了反感。而且，她找到工作的机会很大。她很年轻，说话带着斯文的口音，愿意接受当一名女仆的工资——这些都是四流学校的老板很看重的品质。一切应该都会好起来的，但接下来她将有一段很难挨的时间，一段找工作的时间，充满了不确定性，而且可能会挨饿——至少，那是确切无疑的。

第五章

一

然而，故事峰回路转。多萝西还没走出大门五码远，一个送电报的小男孩从对面骑着单车过来，吹着口哨，看着各座房屋的名字。他看到林伍德学院的名字，把车兜了过来，停在路沿，大声地问多萝西：

"这儿有密尔巴洛①小姐这个人吗？"他朝林伍德学院晃了晃脑袋。

"有，我就是米尔巴罗小姐本人。"

"稍等一下，有你的电报要回。"小男孩从腰包里拿出一个橘黄色的信封。

多萝西放下自己的包，身子又开始剧烈地颤抖着。她不知道这封信到底带来好消息还是坏消息，因为她的脑海里几乎同时涌现出两个矛盾的想法。一个说："这一定是好消息！"另一个说："父亲一定病得很厉害！"她勉强撕开信封，发现里面是一封电报，有两页纸，上面的内容很难看明白。电报里写着：

"蒙主恩宠正义得申感叹号有要事相告感叹号你已完全恢复名誉句号桑普利尔太太因诽谤罪自食其果无人再信其言句号令尊盼你速归句号我正赶往你处逗号如不反对将接你回家句号不刻将至句号望等候为盼句号颂主慈爱之名感叹号"

多萝西不用去看签名就知道是沃波顿先生发来的电报。多萝西觉得身子一下子软了下来，颤抖得更厉害了。迷糊中她意识到送电报的小男孩正在问她问题。

"要回电报吗？"他问了三四次了。

"今天不回，谢谢。"多萝西含糊地回答了他。

小男孩骑上单车离开了，大声吹着口哨，故意让多萝西知道他有多么鄙视她，因为她没有给小费。但多萝西对此全然没有察觉。电报上只有一句话她完全看明白了："令尊盼你速归。"这令她觉得很惊讶，头脑里一片迷糊。她在人行道上不知站了多久，直到一辆出租车停在路边，沃波顿先生就坐在车里。他看到多萝西，让出租车停下，走出车子，穿过马路过来问候她，微笑着握住她的双手。

"你好！"他的双手一把搂住她，将她拉入怀中，似乎把自己当成了她的父辈，全然不顾别人会不会看到。"近来好吗？老天爷啊，你怎么瘦了这么多？我都可以摸到你的肋骨了。你的学校在哪儿？"

多萝西没有试图挣脱他的怀抱，半转过身望着林伍德学院那一排黑漆漆的窗户。

"什么？就是那里？老天爷啊，这么阴森的地方！你的行李呢？"

"行李在里面。我留了钱，让人把行李寄出去。我想就这么着吧。"

"噢，瞎胡闹！干吗要给钱？我们自己可以拿行李。东西放在出租车车顶就行。"

"别，别！让人寄出去就可以了。我不敢回去，克里维太

---

① 这里是小男孩对"米尔巴罗"这个名字的误读。

太会很生气的。”

“克里维太太？谁是克里维太太？”

“她是校长——总之，这所学校是她说了算。”

“她是有三头六臂吗？把她交给我——我倒要会会她。珀修斯恶斗蛇发女妖啊，这是？你就是安德洛墨达①。嘿！”他叫上了出租车司机。

两人走到学校前门，沃波顿先生敲了门。多萝西并不相信他们能从克里维太太那里拿走她的行李。事实上，她想象得到他们两人没命地跑出来，克里维太太拿着扫帚在后面追的样子。但是，几分钟后，他俩出来了，出租车司机的肩膀上就扛着那个箱子。沃波顿先生牵着多萝西进了出租车，两人坐了下来，他把半个克朗放在她的手里。

“真是个老虔婆！真是个老虔婆！”出租车载着他们离开，他同情地说道，“这些日子你到底是怎么挨过来的？”

“这是什么？”多萝西看着那枚硬币。

“你留下来托运行李的半克朗。从一个老虔婆那儿抢回来着实不容易，不是吗？”

“但我留下了五先令！”多萝西说道。

“什么！那个女人告诉我你只留下半克朗。老天爷啊，她怎么这么不要脸！我们回去把另外半个克朗要回来。不能就这么便宜了她！”他敲了敲车窗。

“别，别！”多萝西把手搭在他的胳膊上，“这不要紧。我

---

① 珀修斯（Perseus）和安德洛墨达（Andromeda）是古希腊神话中的人物。珀修斯据说是迈锡尼王国的开国君主，杀死了海神波塞冬（Poseidon）派遣危害人间的蛇发女妖美杜莎（Medusa），解救了埃塞俄比亚公主安德洛墨达。

们离开这里——越快越好。我不想再回那个地方——再也不想了！"

的确是这样。别说是半克朗，她知道自己愿意放弃所有金钱，只要不让她再看到林伍德学院一眼。于是，他们继续上路，克里维太太坑钱的目的得逞了，不知道这会不会是她又一次开怀大笑的时刻。

沃波顿先生坚持要出租车一直开到伦敦，一路上交通不是很繁忙的时候一直滔滔不绝说个不停，多萝西根本没有机会插嘴。直到他们到达伦敦近郊，她才听明白他的解释，明白为什么自己突然间时来运转了。

"告诉我，"她问道，"到底发生了什么事？我不明白。为什么突然间我可以回家了？为什么人们不再相信桑普利尔太太的片面之词？她不会是说出实情了吧？"

"实情？她怎么会说出实情？但她总算是恶有恶报了。你们笃信上帝的人都会认为是上帝的旨意，天网恢恢疏而不漏。什么'当将你的粮食撒在水面'①之类的话。她给自己惹了个大麻烦——被人控告诽谤。过去半个月来我们谈论的就只有这件事。我想你应该已经从报纸上了解到这件事了。"

"我已经很久没有看报纸了。是谁告她诽谤？应该不是我父亲吧？"

"老天爷啊，当然不是！神职人员是不能控告别人诽谤的。是那个银行经理。你还记得她最喜欢讲述的故事吗？说他用银行的钱包养一个女人，等等那些说辞？"

---

① 出自《圣经·旧约·传首书》第11章："当将你的粮食撒在水面，因为日久必能得着。"

"是的，我记得。"

"几个月前她蠢到把这些话写了下来。她的一个朋友——我想是女的——把信交给了银行经理。他采取了行动——桑普利尔太太被处以一百五十英镑的精神赔偿。我想她连一半的钱都掏不出来，不管怎样，她说长道短搬弄是非的日子总算结束了。你可以很多年一直在抹黑别人的名声，就算你是在胡说八道也总会有人相信你，不过一旦你在法庭上被证实是个骗子，你就再没有说谎的机会了。桑普利尔太太现在甭想在奈普山立足了。很快她就离开了镇子——事实上，是夜间潜逃。我想她正躲在巴利的圣埃蒙德斯自怨自艾吧。"

"但是，那跟她所捏造的关于你和我的传闻又有什么关系？"

"没有关系——什么关系也没有。但担心什么呢？要紧的是，你的名誉已经恢复了。过去几个月来一直在对你说长道短的老太婆如今都在说：'多萝西好可怜哦，瞧那个恶妇对她做的事情实在令人发指！'"

"你是说，他们觉得既然桑普利尔太太在一件事情上撒了谎，她所说的其他事情肯定也靠不住？"

"如果他们还有点脑子的话，都会这么说。不管怎样，桑普利尔太太这回糗大了，所有她造谣中伤过的人肯定都是圣人和贞女。连我的名誉现在也无可指摘了。"

"你觉得事情真的就这么结束了吗？你觉得他们真的觉得这只是一个意外——我只是失忆了，没有跟人私奔？"

"噢，我想那不至于。在这种穷乡僻壤，人们肯定会对你起疑心。他们不是在怀疑什么具体的人和事，而是说不清道不明的怀疑，乡下人出于本能的肮脏思想。我可以想象十年后人们仍会在'狗和酒瓶'酒吧里谈论你那不为人知的过去，但没有人记得到底发生了什么事。不管怎样，你的麻烦结束了。如果我是你，除非有人问，我不会作任何解释。大家都说你得了重感冒，去疗养了。要是我就一口咬定是这么回事。你会发现他们都能接受这个说法。理论上，你现在非常清白。"

很快他们就到了伦敦，沃波顿先生带多萝西到考文垂大街一家餐馆吃午饭。他们点了一只烤鸡、芦笋和几个还没长熟就被挖出来的白色小土豆，还点了蜜糖馅饼和一瓶勃艮第红酒。不过最让多萝西开心的是，喝了克里维太太那些半温不热清如寡水的茶后，她喝到了黑咖啡。吃完饭后他们叫了另一辆出租车，去了利物浦大街车站，赶上两点四十五分的火车，坐了四个小时回到奈普山。

沃波顿先生坚持要坐头等舱，执意不肯让多萝西付车钱。趁多萝西不注意，他给了乘务员小费，整节车厢就只剩下他们两人。这一天晴朗清冷，室内像春天，室外像冬天。坐在车厢里，隔着玻璃窗户，蔚蓝的天空看上去明媚而温暖。火车哐当哐当地驶过贫民区——那些由窄小昏暗的房子构成的街道迷宫、杂乱无章的工厂、泥泞肮脏的沟渠、点缀着锈迹斑斑的锅炉和被烟熏得发黑的杂草的废弃建筑——一切都被阳光镀上一道神圣的金边。旅途的前半个小时多萝西几乎没有说话。她太开心了，说不出话来。她甚至没有在想什么具体的事情，只是舒舒服服地坐在软垫座位上，享受透过玻璃窗的阳光，感叹自己终于逃脱了克里维太太的魔掌。但她知道这种心情无法持续很久。就像午餐酒带来的暖意一样，这种满足感正在渐渐退却，而脑海里，那些痛苦或难以启齿的念头渐渐产生。沃波顿先生一直看着她的脸，神态比以前更加关切，似乎在试图了解过去八个月来发生在她身上的改变。

"你看上去老了一些。"最后他开口说道。

"我的确老了。"多萝西回答。

"是的，但你看上去 —— 嗯，更加成熟了，变得更坚强了。你的脸看上去不一样了。你看上去 —— 请原谅我这么说——就像女童军被驱了邪，获得了解救一样。我想不是七邪灵上了你的身吧？"见多萝西没有回答，他继续说道，"我想，你一定吃了不少苦。"

"噢，太可怕了！有时候可怕到无法以言语形容的地步，你知道吗，有时候——"

她欲言又止。她想告诉他自己曾经乞讨过食物，睡过大街，因为行乞被抓进警察局，在牢房里待了一夜，克里维太太怎么折磨她，让她挨饿。但她打住了，因为她突然间意识到这些事情她不愿意提起。她觉得这些事情其实无足轻重。它们只是些无关紧要的小事，就像染上风寒或在火车站等了两小时车一样。这些事情令人觉得不痛快，却无足轻重。事实上，真正影响她的，是她精神上的改变。她继续说道：

"那些事情并不打紧。我是说，身无分文，饭都吃不饱。就算你饥寒交迫——这些也与你的内心不相干。"

"是吗？希望你说得对。我可不想尝试。"

"噢，确实，挨穷时的确很痛苦，但这其实也没什么，发生在你头脑里的事情才最重要。"

"你是指什么呢？"沃波顿先生问道。

"哦——是你内心的改变，然后，整个世界都变了，因为你看待世界的方式全变了。"

她仍在望着窗外。火车已驶出了东边的贫民区，正加速驶过两岸种满柳树的河流和低矮的草地，篱笆上的植物吐出新芽，远远望去似乎是一团淡绿色的云彩。在铁道边的田地里，一个刚满月的牛犊看上去就像诺亚方舟上的动物，正迈着生硬的脚步跟在母牛后面；在一座小花园里，一个老农正迈着蹒跚的、风湿病痛的腿脚，在一棵盛开的梨树下开垦土地。火车经过时，他手中的铲子闪耀着太阳的反光。多萝西想起了一句阴郁的圣诗歌词："衰退与凋零，充斥于我的身边。"她刚刚所说的话都是真的。她的内心发生了剧变。从那时候起，世界变得更加虚无而贫乏。在这么一个日子里，晚春也好，早春也罢，原本她会觉得非常开心，原本她会不假思索地感谢上帝恩赐了这片蓝天和象征着大地回春的第一朵鲜花！而如今，似乎没有上帝需要感谢，宇宙万物——连一朵花、一块石头或一棵小草——似乎全都变了。

"我的想法改变了。"她重复了一遍，"我失去了信仰。"她补充了一句。这句话似乎有点唐突，因为她发现自己说出这番话时似乎有点难为情。

"你失去了什么？"比起多萝西，沃波顿先生不是很习惯这些宗教用语。

"我的信仰。噢，你知道我想说什么！几个月前，我的思想突然间改变了。之前我所信奉的一切——所有的一切——突然间似乎失去了意义，几乎是很傻的事情。上帝——我是说，上帝所创造的一切——不朽的生命，天堂与地狱——所有的一切，全部都消失了。这不是我思考琢磨的结果，只是事情就这么发生在了我身上。就像你童年时候一样，有一天，无缘无故地，你不再相信那些童话故事。我不能再继续坚持信仰了。"

"以前你并不信上帝。"沃波顿先生满不在乎地说道。

"以前我信的，我真的信！我知道你一直认为我不信上帝——你觉得我只是在假装信仰上帝，只是我不敢承认这一点。但不是那样子的，那时候我信奉上帝，就像我相信现在我就坐在这节车厢里一样。"

"你当然不信仰上帝，可怜的孩子！你都这么大了，怎么还相信那些？而且你这么聪明。但你从小就被灌输这些荒谬的信仰，而你一直让自己囫囵吞枣地接受了这些事情。你为自己营造了一种生活模式——请原谅我用一些心理学的术语——而这种生活模式只有真正的信徒才能接受。自然而然地，这种生活模式开始折磨你。事实上，这就是一直困扰着你的问题，我敢说，这也很有可能是你失忆的原因。"

"你什么意思？"听到这句话她觉得非常困惑。

他知道她不明白他在说什么，于是向她解释失忆是一种下意识的机制，用于逃避无法回避的情况。他说，当人的意识被逼到无路可逃的时候就会欺骗自己。多萝西对这些理论闻所未闻，一开始她无法接受他的解释。然而，她想了一会儿，觉得就算这一说法是对的，它也无法改变最根本的事实。

最后，她开口说道："我不明白这有什么要紧。"

"不要紧吗？我要说的是，这非常要紧。"

"但难道你不明白吗，如果我失去了信仰，这件事发生在现在或是发生在几年前又有什么要紧？最重要的是，我失去了信仰，我得重新开始自己的生活。"

沃波顿先生说道："你该不是觉得失去信仰是件遗憾的事情吧？你还不如为失去甲状腺肿大而遗憾呢。告诉你吧，我自己就没有信仰，就算有那么半丁点儿，九岁时就无疾而终了。但我觉得信仰这东西就算失去了也没有人会觉得遗憾。如果我没记错的话，以前你的生活是那么糟糕，五点半就得起床空着肚子去参加圣餐仪式，对吧？你应该不会怀念那种事情吧？"

"如你所说，我不再信仰宗教了。现在我明白，有很多教义其实很荒谬。但这并没有任何帮助。问题是，我以前的所有信仰都失去了，而我找不到任何事物取代以前的信仰。"

"老天爷啊！为什么你非得找到任何事物取代以前的信仰呢？你失去的都是些糟粕迷信，你应该觉得开心才是。你现在不用战战兢兢担心堕入炼狱了，难道这不令你更开心一些吗？"

"但难道你不明白吗——你应该明白的——世界一下子变得毫无意义，一切都不一样了。"

"毫无意义？"沃波顿先生叫嚷着，"你怎么会说世界变得毫无意义？像你这么一个年轻的女孩，说出这种话我都替你觉得羞愧。世界一点儿也不虚无，问题是，世界实在是太丰富了。今天我们生活在这个世上，明天可能就会离开，我们根本没有时间享受生活。"

"但世界存在的意义都没有了，我们又怎么能享受生活呢？"

"我的天哪！你怎么非得纠结于意义呢？我吃午饭的时候，我可不是为了荣耀上帝。我吃饭是因为我喜欢吃饭。这个世界上有好多有趣的事情——书籍、图画、美酒、旅行、朋友——所有的一切，我不知道它们本身有什么意义，而我也不想去寻找什么意义。为什么你不能接受生活本身呢？"

"但是——"

她打住了，因为她已经知道试图对他解释清楚自己的意思纯粹是在浪费口舌。他根本无法理解她的困境——他不能理解一颗原本虔诚的心在发现世界其实毫无意义时的失望与退缩。

就算是泛神论的那些令人作呕的陈词滥调也在他的理解能力之外。或许，就算他能想到生命的本质其实毫无意义，他也只会哈哈一笑，而不会想到其他。但是，他却又是个很敏锐的人，能体会到她矛盾的心情，这不，他就说起了这个话题。

他说道："我知道当你回到家后，情况会有点尴尬。你将成为一匹披着羊皮的狼。你要做很多教区工作——母亲团契，为临终的人祈祷，等等等等——我想这些事情的确有时会令人感到厌倦。你担心你不能坚持下来——这就是你的苦恼吗？"

"噢，不是。我没有想过这些。我会继续从前的生活。我习惯了这种生活，而且，父亲需要我的帮助。他请不起助理牧师，而这些事总得有人做。"

"那不就结了嘛！你觉得自己很伪善吗？担心神圣的面包会噎住你的喉咙吗？我可不觉得这有什么大不了的，或许英国所有牧师的女儿得有一半跟你的情况一样，就算十有八九和你一样也不出奇。"

"这确实是部分原因。我得一直伪装下去——哦，你根本无法相信那会是怎样的情形！但这并不算是太糟糕，或许，这并不算什么太大的事儿。或许，当个伪善的人比较好——那种伪善要比做出其他事情来得好一些。"

"你为什么要说'那种伪善'？你不是在说假装信奉上帝是仅次于信奉上帝的好事吧？"

"是的……我想我就是这么个意思。或许这样比较好——不那么自私——就算我不信奉上帝，假装信奉上帝也比公然说我不信奉上帝，使别人也变成不信奉上帝的人要好一些。"

"我亲爱的多萝西，"沃波顿先生说道，"请允许我这么说，你的思想一定是出了毛病。哦，去他妈的！这不是有没有毛病的问题，这是彻头彻尾的腐朽思想。你接受的那些基督教熏陶让你的脑里长了坏疽。你刚刚才告诉我说你摆脱了自襁褓以来强加在你身上的荒唐信仰，而你的生活态度离开了这些信仰就变得毫无意义。你说这合乎逻辑吗？"

"我不知道。或许不合乎逻辑。但我觉得这样子对我来说是再自然不过的事情。"

沃波顿先生继续说道："显然，你的打算只会是两头不讨好。你坚持按基督教的教义行事，却又不相信有天堂。我想假如真相被揭晓的话，在英国国教的废墟间有很多像你这样的人在游荡徘徊。"他若有所思地想了想，补充说道："可以说你们自成了一个教派：英国国教中的无神论者。我得说，我可不想加入你们这个教派。"

他们继续聊了一会儿，但只是漫无目的的闲扯。事实上，沃波顿先生觉得宗教信仰和宗教困惑这类话题既无聊又难以理解。这些只是他借机说些亵渎神明的话的借口。他换了个话题，似乎放弃了解多萝西内心想法的念头。

"谈这些没意思，"他说道，"你现在尽想些没劲儿的事情，但迟些时候就会想通的。信奉基督教并非无药可医的绝症。不过，我有别的事情要告诉你。我希望你好好听我说。阔别八个月后，你就要回家了，我想你知道你将面对很尴尬的处境。以前的生活很辛苦——至少我觉得很辛苦——现在你已经不是以前那个虔诚的女童军了，日子将会更加辛苦。你觉得真的要回去吗？"

"但我不知道自己还能做别的什么事情，除非我找到另一份工作。我没得选择。"

沃波顿先生侧着头，一脸古怪地看着多萝西。

他以比往常更严肃的口吻说道："事实上，我可以给你提个建议，你并非没得选择。"

"你是说，我可以继续当老师？或许我真的得这么做，真的，或许这是我最后的出路。"

"不，我不是在说这个。"

沃波顿先生一直不愿意让人知道自己是秃子，一直戴着他那顶时髦的宽边灰毡帽。但此刻他却把帽子摘了下来，小心翼翼地放在身边的空位上。他的头光秃秃的，只在耳鬓上长了一小撮金色的头发，看上去宛如一颗巨大而畸形的粉红珍珠。多萝西看着他，心里有点吃惊。

"我摘下帽子，"他说道，"为的是让你看到我最不堪的一面。待会儿你就知道为什么了。现在，你除了回去料理女童军和母亲团契的事务，或将自己囚禁在女子学校里面外，请让我为你提供另一个选择。"

"你想说什么？"多萝西问道。

"我的意思是，请你好好想一想再回答我，我知道你肯定会一口回绝我——但是，请嫁给我好吗？"

多萝西惊讶地张大了嘴。或许，她的脸色变得更苍白了。她立刻下意识地在座位上挪了挪身子，尽量离他远一些。但他并没有逼近她，而是非常平静地说道："你应该知道，一年前多罗丽丝（多罗丽丝是沃波顿先生以前的情妇）离开了我？"

"但我做不到，我做不到！"多萝西叫嚷着，"你知道我不会嫁给你！我想你已经知道，我不会嫁人的。"

沃波顿先生并不为所动。

他仍然平静地说道："我知道我不是什么如意郎君，论年纪我比你大很多。今天我们俩似乎都能坦诚相待，我告诉你一个秘密，其实我四十九岁了。我有三个孩子，而且名声不大好。你父亲肯定不会赞同这门亲事。我一年只有七百英镑的收入。但是，你不妨考虑一下。"

"我不嫁，你知道我为什么不会嫁人！"多萝西重复了一遍。

她认为他肯定知道为什么她不会嫁人，其实她从来没有向他或任何人解释过原因。就算她解释了，很有可能他也不会明白。他继续往下说，似乎没有留意到她说了些什么。

"我就跟你明说了吧，"他说道，"就像做买卖一样。当然，不用我说，你也知道这会是合算的买卖。就像他们所说的，我不是一个适合结婚的男人，要不是你深深地吸引了我，我不会向你求婚。但首先，我先把这笔买卖算清楚：你需要有个家，需要生活下去，而我需要一个妻子料理我的生活。我厌倦了和那些讨厌的女人厮混的日子，请原谅我提到她们，我真的很希望能安定下来。虽然有点晚，但总比一直无法安定下来要好一些。而且你知道，我需要有人照顾那三个孩子，那三个小兔崽子。我不指望你觉得我很有魅力，"他的手下意识地抚摸着光秃秃的脑袋，"但我是个好相与的人——事实上，道德败坏的人都很好相与。站在你的角度，这个提议其实很有好处。为什么你一辈子非得去递送教区杂志，给那些糟老太婆的腿脚搽埃里曼药油呢？结了婚你会开心一些，虽然你的丈夫是个秃子，过去的私人生活很暧昧。你长这么大，生活一直很苦，将来也会很苦。你真的想过，如果你不结婚，以后的生活会是什么情形吗？"

"我不知道，虽然我有想过。"

由于他没有试着去抓她的手或作出别的亲昵的举动，她没有重复她的回绝。他望着窗外，若有所思地开了口，声音比平时要小很多，刚开始的时候几乎被火车隆隆的声音所掩盖，她很难听清楚。但很快他就抬高了嗓门，口吻非常严肃，她从没听到过也没有想过他居然能这般认真。

"考虑一下你的未来会是怎样吧。"他重复了一遍，"就像那些和你一样出身，没有丈夫又没钱的女人一样。假设你父亲能再活十年吧，到那时他的财产将一文不剩。他就靠着把这些钱挥霍一空的愿望苟延残喘，直到把钱花光为止。他会越来越衰老，越来越烦人，越来越不好相处。他会对你越来越专制，让你越来越缺钱，给你和邻居与店主们制造越来越多的麻烦。你将一直像个奴隶一样担惊受怕两头受气，带领女童军，为妈妈团契朗读小说，擦拭圣坛的器具，为管风琴唱诗班筹款，用牛皮纸给学校舞台剧做长筒靴，在那个鸡窝一样的教堂里忍受着种种鸡毛蒜皮的蜚短流长，这种生活你已经领教过了。年复一年，冬去春来，你骑着单车从一间臭烘烘的小屋去到下一间小屋，从捐献箱里取出可怜巴巴的几个便士，重复着你不再相信的祷文。那些教堂仪式千篇一律却毫无意义，但你还得忍受这些冗长的仪式，搞垮自己的身体。一年年地，你的生活越来越无聊沮丧，每一年你的生活会变得越来越萧索无趣，那些该死的琐碎工作越来越填满你的时间，这些工作就只会堆积在单身女人身上。记住，你不会永远都是二十八岁，你会渐渐老去，日渐枯萎，直到一天早上你从镜子里看到自己，意识到自己不再年轻，只是个瘦巴巴的老姑娘。当然，你会与岁月进行抗争，你会保持精力充沛和孩子气的举动——你会让这些表现维持很久。你知道吗，老姑娘总是很阳光——太阳光了一些——她总是说什么"棒极了"、"好极了"、"正点"，为自己的阳光性格感到自豪，却搞得大家都觉得有点不自在。她们很热衷于网球，演业余舞台剧也很拿手，拼着老命将自己投身于女童军工作和教区探访工作，年复一年，她一直是教堂联谊活动的主心骨和灵魂。她以为自己还是个妙龄少女，却不知道在她背后，大家都在嘲笑她，认为她是个失意可怜的老姑娘。那就是你将来的命运，一定会发生在你身上的事情，就算你已经预见到这一点，无论你作出多少努力，都无法避免。除非你嫁人，除此之外别无它法。不结婚的女人会渐渐枯萎——就像后窗的叶兰，而可怕的是，她们甚至不知道自己在日渐枯萎。"

多萝西静静地坐着，专注地听着他说话，觉得那番话很可怕又很令她入迷。她甚至没有留意到他已经站起身，因为火车一直在摇摆，他一只手靠着门扶稳身子。她似乎被催眠了，不是被他的声音所打动，而是他的话触动了她去构想未来的情形。他描述了她无法逃避的生活，描述得那么真切，似乎把她带到了十年后惨淡的未来。她觉得自己不再是一个充满了年轻活力的女孩，而是一个三十八岁、绝望而倦怠的老处女。她甚至没有留意到他一边说一边握住她靠在座位扶手上的手。

"再过十年，"他继续说道，"你父亲就会去世，他一个便士也不会留给你，只会留下一屁股债。那时你年近四十，没钱没工作，也没有机会结婚，只是一个茕茕孑立的牧师的女儿，在英国像你这种人得有上万个。然后你该怎么办？你得为自己找份工作——那种适合牧师的女儿的工作：护理员或照顾病老太婆的女伴，那些老太婆一心只想着怎么羞辱你。或许，你可以回学校教书，在那些可怕的女子学校教英文课，一年只挣七十五英镑，每年八月份到海滨的寄宿家庭住上半个月权当度假。你越来越枯萎干涸、苦楚瘦削，身边没有一个朋友，因此……"

说到"因此"这里，他把多萝西拉起身来，她没有反抗。他的话似乎对她施了魔咒。她的思绪沉浸在未来可怕的前景中，她比他更了解个中的空虚，心里顿时觉得万分绝望，几乎想说："好吧，我嫁给你。"他非常温柔地搂着她，将她往自己身边拉近了一些。即便到了现在她也没有反抗。她的眼神似乎被催眠了，直勾勾地看着他的眼睛。他搂着她的时候，似乎是在保护她，庇护她，将她从那灰暗贫穷的生活中解救出来，回到温馨如意的世界——她的日子会十分安稳，有像样的房子和漂亮的衣服，可以读书、交友、赏花，有盛夏佳节，能到遥远的外国度假。有将近一分钟，这个肥胖荒淫的单身汉和这个干瘪瘦削的老处女面对面站在那儿四目交投，身体轻微地接触着，火车轻轻地摇摆着，云朵、电线杆、结着花蕾的篱笆和麦苗青青的田野被甩到车后，消失在视野之外。

沃波顿先生收紧臂弯，将她搂入怀中。魔咒被打破了。让她陷于无助的幻觉——贫穷生活的幻觉和摆脱贫穷的幻觉——突然间消失了，她突然意识到发生在自己身上的事情。她被一个男人搂在怀里——还是个臃肿的老男人！她突然觉得十分恶心恐惧，她的五脏六腑似乎凝结成一团。他那副庞大的男性身躯逼得她往后退往下缩，他那张油光滑亮的粉色老胖脸正冲着她的脸孔俯冲下来。难闻的男性气息直冲她的鼻子。她蜷着身子，想起了怪兽萨提尔那毛茸茸的大腿！她开始竭力挣扎，其实他根本没怎么用力抱紧她，不一会儿她就挣脱开来，跌坐到自己的座位上，脸色苍白，浑身颤栗。她抬起头看着他，眼睛里充满恐惧与厌恶，似乎把他当成了陌生人。

沃波顿先生仍然站在那儿，神情平静而略带失望，但看上去并不沮丧苦恼。她恢复了平静，她觉得他所说的那番话无非都是在利用她的感情，引诱她说出她愿意嫁给他的话。奇怪的是，他似乎并不在乎她会不会嫁给他，事实上，他只是在给自己找点乐子。或许，整件事只是他再一次勾引她的尝试。

　　他坐了下来，小心翼翼地不弄皱裤子。

　　"如果你想和我联系，"他温和地说道，"先告诉我一声，让我确定兜里有五英镑。"

　　他似乎很怡然自得。出了这么一桩事，他却能若无其事，继续和她聊天，完全看不出一丝尴尬。就算他曾经有过羞耻感，在很多年前也已经烟消云散了，或许在他一生孜孜不倦地与女人寻欢调情中，那份羞耻感已经被扼杀了。

　　多萝西觉得很不自在，不过，大概过了一个小时，火车抵达了伊普斯维奇，停站十五分钟。他们决定去休息室喝杯咖啡。旅途的最后二十分钟两人相谈甚欢。沃波顿先生没有再提结婚这件事，但火车开近奈普山时，他的话题又回到了多萝西的未来上，不过态度没有刚才那么严肃。

　　他说道："你真的决定回去继续从事教区工作吗？做那些鸡毛蒜皮的繁琐事务？给皮瑟太太治风湿，给列温太太包石膏什么的？难道你不觉得这些事会让你活得很不开心吗？"

　　"我不知道——有时这些工作真的让我很不开心。但我想，等我重新开始工作，一切就会好起来的。你知道，这些我都做惯了。"

　　"你真的觉得自己能伪装成信徒那么多年？你知道这种日子得挨很多年。你就不怕纸包不住火的那一天？你确定你将来不会在教主日学校的那些小孩子时让他们倒着念献给主的祷文，或阅读吉本的第十五章①给母亲团契听，而不是读基恩·斯特拉顿·波特吗？"

"我不这么认为。因为你知道，我确实觉得那是一种工作，就算是一个人做着自己其实并不相信的祈祷，就算是教导孩子们自己并不认为是真的事情，我也确实觉得从某种角度来说是有意义的。"

"有意义的？"沃波顿先生嗤之以鼻地说道："你有点太喜欢'有意义的'这个泄气的词了。责任感的过度膨胀——这就是你的问题。现在，对我来说，及时行乐才是最最基本的常识。"

"那是享乐主义。"多萝西提出反对。

"我亲爱的孩子，你能向我展示一套不是享乐主义的生活哲学吗？你们那些恶毒的基督教圣人就是最大的享乐主义者。他们永远生活在幸福中，而我们这些穷苦的罪人只盼望享受几年的幸福。归根结底我们都是在寻求快乐，但有些人的快乐实在是很变态。你对快乐的理解似乎就是给皮瑟太太按摩腿脚。"

"但是，事情并不完全是这样——噢，我无法解释清楚！"

她原本想说，虽然她已经失去了信仰，她的基本想法仍然没有改变，不会改变，也不想改变；虽然她的世界如今似乎变得空虚而没有意义，但那从某种程度上说仍然是基督教的世界；基督教徒的生活方式对她来说仍是天经地义的事情。但她

---

① 指吉本所著的《罗马帝国衰亡史》第十五章，探讨了早期基督教为何得以传播发展。

没办法说出口，觉得要是她这么做的话，或许他就会开始取笑她。于是，她别扭地总结道：

"我觉得我最好还是像以前那样子生活。"

"和以前一模一样？一成不变？女童军、母亲团契、希望之团、婚姻伴侣团契、教区探访、在主日学校教课、每星期两次圣餐仪式，还有那些上帝赞美诗和格列高利圣咏？你真的肯定你能应付得来？"

多萝西不自觉地微笑着，"不会唱那些圣咏，父亲不喜欢那些。"

"你觉得，除开你内心的思想，你的生活还会像没有失去信仰之前那样？你的习惯将不会有任何改变？"

多萝西想了想。是的，她的习惯将会有所改变，但大部分将是秘密的改变。她想起了那只约束自己的别针。那是只有她自己知道的秘密，她决定不提这件事。

她最后说道："嗯，或许在圣餐仪式时我会跪在梅菲尔小姐的右边，而不是左边。"

二

一星期过去了。

多萝西从镇里骑着单车回到山上牧师私宅的大门。今晚天气很好，晴朗凉爽，天空万里无云，太阳正渐渐西沉。她发现门口的白蜡树开花了，暗红色的小花看上去就像伤口周围的溃疡。

她很累。这一周她很忙：去探访名单上的那些女人，并把教区的各种事务重新安排妥当。自从她失踪后，任何事情都变得一团糟。教堂里脏得令人无法置信——事实上，多萝西花了大半天的时间用扫把和簸箕把里里外外打扫干净，想到管风琴后面那一层老鼠屎她就不寒而栗。（那里会有老鼠是因为管风琴手乔治·弗鲁老是带一便士一包的饼干进教堂，在布道的时候偷吃。）教堂的一切会众活动根本没有人关心，结果青年禁酒团和婚姻伴侣团契现在连鬼影也没有，主日学校的出勤率减少了一半，母亲团契吵得两败俱伤，因为富特小姐老是说一些傻话。钟楼的情况比以前更糟糕了。教区杂志一直没有按时递送，而订杂志的钱也一直没人收。教堂基金的账目没有算好，总共有十九先令的无头公账。就连教区登记也搞得一团糟——等等等等，永无止境，而牧师什么事都撒手不管。

一回到家多萝西的眼前就堆满了工作。事实上，事情以惊讶万分的速度重回以前的轨道，好像她只是昨天才离开一样。现在那桩丑闻平息了，她回到奈普山这件事并没有引起多少好奇。在她探访清单上的女人，尤其是皮瑟太太，看到她回来非常高兴。维克多·斯通似乎因为一度相信了桑普利尔太太的诽谤而觉得有点羞愧，但他向多萝西转述他在《教会时代》中最新的胜利，很快就淡忘了这件事。当然，那帮咖啡党女士在街头拦住多萝西，说着："亲爱的，看到你回来我好高兴啊！你怎么离开了那么久！你知道吗，亲爱的，那个可怕的女人到处对你说长道短，我们都为她觉得羞耻。但我希望你能明白，无论别人怎么想，我对那些话可是一个字都不相信。"诸如此类的话。不过，没有人问起她一直害怕会被提及的问题。"我去了伦敦一所学校教书。"这句回答令大家很满意，他们甚至没有问学校叫什么名字。她不需要坦白交代自己曾在特拉法尔加广场露宿，因乞讨被警察逮捕。事实上，住在小村镇的人对发生在出了自家门口十英里的任何事情都不了解。外面的世界是神秘的未知领域，是恶龙与食人族聚居的地方，他们丝毫不感兴趣。

连多萝西的父亲也似乎当她只是离开家里去过了个周末。她回到家时他正在书房里，坐在老爷钟前若有所思地抽着烟斗。四个月前那口老爷钟的玻璃被女佣的扫帚打烂了，至今还没有修好。多萝西走进书房，他从嘴里拿出烟斗，放进口袋里，动作很迟钝，像个老头一样。多萝西觉得他看上去确实老了许多。

"你终于回来了。"他说道，"旅途愉快吗？"

多萝西搂住他的脖子，轻轻亲吻着他苍白的脸颊。从他身边离开时，他轻轻地拍了拍她的肩膀，察觉得出比平时带着更多的关爱。

"你到底在想些什么，怎么要离家出走呢？"他问道。

"我说过了，父亲——我失忆了。"

"嗯。"牧师应了一句，多萝西看得出他并不相信她的解释，而且以后也不会相信。以后，当他的心情比起现在变得更糟的时候，他就会提起这次离家出走作为指责她的理由。这种情况会发生许许多多遍。他继续说道："你把行李拿到楼上去的时候，把打字机拿下来，好吗？我要你帮我打布道稿。"

镇里没有发生什么趣事。老茶铺的店面扩大了，让主大街显得更加难看。皮瑟太太的风湿好一些了（毫无疑问，这是当归茶的功效），但皮瑟先生"一直在看医生"，他们担心他得了膀胱结石。布里菲尔-戈登先生现在进了议会，坐在保守党席位的后排，毕恭毕敬，连气也不敢吭一声。圣诞节刚过老汤姆斯先生就去世了，富特小姐领养了他的七只猫，还张罗着帮其他猫咪找照顾它们的家庭。五金店老板特威斯先生的侄女伊娃·特威斯生了个私生子，而孩子早夭了。普罗哥特在厨房花园里垦了地，播了种，扁豆和豌豆刚刚结出果实。开完债权人会议后，拖欠商店的款项又开始累积，欠屠夫卡基尔的钱有六英镑之多了。维克多·斯通在《教会时代》里与寇尔登教授就宗教裁判所这个问题起了争执，和他彻底分道扬镳。整个冬天埃伦的湿疹一直很严重。沃尔夫·布里菲尔-戈登有两首诗被《伦敦水星》刊物采纳了。

多萝西走进暖房。她有个重大的任务要完成——圣乔治节那天学校的孩子们要进行表演，为管风琴唱诗班的经费筹款，而她得赶制服装。过去八个月一分钱也没付给管风琴唱诗班，牧师可能把管风琴班的账单看都没看就扔掉了，结果，管风琴的曲调越来越荒腔走板。多萝西绞尽脑汁想方设法筹钱，最后决定表演历史舞台剧，从儒略·恺撒大帝一直演到威灵顿公爵[①]。她想，如果天气和运气都好的话，这出剧目或许可以筹到两英镑，甚至三英镑！

她环顾暖房，自从回家以后她还没来过这里，显然，在她失踪的期间一切都原封未动。她的东西就堆放在那儿，和上次离开的时候一样，但上面积着厚厚的一层灰。她的缝纫机就放在桌子上，周围是破破烂烂的布碎、牛皮纸、棉线卷筒和油漆罐。虽然针已经生锈了，线头还在针上。是的！她离开的前夜还在赶制的长筒靴还在那儿。她拿起一只靴子看了一下，心里不禁一颤。是的，这双长筒靴做工蛮好的，没穿过实在是很可

---

① 威灵顿公爵（the Duke of Wellington），本名亚瑟·卫斯理（Arthur Wellesley，1769—1852），英国军事家和政治家，1815 年率领英国军队与普鲁士军队在滑铁卢一役打败拿破仑·波拿巴。后于 1828—1830 年与 1834 年出任英国首相。

惜！不过，到了演出那天它们就能派上用场了。或许可以给查理二世穿——不，最好别设计查理二世这个角色，给奥利弗·克伦威尔穿，因为奥利弗·克伦威尔这个角色不需要戴假发。

多萝西点着煤油炉，找到剪刀和两张牛皮纸，坐了下来。她有一大堆衣服等着完成。她决定先做恺撒大帝的胸甲。做盔甲总是最麻烦的事情！古罗马士兵的胸甲是什么样子来着？多萝西努力回忆着在大英博物馆罗马展厅里见过的长着卷须的美化过的恺撒大帝雕像。你可以用牛皮纸和胶水做出胸甲的雏形，然后把纸条贴在上面象征一片片的鳞甲，然后用银色油漆上色。不用做头盔，谢天谢地！恺撒大帝总是戴着月桂头冠——毫无疑问，他和沃波顿先生一样，对自己光秃秃的脑袋觉得很羞愧。但护腿怎么办？在恺撒时代士兵们穿护腿吗？靴子呢？古罗马人穿的是靴子呢，还是凉鞋呢？

干了一会儿，她停了下来，把大剪刀搁在膝盖上。过去这个星期来当她一有空就会像冤魂一样缠着她不放的那个想法又冒出来困扰着她。她想到了沃波顿先生在火车上对她说过的那番话——以后她既嫁不出去又没钱的生活会是怎样一番情形。

她并不怀疑将来自己的生活的外在情况会怎么样，她可以看得很清楚。当一个没有工资的助理牧师长达或许十年，然后回到学校教书。不一定非得是克里维太太那样的学校——她一定能为自己找到一所比那好点的学校——但肯定会是一所蹩脚而且就像监狱一样的学校，或许更加破败荒凉，工作更辛苦更没有人情味可言。无论将来会怎样，她总是得面对所有孤独而且身无分文的女人所要面对的命运。"旧英格兰的老姑婆"，这就是人们对她们的称呼。她二十八岁了——年纪正好可以步入她们的行列。

但这些都不要紧，都不要紧！这是像沃波顿先生这种人所永远无法理解的事情，就算你对他们说上一千年也没有用。外在的事情，像贫穷、辛劳，甚至孤独，它们其实都不要紧。发生在你内心的事情才重要。有那么一刻——邪恶的一刻——当沃波顿先生在火车上和她说话时，她对贫穷充满了恐惧。但她理解了个中的意味：那其实没什么好怕的。她鼓起勇气让自己的意志再次坚定起来并不是因为这个。

不，那是更加深层次的事情，那是她所察觉到的隐藏在这些事情后面的可怕的空虚。她想到一年前她就坐在这张椅子上，手里拿着这把剪刀，做着和现在一样的事情。但是，那时的她和现在的她似乎是两个人。那时的她哪儿去了？那个心地善良而可笑的女孩，在充满夏日气息的田野里欣喜万分地祈祷，为了亵渎神明的念头而拿别针扎自己的胳膊作为惩罚，她哪儿去了？一年前的我们哪儿去了？但是，发生了这么多事情之后——她还是那个女孩。她的信仰改变了，思想改变了，但灵魂的深处并没有改变。她的信仰消失了，但她对信仰的渴望还是与从前一样——这就是问题的所在。

就算只有信仰，其他事情又有什么打紧？要是在这个世界上有你能够理解并能为之奋斗的目标，又有什么事情能够让你灰心丧气呢？使命感是你生活的指引。你的心中不会有疲倦、疑惑、空虚，不会像波德莱尔那样厌倦地等待着死亡的到来。每件事都充满了意义，每一刻都是神圣的，信念将它们密密地织成了永无止尽的快乐之网。

她开始思考生命的本质。你从子宫中来到这个世上，你会生活六七十年，接着你死去腐烂。你的生命中的每一个细节，如果没有终极目标作为支撑，会变得死灰一片，孤寂忧伤。那是无法以言语形容的，但你的心里会真的在刺痛。如果生命真的终结于坟墓，那将是非常可怕恐怖的事情。争辩是没有意义的。想象生活的本来面目吧，想象生活的那些细节吧，然后你想想生活是没有意义的，没有使命，没有目标，最后化为一抔黄土。只有傻子或自欺欺人的人或那些非常幸运的人，才能面对这一想法而不会畏惧吧？

她在椅子上挪了挪位置。但是，生命终究应该有某些意义，有某个目的！这个世界不应该纯粹形成于偶然。万物的产生必定有其原因——因此必定有其终极目的。既然你是存在的，那一定就是上帝把你创造出来的。他把你创造成了一个有思想的人，那他一定也有思想。伟大之物不可能从比之低下之物中诞生。上帝为了自己的意旨创造了你，他也会毁灭你。但他的意旨是神秘莫测的。那是你永远无法参透的本质，或许就算你能够参透，你也无法接受。或许，你的生存和灭亡，只是供他消遣的永恒乐章中的一个音符。如果你不喜欢那首曲子呢？她想起了特拉法尔加广场那个被解除了圣职的可怕的牧师。他所说的那些话是她幻想出来的，还是他真的说过呢？"因此，魔鬼、大魔鬼与地狱里的鬼怪联合起来。"但这番话真是太愚昧了。因为就连你的憎恶，也是这首篇章的曲调的一部分。

这个问题让她十分纠结，想不出什么解决的办法。她清楚地知道没有什么能够替代信仰。她不能像异教徒那样认为生命本身就是圆满的，无法接受泛神论那些振奋人心的说辞，也无法笃信伪宗教的"进步"理念，认同熠熠发光的乌托邦和蚁穴般的钢筋混凝土的建筑的愿景。这是一个非此即彼的问题。要么生命是为了某个更宏伟永恒的事物的前奏，要么生命其实毫无意义，阴森而恐怖。

多萝西开始干活了。胶水锅里传来了咕嘟咕嘟的声音，她忘了往锅里加水，胶开始烧糊了。她拿起锅，快步走到水槽那里往里面加满水，然后带回暖房放在煤油炉上。她心想："晚饭前我一定要把胸甲做好！"做完儒略·恺撒的服饰还得做征服者威廉①的服饰！还有更多的铠甲！待会儿她还得去厨房提醒埃伦煮几个土豆给绞牛肉当配菜。她还得写明天的"备忘录"。她剪出两片胸甲的底样，然后剪出了臂口和颈口，然后又停了下来。

她想到哪儿了？她一直在说，如果死亡是一切的结束，那么任何事情都失去了希望和意义。那该怎么办呢？

跑到碗碟洗涤间往锅里添水的行动改变了她的心思。她知道自己由得自己陷入了夸张和自怜自伤中，至少有片刻之久。说到底，这是在无病呻吟！现实中有不计其数的人情况像她一样！全世界有数以千计，数以百万计的人失去了信仰，却在渴望信仰。"一半英国牧师的女儿。"沃波顿先生曾经这么说过。或许他是对的。不只是教区牧师的女儿，任何类型的人——疾病、孤独和失败的人，过着沮丧失意的生活的人——他们需要用信仰支撑自己，但他们找不到信仰。甚至可能有修道院里的修女，她们一边抹地一边唱着《圣母颂》，心底其实没有信仰。

毕竟，你多么胆怯地在心底对自己失去了一个信仰而感到遗憾——你就是想信仰某样你打骨子里不相信的事情！

---

① 征服者威廉(William the Conqueror, 1027—1087)，英国诺曼王朝第一任国王。

然而——！

　　多萝西放下剪刀。自从回到家里后，虽然内心的信仰没有恢复，但外在的虔诚倒是回来了，出于习惯，她跪在椅子旁边，把脸埋在手心里，开始祈祷。

　　"主啊，我相信您，请您帮助我，解除我的不信，我相信您，相信您，请您解除我的不信。"

　　这些话没有用，完全没有用。当她说出这番话时，她已经知道这番话毫无意义，对自己的行为感到有点羞愧。她抬起头，这时一股暖和而腥臭的味道钻入她的鼻孔里，这股味道她已经有八个月没有闻到了，但感觉是那么熟悉——是熬胶的味道。锅里的水发出沸腾的声音，多萝西跳了起来，搅了搅胶刷的把手。胶已经软化了——再过五分钟就会变成液态的胶水。

　　父亲书房的老爷钟敲响了六点钟。多萝西吓了一跳。她发现自己浪费了二十分钟的时间，良知深深地刺痛了她，所有困扰着她的问题都抛到了九霄云外。我一直到底在干什么？她心想，这时她似乎真的不知道自己刚才在做什么。她在心里责备自己："加油，多萝西！不要偷懒了！晚饭前你得做好胸甲。"她坐了下来，嘴里叼着几口针，开始把那件盔甲的前后两半缝合好。她得在胶水熬好之前把胸甲的雏形弄好。

　　胶水的味道就是对她那番祈祷的答案。她不知道这一点。她没有想到她这个难题的答案就是接受它没有解决的办法这个事实。要是你一直干着手上的活儿，这个活儿的最终目的会变得不再重要，只有你做着传统的有用的可以接受的事情，有没有信仰其实都一样。她还没办法琢磨出这个道理，但她只能依照这个道理生活。或许得到很久以后她才会琢磨出这个道理，从中得到慰藉。

胶水熬好前一两分钟，多萝西就把胸甲缝好了，然后马不停蹄地开始构思接下来还要做的不胜其数的服装。征服者威廉——征服者威廉时代穿的是锁子甲吗？——然后是罗宾汉①，身着绿裳手持弓箭——还有托马斯·贝克特②的法袍和主教法冠，还有伊丽莎白女王的翎颌，以及威灵顿公爵的三角帽。她想，六点半的时候我得去查看一下那些土豆。她还得写明天的"备忘录"。明天是星期三——她得记住把闹钟设在五点半。她拿起一张纸，开始写"备忘录"：

七点钟：圣餐仪式。

乔太太下个月生孩子，去探望她。

早餐吃熏肉。

她停下笔，思考还要写些什么。乔太太是铁匠乔维特的妻子。她每次生完孩子后偶然会来教堂，但你必须事先好好规劝她。多萝西心想："我得给弗鲁太太带点止痛药，说不定她就会劝乔治不要在布道的时候吃饼干。"于是她把探访弗鲁太太加进了备忘录。明天的午餐——正餐呢？我们得还卡基尔钱了！明天是母亲团契喝茶点的日子，富特小姐的那本小说读完了，接下来要读什么书好呢？她们最喜欢读基恩·斯特拉顿·波特的书，但似乎都读过了。华威·迪平③的书怎么样？或许太高深了？最后她想到："我得叫普罗哥特弄点花椰菜苗过来

---

① 罗宾汉(Robin Hood)，英国传说中劫富济贫的绿林好汉。

② 托马斯·贝克特(Thomas a Becket，1118—1170)，英国坎特伯雷大主教，因反对英王亨利二世而被国王的追随者谋杀，被教皇亚历山大三世册封为圣人与殉道者。

③ 乔治·华威·迪平(George Warwick Deeping，1877—1950)，英国作家，其作品在二三十年代非常畅销，代表作有《福克斯庄园》、《猫咪》、《十诫》等。

种在花园里。"

胶已经融化了。多萝西拿起两片牛皮纸，将其剪成细条，然后费劲地把胸甲弄得鼓起来，然后将纸条平贴在其前后。渐渐地，手底下的胸甲变得结实坚固起来。贴完后，她把胸甲竖着放起来，端详了一下，看上去还挺不错嘛！再贴一层纸片，就会像真的胸甲了。她心想，这次演出一定要赢得满场喝彩！真可惜，我们不能借到一匹马，让博阿迪西亚女王坐在马车上！如果有一辆马车，车轮上插着大镰刀，说不定我们可以筹到五英镑。亨吉斯和霍萨①的铠甲怎么办？他们穿的是十字吊甲和有飞翼的头盔。多萝西又把两张牛皮纸裁成细条，拿起那件胸甲最后再贴一层纸片。她不再去想信仰和失去信仰这个问题。天开始黑了，但她忙得抽不开身去点灯。她干个不停，专注而虔诚地把一根根纸条贴在胸甲上，那口胶水锅一直散发着呛人的气味。

---

① 亨吉斯（Hengist）和霍萨（Horsa）两兄弟是五世纪英国盎格鲁-撒克逊人的首领，肯特王国的开国君主。

作品题解

创作背景：

1929 年奥威尔从巴黎返回英国，在英国东部海滨小镇南沃尔德的父母家蜗居了五年，期间曾结识一位神职人员的女儿布伦达·索凯尔德，两人长年保持固定通信谈论他的作品。奥威尔曾向她求婚，但遭到拒绝。

奥威尔在南沃尔德靠担任家庭教师为生，时而乔装成流浪汉在伦敦及周边地区流浪观察。1931 年 8 月与 9 月他曾在肯特郡从事采摘啤酒花的零工，与其他工人同吃同住。1932 年初他接受了在西伦敦海耶斯一所私学担任教师的工作，这所学校专门为当地的小生意人和小店主家庭设立，学生规模只有 14—16 人，由两位老师任教。教了四个学期之后，奥威尔转到厄斯布里奇另外一所私校，该校规模较大，有近 200 名学生和设置齐全的教师队伍。奥威尔购置了一辆摩托车，经常到周边的乡村地区作短途旅行，但在一次行程中由于全身湿透而染上肺炎，必须入院治疗，病愈后回南沃尔德疗养，再未担任教师。《牧师的女儿》于 1934 年 1 月开始动笔，完稿于同年十月，采摘啤酒花和担任私校教师的经历都被他写入该书中。在经过内容部分删改以免涉及诽谤中伤之后，作品于 1935 年 3 月 11 日由维克多·戈兰兹出版社出版。

作品评价：

英国作家克里斯朵夫·希钦斯在作品《为什么奥威尔很重要》中对《牧师的女儿》的书名进行了探讨，认为这个名字出自于詹姆斯·乔伊斯的小说《尤利西斯》中的一首诗：

老兄，当你饥肠辘辘的时候他借给你的那一英镑怎么样了？

圣母马利亚，我需要那一英镑。

把这枚金币拿去吧。

去你的吧！你把钱都花在了牧师的女儿乔治娜·约翰森的床上，良心何在？

这本带有实验色彩的作品中戏剧式独白的那一幕确实受到詹姆斯·乔伊斯的作品《尤利西斯》中"深夜的小镇"一幕的影响。奥威尔对本书并不满意，将其形容为"乱糟糟的东西……但我对于第三章的第一节还是比较满意的"。他不允许这本书在生前重印。1946年在写给友人乔治·伍德科克的信函中，乔治·奥威尔认为自己写了两三本羞于提及的书，并说"写这本书纯粹只是为了练笔，本不应将其出版，但当其时囊中羞涩，只得鬻稿为谋"。

研究奥威尔作品的评论家们都视《牧师的女儿》为奥威尔的创作生涯中地位较低的作品，但它确实体现了奥威尔在二十年代末和三十年代的社会经历及对宗教、经济、教育和风土人情的见解和世界观，对全面了解奥威尔的创作历程有着相当重要的意义。

情节梗概:

多萝西的父亲在英国东部小镇奈普山的圣阿瑟尔斯坦教堂担任牧师,他早年丧妻,性情乖戾,以折磨女儿和仆女为乐。多萝西平素操持家务,与家里欠了很多债务的店铺周旋,拜访教区的信众,并为教堂的筹款活动缝制戏服。多萝西是个虔诚的信徒,奉行自我约束,却因生活孤单,与镇里声名狼藉的浪子沃波顿先生成为朋友。一晚她受邀至沃波顿先生家作客,后者尝试勾引多萝西未遂,但被镇里喜欢散播谣言的桑普利尔太太目睹到沃波顿先生在门口强抱多萝西的情形。多萝西回到家里,继续连夜缝制戏服,昏昏睡去。多萝西在得了失忆症的情况下神秘地来到肯特郡,过去整整八天行踪未明。她与流浪汉诺比及其两个友人为伍,一同去肯特郡找采摘啤酒花的工作。

与此同时,桑普利尔太太在奈普山散播谣言,说多萝西与沃波顿先生私奔(后者已去了法国度假),谣言甚至登上了全国的报纸。诺比因盗窃罪被抓,多萝西带着微薄的收入来到伦敦,只能入住"打工妹"(意指妓女)栖身的廉价旅馆。谋职无门坐吃山空之下,多萝西只能流落街头,到特拉法尔加广场露宿(本章完全以戏剧的体裁写成),后因流浪罪被关进监狱,由于无法缴纳罚金被囚禁十二个小时。

多萝西向父亲写信求助,但她以为父亲一定相信了她与沃波顿先生私奔的谣言,不会再理睬她。但牧师拜托住在伦敦的远房堂兄托马斯爵士代为照顾多萝西,托马斯爵士的仆人在警察局保释了多萝西。在托马斯爵士的律师安排下,多萝西到一所私人女子学校担任"女舍监"。执教期间多萝西试图以更加开明丰富的教学方式教育学生,但与校长克里维太太的古板风格和家长们的期盼起了冲突,被迫重新回归原有的教学方式。

克里维太太找到另一个女老师后，就将多萝西开除。

多萝西离开学校时，沃波顿先生乘的士过来接她回家，并说桑普利尔太太被指控诽谤罪名，谣言已经澄清。回家路上沃波顿先生向多萝西求婚，但被多萝西拒绝。在多萝西流浪期间，她失去了对上帝的信仰，她深知今后作为一位神职人员的女儿所要面临的艰苦生活，而趁自己还年轻，结婚是唯一的出路，但她无法违背自己的心意答应沃波顿先生。多萝西回到家里，生活重新回到平素的轨道，故事在多萝西所熟悉的在暖房中缝制戏服而告终。

译者评论：

在《牧师的女儿》一书中，奥威尔生动地描述了英国教会人员所经历的一幕幕日常工作的情形：圣餐礼、排练戏剧为教堂筹款、探访教区信众等，同时无情地鞭笞了英国林立的教派彼此之间的冲突和神职人员的堕落（赫尔牧师醉心于股票投资，经常赊账赖账）的社会现象。而且，奥威尔以自己的亲身经历栩栩如生地描写了采摘啤酒花这一英国本土季节性零工的个中艰苦和情怀。此外，奥威尔揭露了英国私立学校的僵化刻板体制对孩童个性的束缚和摧残。私校教育不以释放发扬孩童的天性为己任，而是浸透了功利色彩。（校长克里维太太公然说："收学费才是我关心的头等大事，而不是教书育人。"对按时缴纳学费的学生她关怀备至，对未能按时缴纳学费的学生则百般刁难。而家长们并不关心孩子们学得快乐与否，能练出一手好字和能算术精通才要紧。）

多萝西的身上凝聚了奥威尔心目中的英国人民的美德和愚昧。她心地善良（热心帮助教区的穷苦大众）、热情虔诚（一丝不苟地执行宗教仪式，以别针自残惩罚自己的"不虔诚")、向往人性的解放和启蒙(在林伍德学院尝试进行教育革新)等。但她逆来顺受(听任代表着父权、神权、金钱特权、阶级特权的父亲，教会，克里维太太和警察对自己的百般摧残)，没有进行正面的反抗。在经历了一系列苦难之后，虽然她已经洞察自身的悲惨处境，但她并没有选择之前所目睹的女性的其他出路：成为"玛丽客栈"里的风尘女子；成为比弗尔式的私立学校职业教师；成为克里维太太式的商人；或嫁给沃波顿先生，因为这会是一笔"好买卖"。她义无反顾地选择回到原来的生活，即使沃波顿先生的那番话"似乎把她带到了十年后惨淡的未来。她觉得自己不再是一个充满了年轻活力的女孩，而是一个三十八岁的绝望而倦怠的老处女"。贯穿奥威尔作品始终的一条主线，就是他对英国人的国民性的认识：这个民族不能以任何单纯的哲学或主义(享乐主义哲学、社会主义、清教徒主义等)去认识和预测，他们信奉"常理"和"道义"，他们不期待激烈的社会变革，只会以坚忍的态度面对人生的苦难。在《牧师的女儿》中奥威尔几乎没有提及英国妇女解放运动(1918 年，30 岁以上的妇女获得选举权；1928 年，21 岁以上的妇女获得选举权；而且以埃米林·潘克赫斯特夫人为代表的女性政治领袖在英国的政坛引起了相当大的震动)，但他的态度或许可以从书中的这句话略见端倪："前进，咖啡党！镇里一半的夫人小姐们似乎在快步前进，胳膊上抱着宠物狗或购物篮，就像酒神的追随者一样簇拥着那辆小轿车。"

《牧师的女儿》讲述了奥威尔当时所经历的信仰危机，正如书中所说："信仰的力量从未回到她的身上。事实上，现在信仰对她已经失去了意义，彻底地无可挽回地失去了。这件事很神秘，信仰的失去就像信仰本身一样神秘。就像信仰一样，这件事无法以逻辑进行解释，而是随着思绪而改变。……就算只有信仰，其他事情又有什么打紧？要是在这个世界上有你能够理解并能为之奋斗的目标，又有什么事情能够让你灰心丧气呢？使命感是你生活的指引。你的心中不会有疲倦、疑惑、空虚，不会像波德莱尔那样厌倦地等待着死亡的到来。每件事都充满了意义，每一刻都是神圣的，信念将它们密密地织成了永无止尽的快乐之网。"

二十世纪初一战结束后，知识分子已经充分认识到资本主义的弊端，但如何克服弊端则众说纷纭。以改革所有制和倡导集体主义的社会主义、苏俄模式的中央集权制与国有制、相信技术进步将会解决一切的科学主义，都无法从灵魂深处触动经历过帝国统治和人间疾苦的奥威尔。他相信世界上存在着比现行的英国资本主义体制更美好的社会制度，而缔造这个美好制度的希望就在群众平民的身上。为信仰寻求出路的精神动力，促使奥威尔在该书出版一年多后的 1936 年底，毅然参加西班牙内战并加入民兵部队。